MIRA®

Der Preis dieses Bandes versteht sich einschließlich
der gesetzlichen Mehrwertsteuer.

Umwelthinweis:
Dieses Buch wurde auf chlor- und säurefreiem Papier gedruckt.

Nora Roberts

Die MacKades 1
Zwischen Sehnsucht und Verlangen

Roman

Aus dem Amerikanischen von
Emma Luxx

MIRA®

MIRA® TASCHENBUCH
Band 25171
1. Auflage: März 2006

MIRA® TASCHENBÜCHER
erscheinen in der Cora Verlag GmbH & Co. KG,
Axel-Springer-Platz 1, 20350 Hamburg

Titel der nordamerikanischen Originalausgabe:
The Return of Rafe MacKade

erschienen bei: Silhouette Books, Toronto
Published by arrangement with
Harlequin Enterprises II B.V., Amsterdam

Konzeption/Reihengestaltung: fredeboldpartner.network, Köln
Umschlaggestaltung: pecher und soiron, Köln
Redaktion: Sarah Sporer
Titelabbildung: Getty Images, München
Illustration: Sándor Rósza, Köln
Autorenfoto: © by Harlequin Enterprise S.A., Schweiz
Satz: Buch-Werkstatt GmbH, Bad Aibling
Druck und Bindearbeiten: Ebner & Spiegel, Ulm
Printed in Germany
ISBN 3-89941-229-X

www.mira-taschenbuch.de

PROLOG

Die MacKade-Brüder hielten wieder einmal Ausschau nach jemandem, mit dem sie sich anlegen konnten. Das hatten sie sich beinahe schon zur Gewohnheit gemacht. Ein geeignetes Objekt zu finden war in dem kleinen Städtchen Antietam allerdings gar nicht so einfach, doch war ihnen das erst gelungen, war es schon der halbe Spaß.

Wie üblich kabbelten sie sich vor dem Losfahren darum, wer das Steuer des schon leicht hinfälligen Chevys übernehmen durfte. Zwar gehörte der Wagen Jared, dem ältesten der vier Brüder, dieser Umstand war jedoch keineswegs gleichbedeutend damit, dass er ihn notwendigerweise auch fuhr.

Diesmal hatte Rafe darauf bestanden, den Wagen zu steuern. Ihn dürstete nach dem Rausch Geschwindigkeit, er wünschte sich, die dunklen kurvigen Straßen entlangzujagen, ohne den Fuß vom Gaspedal zu nehmen. Fahren, nur fahren, um woanders anzukommen.

Irgendwo ganz anders.

Vor zwei Wochen hatten sie ihre Mutter begraben.

Vielleicht, weil seine Brüder erkannten, in was für einer gefährlichen Stimmung sich Rafe befand, hatten sie sich gegen ihn als Fahrer entschieden. Devin hatte das Steuer übernommen, mit Jared als Beifahrer. Rafe brütete nun auf dem Rücksitz, neben sich seinen jüngsten Bruder Shane, düster vor sich hin und starrte mit finsterem Blick auf die Straße.

Die MacKade-Brüder waren ein rauer Haufen. Alle waren sie hoch gewachsen, schlank und sehnig wie Wildhengste, und ihre Fäuste waren nur allzu schnell und gern bereit, ein Ziel zu finden. Ihre Augen – die typischen MacKade-Augen, die alle Schattierungen von Grün aufwiesen – waren im Stande, einen Mann auf zehn Schritt Entfernung in Angst und Schrecken zu versetzen. Waren sie schlechter Laune, war es klüger, ihnen aus dem Weg zu gehen.

In Duff's Tavern angelangt, orderte jeder ein Bier – trotz Shanes Protest, der Angst hatte, nicht bedient zu werden, weil er noch nicht einundzwanzig war –, und dann steuerten sie geradewegs auf den Billardtisch zu.

Sie liebten die schummrige, rauchgeschwängerte Atmosphäre der Bar. Das Geräusch, das die Billardkugeln verursachten, wenn sie klackernd aneinander prallten, war gerade erregend genug, um die innere Anspannung, unter der sie standen, noch ein bisschen weiter in die Höhe zu treiben, und Duff Dempseys Blick, der sie immer wieder streifte, war nervös genug, um sie zu belustigen. Die Wachsamkeit, die sich bei ihrem Anblick in den Augen der anderen Gäste spiegelte, die sich den neuesten Klatsch erzählten, war ihnen Beweis genug dafür, dass sie lebten.

Und auch heute hegte niemand Zweifel daran, dass die MacKade-Jungs wieder einmal auf Streit aus waren. Und natürlich würden sie schließlich auch finden, wonach sie suchten.

Rafe klemmte sich die Zigarette in den Mundwinkel, griff nach seinem Queue, beugte sich über den Billardtisch, spähte mit zusammengekniffenen Augen durch den Qualm, zielte und stieß zu. Die vielen dunklen Bartstoppeln an seinem Kinn – er hatte es bereits seit Tagen nicht für nötig gehalten, sich zu rasieren – spiegelten seine Stimmung wider.

Volltreffer! Seine Kugel schoss über die Bande, prallte ab und beförderte die Sieben wie vorausberechnet mit einem satten Klackern ins Loch.

„Glück für dich, dass es wenigstens eine Sache gibt, die du kannst.“ Joe Dolin, der an der Bar saß, griff nach seiner Bierflasche und starrte aus trüben Augen zu Rafe hinüber. Er war wieder einmal betrunken, was bei ihm um diese Tageszeit schon fast üblich war. Wenn er sich in diesem Zustand befand, wurde er meistens über kurz oder lang bösartig. In der Highschool war er eine Zeit lang der Star des Footballteams gewesen und hatte mit den MacKade-Brüdern um die Gunst der schönsten Mädchen der Stadt gewetteifert. Doch bereits jetzt, mit Anfang zwanzig, war sein Gesicht vom Alkohol aufgeschwemmt, und sein Körper zeigte erste Anzeichen von Schlaffheit.

Seelenruhig rieb Rafe seinen Queue mit Kreide ein und zog es vor, Joe zu übersehen.

„Jetzt, wo deine Mama tot ist, musst du schon ein bisschen mehr auf die Beine stellen, MacKade. Um 'ne Farm am Laufen zu halten, muss man mehr können, als den Queue zu schwingen.“ Während Joe die Flasche zwischen zwei Fingern hin und her drehte, machte sich ein gemeines Grinsen auf seinem Gesicht breit. „Hab schon gehört, dass ihr verkaufen müsst, weil ihr Steuern nachzuzahlen habt.“

„Da hast du falsch gehört.“ Cool ging Rafe um den Tisch herum und berechnete seinen nächsten Stoß.

„Glaub ich kaum. Die MacKades sind doch schon immer eine Bande von Lügnern und Betrügern gewesen.“

Shane setzte bereits zum Sprung an, doch Rafe hielt ihn zurück. „Er hat mit mir gesprochen“, sagte er ruhig und sah seinem jüngeren Bruder einen Moment zwingend in die Augen, bevor er sich umwandte. „Oder irre ich mich da, Joe? Du hast doch mit mir gesprochen, oder?“

„Ich hab mit euch allen gesprochen.“ Während er seine Bierflasche wieder an die Lippen setzte, glitt Joes Blick über die vier MacKades. Erst über Shane, den Jüngsten, der zwar durchtrainiert war von der Arbeit auf der Farm, aber noch immer eher aussah wie ein Junge, dann über Devin, dessen verschlossener Gesichtsausdruck nichts preisgab. Jared stand lässig gegen die Musikbox gelehnt und war ganz offensichtlich gespannt auf das, was als Nächstes geschah.

Joes Blick wanderte wieder zu Rafe zurück, dem die ungezügelte Wut aus den Augen leuchtete. „Aber wenn du meinst, dann hab ich eben mit dir geredet. Du bist doch sowieso die größte Niete von euch allen, Rafe."

„Findest du, ja?" Rafe nahm die Zigarette aus dem Mund, drückte sie aus und nahm gelassen einen langen, genießerischen Schluck von seinem Bier. Es wirkte wie ein Ritual, das er absolvierte, bevor die Schlacht begann. Die übrigen Gäste verrenkten sich fast die Hälse, um besser zu sehen, was vor sich ging. „Und wie läuft's in der Fabrik, Joe?"

„Immerhin krieg ich jeden Monat Kohle auf die Kralle, um meine Miete bezahlen zu können", erwiderte Joe aggressiv. „Mir will niemand das Haus unterm Hintern wegziehen."

„Zumindest nicht, solange deine Frau bereit ist, in Zwölfstundenschichten Tabletts zu schleppen."

„Halt's Maul. Meine Frau geht dich gar nichts an. Ich bin der, der das Geld nach Haus bringt. Ich brauch keine Frau, die mir Geld gibt, so wie das bei deinem Dad und deiner Mama war. Er hat doch ihre ganze Erbschaft durchgebracht und ist dann auch noch vor ihr gestorben."

„Stimmt, er starb vor ihr." Wut und Trauer kochten in Rafe hoch und drohten ihn hinwegzuschwemmen. „Aber er hat sie nie geschlagen. Sie jedenfalls hat es niemals nötig gehabt, ihre Augen hinter einer Sonnenbrille zu verstecken, damit man die blauen Flecke nicht sieht. Sie musste auch niemandem erzählen, dass sie wieder mal die Treppe runtergefallen ist. Jeder weiß aber, dass das Einzige, worüber deine Mutter jemals gestürzt ist, die Faust deines Vaters war, Joe."

Mit einem Krachen, dass die Flaschen auf dem Regal über der Theke klirrten, setzte Joe seine Bierflasche auf dem Tresen ab. „Das ist eine dreckige Lüge! Ich ramm sie dir in deinen dreckigen Hals zurück, damit du dran erstickst!"

„Versuch's doch."

„Er ist besoffen, Rafe", murmelte Jared.

Rafe sah seinen Bruder an. Seine Augen sprühten gefährliche Funken. „Na und?"

„Ist keine große Kunst, ihm in diesem Zustand die Fresse zu polieren. Damit machst du bestimmt keinen Punkt." Jared hob eine Schulter. „Lass gut sein, der Kerl ist doch den ganzen Aufwand gar nicht wert, Rafe."

Doch Rafe ging es gar nicht darum, einen Punkt zu machen. Er brauchte jetzt einfach den Kampf. Langsam hob er seinen Queue, unterzog die Spitze einer ausgiebigen Betrachtung und legte ihn dann quer über den Billardtisch. „Du willst dich also mit mir anlegen, Joe."

„Nicht hier drin." Obwohl ihm klar war, dass sein Protest zwecklos war, machte Duff eine Bewegung mit dem Daumen hin zum Telefon, das an der Wand hing. „Wenn ihr Ärger macht, ruf ich auf der Stelle den Sheriff an. Dann könnt ihr euch im Knast abkühlen."

„Lass bloß deine verfluchten Finger vom Telefon." Rafes Augen glitzerten kalt und angriffslustig, doch der Barkeeper, der Erfahrung mit Raufbolden hatte, blieb standhaft.

„Ihr geht sofort nach draußen", wiederholte er.

„Aber nur du gegen mich", verlangte Joe und starrte die übrigen MacKades finster an, während er seine Hände bereits zu Fäusten ballte. „Nicht dass mir die anderen dann noch zusätzlich in den Rücken fallen."

„Mit dir werde ich schon noch allein fertig." Wie um es zu beweisen, landete Rafe sofort, nachdem sich die Tür hinter ihnen geschlossen hatte, mit seiner Rechten einen Kinnhaken, der es in sich hatte. Beim Anblick des dicken Bluttropfens, der sich auf Joes Unterlippe bildete, verspürte er eine grimmige Befriedigung.

Er hätte nicht einmal genau sagen können, warum er diesen Kampf gewollt hatte. Joe bedeutete ihm nicht mehr als der Staub auf der Straße. Es tat einfach gut. Auch wenn Joe jetzt besser in Deckung ging als zu Anfang und hin und wieder sogar einen Volltreffer landete, tat es gut. Fäuste und Blut waren eine klare Sache. Das Krachen, das ertönte, wenn Knochen auf Knochen traf, war ein befreiendes Geräusch; wenn er es hörte, konnte er alles andere vergessen.

Als Devin das blutige Rinnsal sah, das sich vom Mund seines Bruders über sein Kinn hinabzog, zuckte er kurz zusammen, rammte dann aber entschlossen die Hände in die Hosentaschen. „Fünf Minuten gebe ich ihnen noch“, erklärte er seinen Brüdern.

„Quatsch, in drei Minuten ist Joe fertig.“ Mit einem Grinsen beobachtete Shane die beiden Gegner, deren Boxkampf mittlerweile in ein erbittertes Ringen übergegangen war.

„Zehn Dollar.“

„Rafe! Los, auf! Mach ihn fertig!“ feuerte Shane seinen Bruder an.

Genau drei Minuten und dreißig hässliche Sekunden dauerte es, bis Joe in den Knien einknickte. Breitbeinig stellte sich Rafe vor ihn hin und verpasste ihm methodisch einen Kinnhaken nach dem anderen. Als Joe begann, die Augen zu verdrehen, so dass man nur noch das Weiße sah, machte Jared rasch einen Schritt vor und zog seinen Bruder weg.

„Er hat genug.“ Jared packte Rafe, um ihn zur Besinnung zu bringen, bei den Schultern und schüttelte ihn. „Er hat genug, kapiert?“ wiederholte er. „Lass ihn jetzt in Ruhe.“

Nur langsam wich der rasende Zorn aus Rafes Augen.

Er öffnete seine Fäuste und starrte auf seine Hände. „Lass mich los, Jared. Ich mach nichts mehr."

Rafe blickte auf den vor sich hinwimmernden Joe, der halb bewusstlos auf dem Boden lag. Über ihn gebeugt stand Devin und zählte ihn aus.

„Ich hätte in Betracht ziehen müssen, wie besoffen er ist", gab er gegenüber Shane zu. „Aber glaub mir, wenn er nüchtern gewesen wäre, hätte Rafe fünf Minuten gebraucht."

„Ach, niemals! Du glaubst doch nicht, dass Rafe fünf Minuten an so einen Schwachkopf verschwendet."

Jared legte seinen Arm kameradschaftlich um Rafes Schultern. „Wie wär's mit einem abschließenden Bier?"

„Nein." Rafes Blick wanderte zu den Fenstern der Kneipe hinüber, wo sich sensationslüstern eine Menschentraube zusammendrängte. Geistesabwesend wischte er sich das Blut aus dem Gesicht. „Vielleicht sollte jemand von euch ihn auflesen und nach Hause schaffen", schrie er Duffs Gästen zu und wandte sich dann an seine Brüder. „Los, lasst uns abhauen."

Als er schließlich im Auto saß, machten sich seine Platzwunden und Prellungen unangenehm bemerkbar. Nur mit halbem Ohr hörte er Shanes mit Begeisterung vorgetragener Wiederholung des Kampfes zu, während er sich mit Devins Halstuch das Blut, das immer wieder von neuem von seiner Unterlippe tropfte, abwischte.

Du hast kein Ziel, dachte er. Willst nichts. Tust nichts. Bist nichts. Seiner Meinung nach bestand der einzige Unterschied zwischen ihm und Joe Dolin darin, dass Joe ein Trinker war und er nicht.

Er hasste die verdammte Farm ebenso wie diese verdammte Stadt hier. Er kam sich vor wie in einer Falle, in einem Morast, in dem er mit jedem Tag, der zu Ende ging, tiefer versank.

Jared hatte seine Bücher und seine Studien, Devin seine absonderlich schwer wiegenden Gedanken und Phantasien und Shane das Land, das ihm offensichtlich alles geben konnte, was er zu seiner Befriedigung brauchte.

Nur er hatte nichts.

Am Ortsausgang, wo die Straße anzusteigen begann und der Baumbestand dichter wurde, stand ein Haus. Das alte Barlow-Haus. Düster und verlassen lag es da. Es gab Leute im Ort, die steif und fest behaupteten, in dem alten Gemäuer würde es spuken, weshalb die meisten Einwohner von Antietam sich bemühten, das Haus möglichst nicht zur Kenntnis zu nehmen, oder aber ein wachsames Auge darauf hatten.

„Halt mal kurz an."

„Himmel, Rafe, wird dir womöglich zu guter Letzt noch schlecht?"

„Nein. Halt an, Jared, verdammt noch mal."

Sobald der Wagen stand, sprang Rafe hinaus und kraxelte den steinigen Abhang zu dem Haus hinauf. Überall wucherten Büsche und Sträucher, und dornige Zweige verfingen sich in seinen Hosenbeinen. Er brauchte nicht erst hinter sich zu sehen, um die Flüche zu hören, die seinen Brüdern, die hinter ihm herstolperten, über die Lippen kamen.

Er blieb stehen und blickte versonnen auf das zweistöckige düstere Gemäuer, dessen Quader wahrscheinlich, wie er vermutete, aus dem Steinbruch, der nur ein paar Meilen entfernt lag, stammten. Da die Scheiben längst zu Bruch gegangen waren, hatte man die Fenster mit Brettern vernagelt. Da, wo vermutlich früher ein Rasen gewesen war, wucherten jetzt Disteln, wilde Brombeeren und Hexengras. Inmitten des Gestrüpps erhob eine abgestorbene knorrige alte Eiche ihre kahlen Äste.

Doch als sich nun der Mond zwischen ein paar Wolken hervorstahl und einen warmgoldenen Mantel über das Haus warf, während eine leichte Brise leise flüsternd durch die Sträucher und die hohen Gräser strich, bekam das alte Gemäuer für Rafe plötzlich etwas Zwingendes. Es hatte Wind und Wetter getrotzt und, was am wichtigsten von allem war, auch dem Geschwätz und dem Misstrauen, das ihm die Einwohner der Stadt entgegenbrachten.

„Hältst du etwa Ausschau nach Gespenstern, Rafe?“ Shane trat neben ihn, und seine Augen glitzerten in der Dunkelheit.

„Kann sein."

„Kannst du dich noch daran erinnern, wie wir damals, um uns unseren Mut zu beweisen, die Nacht hier draußen verbracht haben?" Geistesabwesend riss Devin ein paar Grashalme ab und rollte sie zwischen seinen Fingern hin und her. „Vor zehn Jahren oder so, schätze ich. Jared hatte sich ins Haus reingeschlichen und quietschte mit den Türen, während Shane, der nichts davon wusste, draußen stand und sich vor Angst in die Hosen machte."

„Einen Teufel hab ich getan."

„Aber sicher, genauso war's."

Die beiden älteren Brüder ignorierten den Wortwechsel der beiden jüngeren, der voraussehbar in einem Gerangel enden würde.

„Wann wirst du weggehen?" erkundigte sich Jared ruhig. Er hatte es schon eine ganze Weile geahnt, aber nun erkannte er es deutlich. Die Art, wie Rafe das Haus betrachtete, war ganz eindeutig ein Abschiednehmen.

„Heute Nacht. Ich muss hier weg, Jared. Ich muss irgendwo anders hin und ganz neu anfangen, etwas anderes machen. Wenn ich es nicht mache, werde ich so enden wie Dolin. Oder noch schlimmer. Mom ist tot, sie braucht mich nicht mehr. Zum Teufel, sie hat niemals jemanden gebraucht."

„Weißt du schon, wohin du willst?"

„Nein. Vielleicht gehe ich in den Süden. Für den Anfang zumindest.“ Es gelang ihm kaum, seinen Blick von dem Haus loszureißen. Er hätte schwören können, dass es ihn genau beobachtete. Und auf ihn wartete. „Wenn ich kann, werde ich versuchen, euch Geld zu schicken.“

Obwohl es ihm wirklich nicht ganz leicht fiel, zuckte Jared gelassen mit den Schultern. „Wir kommen schon zurecht.“

„Du musst dein Jurastudium beenden. Mom hätte das so gewollt, das weißt du.“ Rafe blickte über die Schulter nach hinten, wo das Gerangel, das zu erwarten gewesen war, bereits beste Fortschritte erzielt hatte. „Die beiden kommen schon klar, wenn sie erst mal genau wissen, was sie wollen.“

„Shane weiß, was er will. Die Farm.“

„Stimmt.“ Mit einem dünnen Lächeln holte Rafe ein Zigarettenpäckchen aus seiner Hemdtasche, schüttelte sich eine Zigarette heraus und zündete sie an. „Denk darüber nach. Verkauf so viel Land wie notwendig, aber lass dir nichts wegnehmen. Das, was uns gehört, werden wir auch behalten. Und eines Tages werden sich die Leute im Ort auch wieder daran erinnern, wer die MacKades eigentlich sind.“

Rafes dünnes Lächeln verwandelte sich in ein breites Grinsen. Zum ersten Mal seit Wochen verspürte er den bohrenden Schmerz, der sein Inneres zu zerfressen schien, nicht mehr. Seine jüngeren Brüder, die ihren Kampf beendet hatten, hockten leicht ramponiert auf dem Erdboden und lachten sich halb tot.

So behältst du sie alle in Erinnerung, nahm er sich vor. Genau so. Die MacKades, wie sie nebeneinander auf einem steinigen Grund und Boden saßen, auf den niemand Rechtsansprüche hatte und den keiner wollte.

1. KAPITEL

Der schlimme Junge war zurückgekehrt. Die Gerüchteküche in Antietam brodelte.

Was schließlich serviert wurde, war eine dicke Brühe, scharf gewürzt mit Skandalen, Sex und süßen Geheimnissen. Rafe MacKade war nach zehn Jahren wieder da.

Das bedeutete Ärger, davon waren einige Leute felsenfest überzeugt. Ärger hing Rafe MacKade am Hals wie einer Kuh die Glocke. Rafe MacKade, der keinem Streit aus dem Weg ging und der den Pick-up seines toten Daddys zu Schrott gefahren hatte, noch bevor er überhaupt im Besitz eines Führerscheins gewesen war.

Nun war er zurückgekommen und parkte seinen Superschlitten unverfroren wie immer direkt vor dem Büro des Sheriffs.

Sicher, die Zeiten hatten sich sehr geändert. Seit fünf Jahren war sein Bruder Devin der Sheriff von Antietam, aber es hatte auch Zeiten gegeben – und die meisten konnten sich noch gut daran erinnern –, in denen Rafe MacKade selbst eine oder zwei Nächte in einer der Zellen, die sich an der Rückseite des Gebäudes befanden, hatte verbringen müssen.

Oh, er war attraktiv wie eh und je – zumindest war das die uneingeschränkte Meinung der Frauen am Ort.

Geradezu verteufelt gut sah er aus – ein Geschenk, das alle MacKades in die Wiege gelegt bekommen hatten.

Sein Haar war schwarz und dicht, die Augen, grün und hart wie die Jade der kleinen chinesischen Statuen, die in der Auslage des Antiquitätengeschäfts Past Times standen, funkelten angriffslustig wie in alten Zeiten. Sie trugen nichts dazu bei, um dieses kantige, scharf geschnittene Gesicht mit der kleinen Narbe über dem linken Auge weicher erscheinen zu lassen.

Wenn sich jedoch seine Mundwinkel zu einem Lächeln nach oben bogen, machte jedes Frauenherz einen Satz. Dieser Meinung war zumindest Sharilyn Fenniman von der am Ortseingang liegenden Tankstelle Gas and Go gewesen, als er sie angelächelt hatte, während er ihr einen Zwanzigdollarschein für Benzin in die Hand drückte. Noch bevor er den Gang hatte einlegen können, war Sharilyn zum Telefon gerast, um Rafes Rückkehr zu verkünden.

„Sharilyn hat natürlich sofort ihre Mama angerufen." Während sie sprach, füllte Cassandra Dolin Regan Kaffee nach. Es war Nachmittag, und in Ed's Café war nicht viel los. Wahrscheinlich lag das an dem Schnee, der in dicken Flocken vom Himmel fiel und die Straßen und Bürgersteige im Nu weiß werden ließ. Cassie, die über Regans Tasse gebeugt stand, richtete sich vorsichtig auf und zwang sich, den schmerzhaften Stich, der sich an ihrer rechten Hüfte bemerkbar gemacht hatte, zu ignorieren.

Regan Bishop zauderte kurz, bevor sie den Löffel in ihren Eintopf eintauchte und lächelte. „Er stammt doch von hier, stimmt's?"

Auch nach den drei Jahren, die sie nun schon hier lebte, verstand sie noch immer nicht, was die Leute am Kommen und Gehen ihrer Mitmenschen so faszinierte. Irgendwie gefiel ihr aber die Anteilnahme und amüsierte sie auch, allerdings konnte sie das alles nicht so recht verstehen.

„Ja, sicher, aber er war doch so lange weg. Während der ganzen Zeit ist er nur ein- oder zweimal hier gewesen, für ein oder zwei Tage in den letzten zehn Jahren." Während Cassie hinausschaute auf das Schneetreiben, überlegte sie, wo er wohl gewesen war, was er gemacht und erlebt hatte. Ja, und sie versuchte sich vorzustellen, wie es woanders wohl sein mochte.

„Du siehst müde aus, Cassie", murmelte Regan.

„Hm? Ach, nein, ich träume nur gerade ein bisschen. Das hält mich immer aufrecht. Ich habe den Kindern gesagt, dass sie direkt von der Schule hierher kommen sollen, aber ..."

„Dann werden sie es bestimmt auch tun. Du hast großartige Kinder."

„Ja, das stimmt." Als sie lächelte, wich die Anspannung aus ihren Augen, zumindest ein bisschen.

„Warum holst du dir nicht auch eine Tasse? Komm,

setz dich doch zu mir und trink einen Schluck." Mit einem raschen Blick durch das Café hatte sich Regan davon überzeugt, dass der Moment günstig war. Rechts hinten in der Nische saß ein Gast, der über seinem Kaffee eingedöst zu sein schien, und das Pärchen am Tresen schien ebenfalls wunschlos glücklich. „Du bist ja im Augenblick mit Arbeit nicht gerade eingedeckt." Als sie sah, dass Cassie zögerte, zog sie kurz entschlossen die Trumpfkarte. „Ich bin doch so neugierig. Erzähl mir was über Rafe MacKade."

Cassie kaute, noch immer unentschlossen, auf ihrer Unterlippe herum. „Na gut", willigte sie schließlich ein. „Ed", rief sie, „ich mach jetzt Mittagspause, okay?"

Auf ihr Rufen hin kam eine hagere Frau in einer weißen Schürze, auf dem Kopf eine wirre rote Dauerwellenpracht, aus der Küche. „Alles klar, Honey." Ihre dunkle Stimme klang rau von den zwei Päckchen Zigaretten, die sie täglich konsumierte, und ihr sorgfältig geschminktes Gesicht glühte von der Hitze, die der Herd, an dem sie arbeitete, ausstrahlte. „Hallo, Regan", sie grinste breit. „Sie haben Ihre Mittagspause schon um fünfzehn Minuten überzogen."

„Ich lasse das Geschäft heute Nachmittag geschlossen", gab Regan zurück. Sie wusste, dass Edwina Crump ihre Öffnungszeiten immer wieder von neuem amüsierten. „Ich kann mir kaum vorstellen, dass die Leute bei diesem Wetter Lust haben, Antiquitäten zu kaufen."

„Es ist wirklich ein harter Winter.“ Cassie, die gegangen war, um sich eine Tasse zu holen, kam an den Tisch zurück und schenkte sich Kaffee ein. „Jetzt haben wir noch nicht mal den Januar hinter uns, und die Kids haben schon gar keine Lust mehr, Schneemänner zu bauen und Schlitten zu fahren.“ Sie seufzte und achtete sorgfältig darauf, nicht vor Schmerz zusammenzuzucken, als sie sich setzte. Sie war zwar erst siebenundzwanzig – ein Jahr jünger als Regan –, aber im Moment fühlte sie sich alt.

Nach drei Jahren Freundschaft konnte Regan Cassies Seufzer sehr gut einordnen. „Die Dinge stehen nicht zum Besten, stimmt's?“ fragte sie leise und legte ihre Hand auf die von Cassie. „Hat er dich wieder geschlagen?“

„Nein, nein. Mir geht's gut“, beeilte sich Cassie zu versichern und starrte in ihre Kaffeetasse. Sie fühlte sich von Scham, Angst und Schuld wie zerfressen, Gefühle, die mehr schmerzten als jeder Schlag, den ihr Joe je versetzt hatte. „Ich habe keine Lust, über Joe zu reden.“

„Hast du dir die Sachen über Gewalt gegen Frauen und das Frauenhaus in Hagerstown durchgelesen, die ich dir mitgebracht habe?“

„Ja … ich hab mal reingeschaut. Regan, ich habe zwei Kinder, verstehst du? Ich muss zuerst an sie denken.“

„Aber …“

„Bitte.“ Cassie hob den Blick und sah Regan flehentlich an. „Ich will einfach nicht darüber sprechen.“

„Na gut." Regan musste sich bemühen, sich ihre Ungeduld nicht anmerken zu lassen. Sie drückte Cassies Hand. „Also los, erzähl mir was über diesen legendären MacKade."

„Rafe." Cassies Gesicht hellte sich auf. „Ich hatte immer eine Schwäche für ihn. Eigentlich für alle MacKades. Es gab nicht ein Mädchen in der ganzen Stadt, das nicht wenigstens einmal von einem der MacKades geträumt hätte."

„Ich mag Devin." Regan nippte an ihrem Kaffee. „Er erscheint mir solide, manchmal vielleicht ein bisschen geheimnisvoll, aber absolut zuverlässig."

„Ja, auf Devin kann man sich verlassen", stimmte Cassie zu. „Hätte doch keiner gedacht, dass er jemals ein so guter Sheriff werden würde. Er ist immer gerecht. Jared hat eine gut gehende Anwaltspraxis in Hagerstown. Auch Shane ist absolut in Ordnung – na ja, er hat vielleicht seine Ecken und Kanten, doch er arbeitet auf seiner Farm mindestens für zwei. Als die MacKades noch jünger waren, mussten die Mütter ihre Töchter förmlich einsperren, wenn die Jungs von der Ranch runter in die Stadt kamen."

„Sind alle gute Bürger geworden, hm?"

„Ja. Früher hatten sie immer eine Riesenwut im Bauch. Bei Rafe war es am schlimmsten. In der Nacht, als er die Stadt verließ, hat er sich mit Joe geprügelt. Er hat ihm das Nasenbein gebrochen und zwei Zähne ausgeschlagen."

„Tatsächlich?" Regan beschloss, Rafe genau dafür zu mögen, wie auch immer er sonst sein mochte.

„Ihr Vater starb, als sie noch Kinder waren", erzählte Cassie weiter. „Ich muss damals so etwa zehn gewesen sein. Rafe verließ kurz nach dem Tod ihrer Mutter die Stadt. Sie war zuvor ein Jahr lang krank gewesen, der Grund dafür, dass die Dinge auf der Farm nicht zum Besten standen. Die Leute hier waren fast alle fest davon überzeugt, dass die MacKades verkaufen müssten, aber sie hielten durch."

„Zumindest drei von ihnen."

„Mmm..." Cassie genoss ihren Kaffee. Sie hatte so selten Zeit, sich einmal hinzusetzen. „Sie waren ja alle noch nicht richtig erwachsen. Jared muss damals dreiundzwanzig gewesen sein, und Rafe zehn Monate jünger. Devin ist vier Jahre älter als ich, und Shane ist der Jüngste."

„Das klingt so, als sei Mrs. MacKade eine fleißige Frau gewesen."

„Sie war großartig. Stark. Sie hielt alles zusammen, egal wie schlimm und verfahren die Situation auch war. Ich habe sie immer bewundert."

„Nicht in jedem Fall ist es gut, durchzuhalten bis zum bitteren Ende", murmelte Regan und dachte dabei an Cassie. Sie schüttelte den Kopf. Nein, sie hatte sich vorgenommen, Cassie nicht zu drängen. Die Dinge brauchten ihre Zeit. „Warum, glaubst du, ist er zurückgekommen?“

„Keine Ahnung. Ich habe gehört, dass er in den vergangenen Jahren eine Menge Geld mit Haus- und Grundstücksverkäufen verdient haben soll. Er hat wohl jetzt eine Immobilienfirma. MacKade hat er sie genannt. Einfach nur MacKade. Meine Mutter war immer der Meinung, dass er eines Tages im Gefängnis landen würde, aber …“ Sie unterbrach sich mitten im Satz und starrte wie gebannt aus dem Fenster. „Oh Gott“, murmelte sie hingerissen. „Sharilyn hatte Recht.“

„Hm?“

„Er sieht besser aus als je zuvor.“

Gerade in dem Moment, in dem Regan neugierig den Hals reckte, um einen Blick auf ihn zu erhaschen, bimmelte die Türglocke, und er trat ein. Selbst wenn er noch heute das schwarze Schaf sein sollte, als das er von hier fortgegangen ist, so ist er doch zumindest ein Prachtexemplar, dachte Regan anerkennend.

Er schüttelte sich den Schnee aus dem dichten Haar, das die Farbe von Kohlenstaub hatte, und schälte sich aus seiner schwarzen sportlichen Lederjacke, die mit Sicherheit nicht die richtige Bekleidung für einen harten Ostküstenwinter darstellte. Er hat das Gesicht eines Kriegers, dachte Regan – die kleine Narbe über dem linken Auge, der Dreitagebart und die leicht gekrümmte

Nase, die sein Gesicht davor bewahrte, allzu ebenmäßig zu erscheinen.

Sein Körper wirkte, als sei er hart wie Granit, und seine Augen waren auch nicht weicher. Er trug ein Flanellhemd, ausgewaschene Jeans und ramponierte Stiefel. Dass er reich und erfolgreich aussah, konnte man nicht gerade behaupten.

Rafe amüsierte die Tatsache, und gleichzeitig war er erfreut darüber, dass sich Eds Lokal während der zehn Jahre seiner Abwesenheit um keinen Deut verändert hatte. Vermutlich waren das noch immer jene Barhocker, die er als Junge bereits angewärmt hatte, während er auf seinen Eisbecher oder seinen Softdrink wartete. Ganz sicher aber lag noch immer der gleiche Geruch in der Luft, ein Gemisch aus Fett, dem Duft gebratener Zwiebeln und Zigarettenrauch, das alles angereichert mit einem Schuss Reinigungsmittel, das nach Kiefernnadel roch.

Sicher stand Ed wie immer hinten in der Küche und wendete Burgers oder stocherte in den Pommes herum, um zu überprüfen, ob sie schon knusprig genug waren. Und ebenso sicher war der Alte, der da drüben in der Nische über seinem mittlerweile kalt gewordenen Kaffee döste, Tidas. Er schnarchte friedlich vor sich hin, ganz so, wie er es immer getan hatte.

Rafes kühl taxierender Blick erfasste den leuchtend weißen Tresen, auf dem mit Plastikfolie abgedeckte Kuchenplatten standen, wanderte weiter über die Wände, wo Schwarzweißdrucke der berühmtesten Schlachten aus dem Bürgerkrieg hingen, hin zu einer Nische, in der zwei Frauen vor ihren Kaffeetassen saßen.

Die eine der beiden hatte er noch nie gesehen. Am liebsten hätte er einen anerkennenden Pfiff ausgestoßen. Das schimmernde braune Haar, auf Kinnlänge geschnitten, umrahmte ein weiches Gesicht, dessen Haut die Farbe von Elfenbein hatte. Lange, dichte dunkle Wimpern beschatteten dunkelblaue Augen, die ihm mit unverhüllter Neugier entgegenblickten. Über dem vollen Mund saß direkt in der Ecke ein winziger frecher Leberfleck.

Bildschön, dachte er. Als wäre sie gerade einem Hochglanz-Modemagazin entstiegen.

Sie starrten einander einen Moment lang an und taxierten sich so, wie man ein begehrenswertes Schmuckstück in einem Schaufenster einschätzt. Dann ließ er seinen Blick weiterwandern zu der kleinen, zerbrechlich wirkenden Blondine mit den traurigen Augen und dem zögernden Lächeln.

„Teufel noch mal." Ein breites Grinsen erhellte sein Gesicht, ein Umstand, der die Raumtemperatur schlagartig in die Höhe zu treiben schien. „Die kleine, süße Cassie Connor."

„Rafe. Ich habe schon gehört, dass du wieder da bist." Als er sie am Handgelenk packte und hochzog, um sie besser anschauen zu können, lachte sie perlend. Regan hob erstaunt die Augenbrauen. Es war wirklich selten, dass Cassie so frei herauslachte.

„Hübsch wie immer", sagte Rafe und küsste sie ungeniert auf den Mund. „Ich hoffe, du hast den Trottel rausgeschmissen, damit ich jetzt freie Bahn habe."

Sie wich einen Schritt zurück und bemühte sich ganz offensichtlich, ihre Zunge sorgsam im Zaum zu halten. „Ich habe jetzt zwei Kinder!"

„Ja. Hab's schon gehört. Einen Jungen und ein Mädchen, stimmt's?" Er zog scherzhaft am Träger ihrer Latzschürze, während er leicht bestürzt registrierte, dass sie noch schmaler und zerbrechlicher wirkte als früher. Sie war viel zu dünn. „Du arbeitest immer noch hier?"

„Ja. Ed ist hinten in der Küche."

„Ich geh gleich mal hin, um sie zu begrüßen!" Während seine Hand noch immer wie zufällig auf Cassies Schulter ruhte, fiel sein Blick wieder auf Regan. „Und wer ist deine Freundin?"

„Oh, entschuldige. Das ist Regan Bishop. Ihr gehört das Past Times, ein Antiquitätengeschäft, ein paar Häuser weiter die Straße hinunter. Regan, das ist Rafe MacKade."

„Einer der MacKade-Brüder." Sie bot ihm die Hand. „Ich habe schon von Ihnen gehört."

„Davon bin ich überzeugt." Er nahm ihre Hand und

hielt sie fest, während er ihren Blick suchte. „Antiquitäten? Was für ein Zufall. Das interessiert mich sehr."

„Ach ja? Geht es Ihnen um eine bestimmte Epoche?"

„Mitte bis spätes neunzehntes Jahrhundert. Ich habe mir gerade ein Haus hier gekauft, das ich ganz im Stil dieser Zeit einrichten will. Glauben Sie, dass Sie mir dabei behilflich sein können?"

Vor Verblüffung blieb ihr fast der Mund offen stehen. Ihr Geschäft ging recht gut, sie lebte von den Touristen, und ab und an kauften sich auch die Einheimischen ein schönes Stück. Dieses Angebot aber, das er ihr eben unterbreitet hatte, würde ihr normales Einkommen schlagartig verdreifachen. „Selbstverständlich."

„Du hast dir ein Haus gekauft?" schaltete sich Cassie nun überrascht ein. „Ich dachte, du wohnst bei deinem Bruder auf der Farm."

„Stimmt. Bis jetzt zumindest. Dieses Haus habe ich mir allerdings auch nicht gekauft, um darin zu wohnen. Ich will ein Hotel daraus machen. Es ist das alte Barlow-Haus."

Überrascht drehte Cassie die Kaffeekanne in ihren Händen hin und her. „Das Barlow-Haus? Aber dort ..."

„Spukt es?" Seine Augen funkelten. „Da hast du verdammt Recht. Wie steht's, Cassie, könnte ich denn vielleicht auch ein Stück von diesem Kuchen hier haben und einen Kaffee? Wenn ich das alles hier sehe, bekomme ich richtig Appetit."

Obwohl Regan kurz darauf gegangen war, hatte Rafe noch etwa eine Stunde in Ed's Café vertrödelt. Gerade als er aufbrechen wollte, kamen Cassies Kinder hereingestürmt. Cassie veranstaltete einen Riesenwirbel, weil der Junge vergessen hatte, seine Handschuhe anzuziehen, und dann begann das kleine Mädchen mit den großen Augen feierlich und ernsthaft von den Ereignissen des Tages zu erzählen.

Vieles war über den Zeitraum von zehn Jahren hinweg gleich geblieben. Aber es hatte sich auch eine Menge verändert. Er war sich klar darüber, dass die Neuigkeit seiner Rückkehr im Moment durch die Telefondrähte schwirrte. Und er freute sich darüber. Er wollte, dass die ganze Stadt wusste, dass er wieder da war und dass er nicht geschlagen zurückgekommen war, wie so mancher es vorausgesagt hatte.

Er hatte genügend Geld in der Tasche und Pläne für seine Zukunft. Das Barlow-Haus war das Herzstück seiner Pläne. Es hatte ihn die ganzen Jahre über nicht losgelassen. Nun gehörte es ihm, jeder Stein, jeder Balken – und alles, was sonst noch darin sein mochte. Er würde es neu erschaffen, ebenso wie er sich selbst neu erschaffen hatte.

Eines Tages würde er am Dachfenster stehen und auf die Stadt hinunterschauen. Er würde es allen beweisen – und auch sich selbst –, dass Rafe MacKade alles andere als ein Niemand war.

Er ließ ein großzügiges Trinkgeld liegen, wobei er darauf achtete, dass es nicht so großzügig ausfiel, dass es Cassie beschämen könnte. Sie ist viel zu dünn, dachte er wieder wie vorhin schon einmal, und ihre Augen blicken allzu wachsam. Ihm war aufgefallen, dass sie diese Wachsamkeit nur gegenüber Regan abgelegt hatte.

Die schien ihm eine Frau zu sein, die wusste, was sie wollte. Ruhige, entschlossene Ausstrahlung, ein energisches Kinn und weiche Hände. Sie hatte mit keiner Wimper gezuckt, als er ihr sein Angebot unterbreitet hatte. Oh, natürlich konnte er sich gut vorstellen, wie es sie innerlich durchzuckt hatte, aber anmerken lassen hatte sie sich nichts.

„Wo ist denn dieses Antiquitätengeschäft? Zwei Häuser weiter?"

„Genau." Cassie brühte gerade eine Kanne frischen Kaffees auf, wobei sie die ganze Zeit ein Auge auf ihre Kinder hatte. „Auf der linken Seite. Aber soweit ich weiß, hat sie heute Nachmittag geschlossen."

Rafe schlüpfte in seine Lederjacke und grinste. „Das glaube ich kaum."

Er schlenderte hinaus, die Jacke offen, als wäre draußen das herrlichste Frühlingswetter. Bei jedem Schritt knirschte der Schnee unter seinen Schuhsohlen. Ganz wie erwartet, brannte bei Past Times das Licht. Doch statt gleich in der Wärme des Ladens Schutz vor der Kälte zu suchen, blieb er nun vor dem Schaufenster stehen und studierte interessiert die Auslage, die er sehr ansprechend fand.

Das gesamte Fenster war mit einer Flut von blau schimmerndem Brokatstoff ausgelegt, auf dem ein zierlicher Kinderschaukelstuhl stand, in den man eine Porzellanpuppe mit riesigen himmelblauen Augen hineingesetzt hatte. Ihr zu Füßen türmte sich ein raffiniert angerichtetes Durcheinander von antikem Kinderspielzeug. Auf einem Sockel bäumte sich züngelnd, das Maul weit aufgerissen, ein Drache aus Jade auf. Daneben stand ein auf Hochglanz poliertes Schmuckkästchen, aus dessen geöffneten Schubladen perlmuttschillernde Perlenketten, mit funkelnden Steinen besetzte Armbänder, goldene Reifen, Ringe und Ohrgehänge quollen, gerade so, als ob eine Frauenhand auf der Suche nach dem passenden Stück alles durchwühlt hätte.

Nicht schlecht gemacht, dachte er anerkennend.

Als er den Laden betrat, bimmelten die Schlittenglöckchen, die über der Tür hingen, melodisch, und ihm schlug ein Duft nach Zimt, Äpfeln und Nelken entgegen. Und noch etwas hing in der Luft, das er sofort erkannte und das ihn veranlasste, ganz tief Atem zu holen: der unaufdringliche, aber unverkennbare Duft von Regan Bishops Parfüm.

Er ließ seine Blicke durch den Raum schweifen. Eine Couch hier, ein Tisch da, alles stand wie zufällig herum, aber ihm war klar, dass die Anordnung der Dinge Methode hatte. Lampen, Schüsseln, Vasen waren bewusst ausgestellt und erweckten doch den Anschein, als wären sie Dekoration. Ein Esstisch war sorgfältig gedeckt mit feinem chinesischen Porzellangeschirr, handgeschliffenen Gläsern und Kristallkaraffen, feierlich breitete ein Kerzenleuchter seine Arme über der Festtafel aus, und ein frischer, zartfarbiger Blumenstrauß ließ in dem Betrachter das Gefühl aufkommen, als müssten die erwarteten Gäste jeden Moment eintreffen.

Der Laden hatte drei große Ausstellungsräume. Nirgendwo entdeckte er Trödel, altes Gerümpel oder auch nur ein Stäubchen. Alles glänzte, funkelte und war auf Hochglanz poliert. Er blieb vor einem roh gebeizten Küchenschrank aus hellem Holz stehen, in dem große dunkelblaue Teller, Tassen und Krüge aus Ton standen.

„Ein schönes Stück, nicht wahr?“ bemerkte Regan, die hinter ihn getreten war.

„Wir haben einen ähnlichen in unserer Küche auf der Farm.“ Er drehte sich nicht um. „Meine Mutter bewahrte das Alltagsgeschirr darin auf. Und die Gläser. Aber dicke, die nicht so leicht zerbrechen konnten. Die warf sie dann nach mir, wenn ich wieder einmal unverschämt und aufsässig war.“

„Hat sie Ihnen denn auch ab und zu mal eine Ohrfeige verpasst?“

„Nein, aber sie hätte es bestimmt getan, wenn sie der Meinung gewesen wäre, dass es nötig ist." Nun drehte er sich um und präsentierte ihr ein geradezu verheerend charmantes Grinsen. „Und sie hatte verdammt viel Kraft in den Armen, das können Sie mir glauben. Und – was machen Sie eigentlich hier mitten im Nirgendwo, Regan Bishop?"

„Antiquitäten verkaufen, Rafe MacKade."

„So, so. Und sie sind tatsächlich gar nicht mal so schlecht. Was möchten Sie denn für den Drachen draußen im Schaufenster?"

„Fünfundfünfzig. Sie haben einen exzellenten Geschmack, das muss ich schon sagen."

„Fünfundfünfzig. Sie scheinen ja ziemlich gesalzene Preise zu haben." Seelenruhig streckte er die Hand aus und öffnete einen der goldenen Knöpfe ihrer marineblauen Kostümjacke.

Sie fand die kleine Geste reichlich unverschämt, aber sie dachte gar nicht daran, sie zu kommentieren. „Sie bekommen ja auch etwas für Ihr Geld."

Er hakte seine Daumen in die Taschen seiner Jeans und begann wieder herumzuschlendern. „Wie lange sind Sie denn schon hier?"

„Im vergangenen Sommer waren es drei Jahre."

„Und wo kommen Sie her?" Als er keine Antwort bekam, drehte er sich um und sah, dass sie eine ihrer schön geschwungenen schwarzen Augenbrauen leicht hochgezogen hatte. „Wir machen doch nur ein bisschen Konversation, Darling. Es ist mir ganz angenehm, wenn ich von den Leuten, mit denen ich geschäftlich zu tun habe, ein bisschen was weiß."

„Bis jetzt haben wir aber noch nicht geschäftlich miteinander zu tun." Sie strich sich das Haar hinter die Ohren und strahlte ihn an. „Darling", setzte sie dann angriffslustig hinzu.

Er brach in ein Lachen aus. Sie fand es ansteckend. Nimm dich in Acht, sagte sie sich.

„Ich habe das Gefühl, dass wir gut miteinander zurechtkommen werden, Regan." Er blieb vor ihr stehen, legte den Kopf auf die Seite und taxierte sie vom Kopf bis zu den Zehenspitzen. „Sie sind nicht übel."

„Machen wir noch immer Konversation?"

„Nein, das ist jetzt eine Inspektion." Er wippte auf den Zehenspitzen leicht hin und her, die Daumen noch immer in die Hosentaschen gehakt, in den Mundwinkeln ein Grinsen, und studierte die Ringe an ihren Fingern. „Da ist aber keiner dabei, der mich abhalten könnte, oder?"

Plötzlich hatte sie Schmetterlinge im Bauch. Sie straffte die Schultern. „Kommt ganz darauf an, worauf Sie hinauswollen."

Er zuckte nur die Schultern, ließ sich auf einem mit dunkelrotem Samt bezogenen Zweiersofa nieder und legte lässig den Arm über die geschwungene Lehne. „Wollen Sie sich nicht zu mir setzen?“

„Nein, danke. Sind Sie hergekommen, um Geschäfte mit mir zu machen oder weil Sie die Absicht haben, mich ins Bett zu zerren?“

„Ich zerre niemals Frauen ins Bett.“ Er lächelte sie an.

Nein, dachte sie. Das hast du mit Sicherheit auch gar nicht nötig, du brauchst nur dieses Grinsen aufzusetzen.

„Wirklich, Regan. Es ist rein geschäftlich.“ Er streckte bequem die Beine aus und legte die Füße übereinander. „Zumindest noch.“

„Okay. Wie wär's mit einem heißen Apfelwein?“

„Danke, gern.“

Sie wandte sich ab und ging in den hinteren Teil des Ladens. Rafe haderte unterdessen mit sich selbst. Eigentlich hatte er nicht die Absicht gehabt, so direkt zu sein. Der Duft, den sie ausströmte, musste ihm wohl das Hirn benebelt haben. Und provoziert hatte er sich gefühlt durch die kühle Art, wie sie da in ihrem eleganten Schneiderkostüm vor ihm stand.

Wenn ihm jemals eine Frau über den Weg gelaufen war, die versprach, ihm Schwierigkeiten zu machen, so war es Regan Bishop. Aber er hatte noch niemals den einfacheren Weg gewählt. Er liebte die Herausforderung.

Kurz darauf kam sie zurück. Beim Anblick ihrer langen Beine stockte ihm fast der Atem.

„Danke.“ Er nahm ihr den emaillierten Becher mit dem dampfend heißen Gebräu aus der Hand. „Eigentlich hatte ich beabsichtigt, eine Firma in Washington oder Baltimore mit der Einrichtung des Hauses zu beauftragen, aber es würde mich wahrscheinlich einige Zeit kosten, eine geeignete zu finden.“

„Was Ihnen so eine Firma bieten kann, kann ich auch. Und ich mache Ihnen einen besseren Preis.“ Sie hoffte es zumindest.

„Mag sein. Nun, mir wäre es ganz recht, wenn der Laden hier am Ort ist. Eine enge Zusammenarbeit ist so besser gewährleistet.“ Er kostete von dem heißen Apfelwein. Er schmeckte gut, war aber ziemlich stark. „Was wissen Sie über das Barlow-Haus?“

„Jammerschade, dass man es so verfallen lässt. Und eigentlich verstehe ich es nicht, denn hier in der Gegend werden doch sehr viele historische Bauten restauriert. Nur dieses Haus wird von der Stadt total ignoriert.“

„Es ist zwar solide gebaut, aber man muss eine Menge Arbeit hineinstecken …“ Er ließ all die Aufgaben, die vor ihm lagen, vor seinem geistigen Auge Revue passieren. „Fußböden müssen gelegt werden, die Wände brauchen einen neuen Verputz, einige will ich auch einreißen, die Fenster sind hinüber, und das Dach ist eine einzige Katastrophe.“ Er zuckte die Schultern. „Es wird Zeit kosten und Geld, das ist alles. Wenn es fertig ist, soll es wieder genauso aussehen wie 1862, als die Barlows hier lebten und vom Fenster ihres Salons aus die Schlacht von Antietam verfolgten."

„Haben sie das?" fragte Regan und lächelte. „Ich würde viel eher annehmen, dass sie sich vor Angst in ihrem Keller verkrochen haben."

„Glaube ich nicht. Sie waren reich und privilegiert, und es steht zu vermuten, dass die ganze Sache für sie eher eine Art der Unterhaltung war. Vielleicht haben sie sich geärgert, wenn vom Lärm des Kanonendonners das eine oder andere Fenster einen Sprung bekommen hat oder wenn die Todesschreie der Soldaten das Baby aus seinem Mittagsschlaf geweckt haben."

„Sie sind ja ein echter Zyniker. Reich zu sein heißt doch nicht, dass man keine Panik verspüren würde, wenn direkt vor dem Haus auf dem Rasen Menschen sich im Todeskampf winden und verbluten."

„Die Schlacht spielte sich ja nicht unmittelbar vor dem Haus ab. Aber egal. Jedenfalls möchte ich, dass das Haus wieder genau so eingerichtet wird, wie es damals war. Die Tapeten, die Möbel, die Stoffe – und alles in den Originalfarben natürlich." Er verspürte das drängende Bedürfnis nach einer Zigarette, kämpfte es aber nieder. „Und wie denken Sie darüber, ein Haus, in dem es spukt, zu restaurieren?"

„Wäre äußerst interessant." Sie sah ihn über den Rand

ihrer Tasse hinweg an. „Nebenbei gesagt, ich glaube nicht an Gespenster.“

„Das wird sich bald ändern. Ich habe in meiner Kindheit mal zusammen mit meinen Brüdern eine Nacht in dem Barlow-Haus verbracht.“

„Ach ja? Haben die Türen gequietscht und die Ketten gerasselt?“

„Nein.“ Das Lächeln war aus seinem Gesicht wie fortgewischt. „Bis auf die Geräusche, die Jared arrangiert hat, um uns zu erschrecken. Aber es gibt auf einer der Treppen einen bestimmten Punkt, der einem das Blut in den Adern gerinnen lässt, und wenn man den Flur entlanggeht, erscheint es manchmal, als würde einem jemand über die Schulter schauen. Und wenn es still ist und man lauscht angestrengt genug, kann man Säbelrasseln hören.“

Obwohl sie stark an der Glaubwürdigkeit seiner Aussagen zweifelte, gelang es ihr doch nicht, den Schauer, der sie überlief, zu unterdrücken. „Wenn Sie versuchen, mich aus dem Rennen zu nehmen, indem Sie mir Angst einjagen, muss ich Sie leider enttäuschen.“

„Ich beschreibe ja nur. Am besten wäre ein gemeinsamer Ortstermin, was halten Sie davon? Und dann können Sie mir Ihre Vorschläge unterbreiten. Wie wär’s mit morgen Nachmittag? Vielleicht gegen zwei?“

„Ja, das würde mir gut passen. Dann kann ich auch gleich alles ausmessen.“

„Okay." Er stellte seine Tasse ab und erhob sich. „Die geschäftliche Verbindung mit Ihnen fängt an, mir Spaß zu machen."

Sie nahm die Hand, die er ihr entgegenstreckte. „Willkommen zu Hause."

„Oh, da sind Sie die Erste, die mir das sagt." Mit betonter Ironie hob er ihre Hand an die Lippen und küsste sie. „Vielen Dank, aber anscheinend wissen Sie nicht, mit wem Sie es zu tun haben. Also, bis morgen dann." Er wandte sich um und ging zur Tür. „Und, Regan", fügte er hinzu, „holen Sie den Drachen aus dem Fenster. Ich nehme ihn."

Nachdem er die Stadt hinter sich gelassen hatte, fuhr Rafe an den Straßenrand, hielt an und stieg aus. Ohne auf das Schneetreiben und den eisigen Wind, der ihm entgegenschlug, zu achten, stand er versonnen da und blickte auf das einsame Haus, das sich auf dem Hügel vor ihm erhob. Welche Geheimnisse mochte es bergen?

Gespenster, dachte er, während die Schneeflocken lautlos auf ihn niederfielen. Vielleicht. Aber langsam wurde ihm klar, dass es sich wahrscheinlich um Gespenster handelte, die in ihm selbst wohnten.

2. *KAPITEL*

Regan freute sich immer wieder von neuem darüber, dass sie es zu einem eigenen Geschäft gebracht hatte. Sie allein konnte entscheiden, was sie ankaufte und verkaufte, ganz nach ihrem Geschmack, und sie selbst war es, die die Atmosphäre schuf, die ihr Laden ausstrahlte. Die Zeit, die sie dort verbrachte, war Zeit, die ihr gehörte, denn alles, was sie tat, tat sie für sich.

Aber obwohl sie ihr eigener Chef war, erlaubte sich Regan keinerlei Nachlässigkeiten. Im Gegenteil, sie war streng mit sich selbst und erwartete von sich, dass sie bereit war, nur das Beste zu geben. Sie arbeitete hart und beklagte sich selten.

Sie hatte genau das, was sie sich immer gewünscht hatte – ein Zuhause und ein Geschäft in einer Kleinstadt, die fast ländlich anmutete, weit weg von der Hektik und dem Lärm der Großstadt, in der sie fünfundzwanzig Jahre ihres Lebens verbracht hatte.

Nach Antietam zu ziehen und ein eigenes Geschäft aufzumachen, war Teil des Fünfjahresplans gewesen, den sie sich nach dem Examen aufgestellt hatte. Nach Abschluss ihres Studiums der Geschichte und Betriebswirtschaft hatte sie einige Zeit im Antiquitätenhandel gearbeitet, um Erfahrungen zu sammeln.

Nun war sie endlich ihr eigener Herr. Jeder Quadratzentimeter des Ladens und der gemütlichen Wohnung, die im Stockwerk darüber lag, gehörte ihr. Und der Bank. Das Geschäft, das sie mit MacKade machen würde, würde sie der vollkommenen Unabhängigkeit einen großen Schritt näher bringen.

Gleich nachdem Rafe sie gestern Nachmittag verlassen hatte, hatte sie den Laden abgeschlossen, war in die Bibliothek hinübergegangen und hatte sich eine ganze Ladung Bücher ausgeliehen, um ihr Wissen über die Epoche, mit der sie sich nun würde beschäftigen müssen, aufzufrischen und zu ergänzen.

Noch um Mitternacht saß sie über die Bücher gebeugt, las und machte sich Notizen über jedes kleine Detail des Alltagslebens während des Bürgerkriegs in Maryland. Erst als die Buchstaben vor ihren Augen zu tanzen begannen, konnte sie sich dazu entschließen, ihre Lektüre zu beenden.

Nun kannte sie jeden Aspekt der Schlacht von Antietam, wusste alle Einzelheiten über General Lees Marsch und seinen Rückzug über den Fluss und hatte die genaue Anzahl der Toten und Verwundeten im Kopf, ebenso wie das Bild des blutigen Kampfes, der über die Hügel und durch die Kornfelder Marylands getobt hatte.

Das Meiste davon hatte sie natürlich schon vorher gewusst, vor allem deshalb, weil sie die Vorstellung, dass ausgerechnet hier, in dieser stillen, abgeschiedenen Gegend eine der größten Schlachten des amerikanischen Bürgerkriegs geschlagen worden war, schon immer fasziniert hatte. In gewisser Weise war es sogar so, dass dieses Wissen ihre Wahl bezüglich des Ortes, an dem sie sich niederlassen wollte, beeinflusst hatte.

Diesmal jedoch hatte sie nach mehr ins Detail gehenden Informationen Ausschau gehalten – Informationen, die die Barlows betrafen. Sie wollte alles wissen, sowohl die Fakten als auch das, was an Spekulationen über sie angestellt wurde. Bereits hundert Jahre vor jenem schrecklichen Tag im September des Jahres 1862 war die Familie in dem Haus auf dem Hügel ansässig geworden. Als wohlhabende Großgrundbesitzer und Geschäftsleute hatten sie gelebt wie die Fürsten. Ihre rauschenden Bälle und festlichen Dinner hatten Gäste in großer Zahl aus Washington und aus Virginia angelockt.

Sie wusste, wie sie sich gekleidet hatten, sah die Gehröcke der Herren und die mit Spitzen besetzten Reifröcke der Damen genau vor sich, die Hüte aus Seide und die mit Satin bezogenen Pumps. Sie wusste, wie sie gelebt hatten, mit Dienstboten, die ihnen den Wein aus Kristallkaraffen in handgeschliffene, funkelnde Pokale einschenkten und die ihr Heim schmückten und die Möbel mit Bienenwachs wienerten, bis man sich darin spiegeln konnte.

Selbst jetzt, hier auf dieser verschneiten, kurvigen

Straße, die sie gerade entlangfuhr, hatte sie die Farben und Stoffe vor Augen, die Möbel und all die schönen Kleinigkeiten, mit denen sich die Barlows umgeben hatten. Rafe MacKade würde für sein Geld den adäquaten Gegenwert bekommen. Sie hoffte nur, dass seine Taschen auch tief genug waren.

Auf der schmalen, holprigen Straße, die zu dem Haus hinaufführte, lag hoher, jungfräulich weißer Schnee. Unmöglich. Diese Straße konnte sie keinesfalls hinauffahren. Sie würde in den Schneeverwehungen stecken bleiben.

Leicht verärgert darüber, dass Rafe diesem Umstand keine Beachtung geschenkt hatte, fuhr sie bis zur nächsten Biegung, parkte den Wagen und stieg aus. Nur mit ihrer Aktentasche bewaffnet, trat sie den mühseligen Marsch nach oben an.

Wie gut, dass du deine Winterstiefel anhast, sagte sie sich, als sie fast bis zu den Waden im Schnee versank. Zuerst hatte sie ein Kostüm und Schuhe mit hohen Absätzen anziehen wollen, aber im letzten Moment war ihr eingefallen, dass es weiß Gott nicht darum ging, bei Rafe MacKade Eindruck zu schinden.

Nachdem sie die Anhöhe erklommen hatte, sah sie sich um. Das Haus hatte etwas Faszinierendes an sich, und es zeichnete sich trotz der langjährigen Vernachlässigung stolz und unverwüstlich gegen das kalte Blau des Himmels ab.

Sie trat, vorsichtig durch die Schneeverwehungen stapfend, näher und kämpfte sich durch das Gesträuch. Brombeerranken streckten ihre dornigen Finger nach ihren Hosenbeinen aus und verhakten sich. Und doch war hier früher einmal weicher grüner Rasen mit in allen Farben blühenden Blumenrabatten gewesen.

Wenn Rafe auch nur ein kleines bisschen Phantasie hatte, könnte es eines Tages wieder so sein.

Während sie sich ermahnte, dass die Landschaftsgestaltung nicht ihr Problem war, bahnte sie sich ihren Weg zur vorderen Eingangstür.

Er ist zu spät dran, dachte sie mit einem Anflug von Missmut.

Regan schaute sich um, stampfte ein paarmal, um wärmer zu werden, mit den Füßen auf und warf einen Blick auf ihre Armbanduhr. Der Mann konnte doch kaum erwarten, dass sie in dieser Eiseskälte hier draußen herumstand und auf ihn wartete. Zehn Minuten und keine Sekunde länger, sagte sie sich. Sie würde ihm eine Nachricht hinterlassen, in der sie ihn darüber aufklärte, dass sie getroffenen Verabredungen viel Wert beimaß, und wieder wegfahren.

Aber es konnte nicht schaden, einen kurzen Blick ins Innere des Hauses zu werfen.

Vorsichtig stieg sie die schadhaften Stufen empor. Hier, an diesem Seitenbogen sollten sich unbedingt Glyzinien oder Wicken emporranken, überlegte sie, und für einen Moment war ihr, als läge deren Duft, das süße Aroma des Frühlings, bereits in der Luft.

Als sie die Hand auf die Türklinke legte, wurde ihr plötzlich klar, dass sie das schon die ganze Zeit hatte tun wollen. Bestimmt ist die Tür abgeschlossen, dachte sie. Selbst in Kleinstädten nimmt ja der Vandalismus immer mehr zu. Doch sie hatte den Gedanken kaum zu Ende gedacht, da merkte sie, dass die Tür nachgab.

Es war nur vernünftig, hineinzugehen. Zwar würde es drin auch nicht warm sein, aber wenigstens windstill. Und sie könnte sich schon einmal umsehen. Plötzlich zog sie die Hand zurück, als hätte sie sich verbrannt. Ihr Atem kam stoßweise, erschreckend laut in der Stille. Sie zitterte.

Du bist nur etwas kurzatmig, weil du den Hügel so schnell hinaufgelaufen bist, versuchte sie sich zu beruhigen. Und vollkommen durchgefroren, deshalb zitterst du. Das ist alles. Aber es war nicht alles. Die Wahrheit war, dass ihr die Furcht tief in den Knochen steckte, sie hatte es bis jetzt nur nicht gemerkt.

Beschämt schaute sie sich nach allen Seiten um. Gott sei Dank war kein Mensch weit und breit zu sehen, der ihre lächerliche Reaktion hätte beobachten können. Sie holte tief Luft, lachte über sich selbst, fasste sich ein Herz und öffnete die Tür.

Sie quietschte. Das war zu erwarten, sie war ja seit vielen Jahrzehnten nicht mehr geölt worden. Das riesige Foyer, das nun vor ihren Augen lag, entschädigte sie für ihre Angst, so dass sie alles andere vergaß. Sie schloss die Tür hinter sich und lehnte sich erleichtert aufseufzend mit dem Rücken dagegen.

Überall lag fingerdick der Staub, und Schimmelpilz wucherte über die Wände. Die Fußleisten waren von Mäusen angefressen, und Spinnweben hingen schmutzigen Schleiern gleich von der Decke herab. Sie sah jedoch alles bereits in neuem Glanz, die Wände gestrichen in dem vollen, dunklen Grünton, der für die Epoche so typisch war, der Holzfußboden unter ihren Füßen so blitzblank gewachst, dass man sich darin spiegeln konnte.

Und dort drüben, dachte sie, steht der Tisch, an dem die Jagdgesellschaft gleich Platz nehmen wird, ein riesiger Rosenstrauß in der Mitte, flankiert von silbernen Kerzenleuchtern. Ein kleiner Sessel aus Walnussholz mit durchbrochener Lehne, ein gehämmerter Schirmständer und ein Spiegel mit einem vergoldeten Rahmen.

Während sie sich ausmalte, wie es gewesen war und wie es wieder sein würde, sah und hörte sie nichts und spürte auch nicht die kalte Luft, die ihren Atem in einer kleinen weißen Wolke vor sich hertrieb.

Im Salon angelangt, blieb sie vor dem gemauerten Kamin stehen. Der Marmor war schmutzig, aber unbeschädigt. Sie hatte zwei Vasen im Geschäft, die perfekt auf den Sims passen würden. Und ein handbesticktes Fußbänkchen. Voller Eifer schlug sie ihr Notizbuch auf und begann alles aufzuschreiben, was ihr bis jetzt eingefallen war.

Sie ging hin und her, überlegte. Spinnweben hingen in ihrem Haar, an ihrem Kinn saß ein schwarzer Fleck, und ihre Stiefel waren staubig, aber sie befand sich im siebten Himmel. Als sie Schritte hinter sich hörte, war ihre Laune so blendend, dass sie überhaupt nicht daran dachte, sich zu beschweren.

„Es ist wundervoll. Ich kann überhaupt nicht …“ Sie redete die Wand an.

Regan stutzte, verließ den Salon und ging in die Halle. Sie öffnete den Mund, um laut zu rufen, aber dann wurde ihr klar, dass die Fußtritte im Staub ihre eigenen waren.

Jetzt siehst du schon Gespenster, dachte sie erschauernd. Verursachten denn große, leere Häuser nicht eine Menge Geräusche? Holz, das sich setzt, Wind, der durch die Fensterritzen pfeift, Rascheln von Nagetieren, dachte sie und schnitt eine Grimasse. Sie hatte keine Angst vor Mäusen. Auch nicht vor Spinnen oder sonstigem Getier.

Doch als plötzlich die Decke über ihr zu ächzen begann, entschlüpfte ihr ein Aufschrei, und das Herz klopfte ihr bis zum Hals. Bevor sie sich wieder in den Griff bekommen konnte, hörte sie, wie oben eine Tür zugeschlagen wurde.

Sie raste durch die Halle, und noch während sie blindlings nach der Türklinke tastete, wurde ihr klar, was die Geräusche zu bedeuten hatten.

Rafe MacKade.

Oh, er hält sich wohl für besonders witzig, dachte sie wütend. Schleicht sich ins Haus hinauf in den ersten Stock, dieser Idiot, um kurz mal Geist zu spielen.

Nicht mit mir, nahm sie sich vor und straffte entschlossen die Schultern, hob das Kinn und marschierte strammen Schritts auf die gewundene Treppe zu.

„Halten Sie das für besonders komisch, MacKade?" rief sie hinauf. „Sie können jetzt runterkommen, ich würde nämlich ganz gern endlich anfangen zu arbeiten."

Sie ging ein paar Stufen hinauf und erstarrte, als sie die Hand auf das Treppengeländer legte. Oh Gott, was war das? Ihre Hand fühlte sich an wie taub. Ein eisiger Luftschwall wehte ihr entgegen. Kam das von der Eiseskälte, die das Holz abstrahlte? Das konnte nicht sein. Regan ging mit Herzklopfen noch ein paar Stufen weiter, und als sie auf halber Höhe war, geriet sie ins Taumeln, als müsse sie gegen einen Widerstand anrennen. Sie hörte ein Ächzen, von dem sie aber gleich darauf erkannte, dass es ihr eigenes war. Endlich hatte sie den oberen Treppenabsatz erreicht.

„Rafe." Ihre Stimme klang brüchig, was sie mit Verärgerung zur Kenntnis nahm. Sie biss sich auf die Unterlippe und starrte den langen Gang, der rechts und links gesäumt war von geschlossenen Türen, hinunter. „Rafe", rief sie wieder und bemühte sich, statt der Angst, die sie verspürte, Ungehaltenheit in ihre Stimme zu legen. „Ich muss meinen Zeitplan einhalten, könnten wir jetzt langsam anfangen?"

Sie vernahm ein schabendes Geräusch, gleich darauf das Zuknallen einer Tür, dem ein Wimmern, das wie das leise Weinen einer Frau klang, folgte. Das war zu viel. Regan vergaß allen Stolz, drehte sich auf dem Absatz um und floh, wie von Furien gehetzt, die Treppe nach unten. Sie hatte die letzte Stufe noch nicht erreicht, als sie den Schuss hörte.

Rechts neben ihr öffnete sich ächzend wie von Geisterhand eine Tür.

Nun begann sich die Halle vor ihren Augen zu drehen, Regan schwankte, gleich darauf fiel sie in ein tiefes, schwarzes Loch.

„Los, Darling, reißen Sie sich zusammen!"

Regan warf nervös den Kopf hin und her, stöhnte und erschauerte.

„Alles klar, Mädchen. Kommen Sie, öffnen Sie Ihre schönen blauen Augen. Tun Sie's für mich."

Die Stimme klang so zwingend, dass sie den Worten Folge leistete. Als sie die Lider hob, sah sie direkt in Rafe

MacKades jadegrüne Augen. „Das war nicht besonders lustig.“

Erleichtert darüber, dass sie endlich eine Reaktion zeigte, lächelte er und streichelte ihre Wange. „Was war nicht lustig?“

„Dass Sie sich da oben versteckt haben, um mich zu erschrecken.“ Nachdem sie, um wieder klar sehen zu können, ein paarmal schnell hintereinander geblinzelt hatte, entdeckte sie, dass sie in einem Sessel im Salon saß. Und zwar auf Rafes Schoß. „Lassen Sie mich herunter.“

„Noch nicht. Dafür sind Sie noch zu wacklig auf den Beinen. Ruhen Sie sich noch einen Moment aus.“ Er verlagerte ihren Kopf so, dass er bequem in seiner Armbeuge zu liegen kam.

„Ich brauche mich nicht auszuruhen. Mir geht's gut.“

„Sie sind weiß wie ein Bettlaken. Leider gibt's hier keinen Schnaps. Den hätten Sie jetzt bitter nötig. Aber eines muss man Ihnen lassen. Ich habe noch niemals eine Frau so würdevoll in Ohnmacht fallen sehen. Es ging ganz langsam und gemessen vonstatten, so dass ich alle Zeit der Welt hatte, Sie aufzufangen, bevor Sie zu Boden stürzten.“

„Wenn Sie jetzt von mir erwarten, dass ich Ihnen meinen Dank ausspreche, muss ich Sie leider enttäuschen.“ Sie versuchte sich aus seinen Armen zu befreien. „Weil Sie nämlich überhaupt nur schuld daran sind, dass es so weit gekommen ist.“

„Oh, vielen Dank. Was für ein erregender Gedanke, dass eine Frau schon allein bei meinem Anblick in Ohnmacht fällt. Ah …“ Er hob mit dem Zeigefinger ihr Kinn an. „Sehen Sie, das hat jetzt die Farbe in Ihre Wangen zurückgebracht.“

„Wenn das die Art und Weise ist, in der Sie Ihre Geschäftsbeziehungen pflegen, dann muss ich leider passen.“ Wütend presste sie die Kiefer zusammen. „Lassen Sie mich runter.“

„Versuchen wir's doch mal so.“ Er hob sie hoch und setzte sie neben sich. „Wollen Sie mir nicht erzählen, warum Sie so fuchsteufelswütend auf mich sind?“

Sie schnitt eine ärgerliche Grimasse und klopfte sich den Staub von der Hose. „Das wissen Sie doch selbst ganz genau.“

„Alles, was ich weiß, ist, dass Sie, als ich zur Tür reinkam, umgekippt sind.“

„Ich bin in meinem Leben noch nie in Ohnmacht gefallen.“ Und es war ihr zutiefst peinlich, dass es ihr ausgerechnet jetzt passiert war – vor ihm. „Wenn Sie möchten, dass ich mit Ihnen zusammenarbeite, sollten Sie in Zukunft solche Scherze unterlassen, verstanden?“

Während er sie betrachtete, griff er in seine Tasche, um seine Zigaretten herauszuholen. Dann fiel ihm ein, dass er gar keine dabeihatte, weil er vor genau acht Tagen beschlossen hatte, das Rauchen aufzugeben. „Ich weiß noch immer nicht, was Sie mir eigentlich vorwerfen. Womit hab ich Sie denn so erschreckt?"

„Indem Sie da oben herumgelaufen sind, Türen geöffnet und zugeknallt haben und auch sonst noch so allerlei vollkommen lächerliche Geräusche verursacht haben."

„Ich bin doch erst vor fünfzehn Minuten von der Farm weggefahren."

„Ich glaube Ihnen kein Wort."

„Ja, warum sollten Sie auch. Aber es ist dennoch so." Wenn er schon nicht rauchen konnte, musste er sich wenigstens bewegen. Er stand auf und schlenderte zum Kamin hinüber. Plötzlich hatte er Rauchgeruch in der Nase – Rauch von einem Feuer, das erst vor kurzem ausgegangen war. Was natürlich nicht sein konnte. „Shane ist mein Zeuge – und auch Cy Martin, der Bürgermeister."

„Sie brauchen mir nicht zu sagen, wer Cy Martin ist", erwiderte sie unwirsch.

Er trat auf sie zu, zog seinen Mantel aus und legte ihn ihr über die Knie. „Wie sind Sie denn überhaupt hier reingekommen?"

„Ich ..." Sie starrte ihn an und schluckte. „Ich habe die Tür aufgemacht."

„Sie war doch abgeschlossen."

„Nein, war sie nicht."

Er hob eine Augenbraue und klimperte mit den Schlüsseln in seiner Tasche. „Interessant."

„Und Sie beschwindeln mich wirklich nicht?“ erkundigte sie sich einen Moment später misstrauisch.

„Nein, diesmal nicht. Erzählen Sie mir doch mal genau, was Sie gehört haben.“

„Schritte. Aber da war niemand.“ Ihre Hände waren eiskalt. Um sie anzuwärmen, steckte sie sie unter seinen Mantel. „Die Dielen im Stockwerk über mir haben geknarrt. Deshalb bin ich hochgegangen.“ Sie erzählte weiter bis zu dem Moment, als ihr schwarz vor Augen geworden war. Allein die Erinnerung jagte ihr von neuem einen Angstschauer nach dem anderen den Rücken hinunter.

Er ließ sich wieder neben ihr nieder und legte fürsorglich einen Arm um ihre Schulter. „Ich hätte nicht zu spät kommen dürfen.“ Vollkommen unerwartet beugte er sich vor und gab ihr einen kurzen, wie zufällig wirkenden Kuss. „Verzeihung.“

„Das ist wohl kaum der Punkt.“

„Die Sache ist die, dass manche Menschen hier in diesem Haus Dinge wahrnehmen, die anderen verborgen bleiben.“ Er betrachtete sie und schüttelte leicht ungläubig den Kopf. „Es wundert mich allerdings, dass Sie etwas gehört haben wollen, denn Sie scheinen mir eher ein Verstandesmensch zu sein.“

Sie verschränkte die Arme vor der Brust. „Ach, wirklich, meinen Sie?“

„Ja. Vollkommen unbeirrbar“, fügte er mit einem Grinsen hinzu. „Aber es scheint, dass Sie mehr Phantasie haben, als ich Ihnen zugetraut hätte. Fühlen Sie sich jetzt besser?“

„Mir geht’s gut.“

„Sind Sie sicher, dass Sie sich nicht noch ein bisschen auf meinen Schoß setzen möchten?“

„Ganz sicher, danke.“

Er hielt ihren Blick fest, während er ihr ein paar Spinnweben aus dem Haar pflückte. „Möchten Sie jetzt wirklich gehen?“

„Unbedingt.“

Er nahm seinen Mantel von ihren Knien. „Ich würde Sie gern irgendwohin bringen.“

„Nicht nötig, danke. Ich habe Ihnen doch schon gesagt, dass es mir …“ Energisch stand sie auf und stieß dabei versehentlich mit der Schulter gegen seine Brust, „… gut geht.“

„Aber wir haben doch noch zu tun, Darling“, erinnerte er sie, während er ihr eine Haarsträhne hinters Ohr strich. „Was halten Sie davon, wenn wir uns ein etwas gemütlicheres Plätzchen suchen, um noch ein paar Sachen zu bereden?“

Sie fand seinen Vorschlag vernünftig und willigte ein. „Also gut.“

„Regan?“

„Ja?“

„Ihr Gesicht ist schmutzig." Er lachte über den wütenden Blick, den sie ihm zuwarf, und zog sie in seine Arme. Noch bevor sie einen Protestschrei loswerden konnte, hatte er sie hochgehoben und durch die Haustür nach draußen getragen. Dort setzte er sie ab. Nachdem er abgeschlossen hatte, deutete er auf den Jeep, der nur ein paar Schritte entfernt parkte. „Dort hinüber. Aber passen Sie auf sich auf."

„Das habe ich mir schon seit langem zur Gewohnheit gemacht."

„Worauf man mit Sicherheit Gift nehmen kann", murmelte er vor sich hin, während er langsam um den Wagen herumging.

Vorsichtig fuhr er den Hügel hinunter und machte keine Anstalten, bei ihrem Auto anzuhalten.

„Moment, ich nehme meinen Wagen", protestierte sie.

„Da wir jetzt nicht bis ans Ende der Welt fahren, bringe ich Sie später wieder hierher zurück."

„Sondern? Wohin fahren wir denn?"

„Nach Hause, Darling, nach Hause."

Vor der MacKade-Farm, die, umgeben von weiß verschneiten Feldern, friedlich dalag, tollten bellend zwei goldbraune Hunde im Schnee herum.

Regan war hier schon zahllose Male vorübergefahren, allerdings immer im Frühling oder im Sommer, wenn der Pflug tiefe Furchen in die dunkelbraune Erde der Felder gerissen hatte oder wenn das goldene Korn hoch stand. Manchmal war Shane auf seinem Traktor vorbeigekommen, und dann hatte sie angehalten und ein paar freundliche Worte mit ihm gewechselt. Shane schien mit dem Land, das er bebaute, vollkommen verwachsen. Rafe MacKade dagegen konnte sie sich hier nicht vorstellen.

„Wegen der Farm sind Sie aber nicht zurückgekommen, oder irre ich mich da?“

„Himmel, nein. Shane liebt sie, Devin steht ihr mehr oder weniger gleichgültig gegenüber und Jared sieht sie als ein prosperierendes Unternehmen.“

Sie legte den Kopf schief und betrachtete ihn forschend, während er den Jeep neben seinem Wagen parkte. „Und Sie?“

„Mir ist sie verhasst.“

„Fühlen Sie sich denn nicht mit dem Stück Land, auf dem Sie aufgewachsen sind, verbunden?“

„Das habe ich nicht gesagt. Ich wollte damit nur zum Ausdruck bringen, dass ich das Farmerdasein hasse.“ Rafe kletterte aus dem Jeep und tätschelte die beiden Retriever, die fröhlich bellend an ihm hochsprangen. Dann ging er um den Wagen herum und hob Regan, noch bevor sie einen Fuß in den knöcheltiefen Schnee setzen konnte, herunter.

„Ich wünschte, Sie würden endlich damit aufhören,

mich ständig herumzutragen. Ich bin schon groß und kann allein laufen."

„Ihre Stiefel sind zwar recht hübsch, aber für Schneewanderungen ausgesprochen ungeeignet", gab er zurück. „Ihr bleibt draußen", befahl er den beiden Hunden, die versuchten, sich dazwischenzudrängen, als er mit dem Ellbogen die Haustür öffnete.

„He, Rafe, was hast du denn da mitgebracht?" rief Shane erstaunt ihm durch die offen stehende Wohnzimmertür entgegen.

Grinsend verlagerte Rafe Regans Gewicht auf seinen Armen, zog eine Hand hervor und winkte Shane zu. „Na, das siehst du doch – eine Frau."

„Und was für eine!" Shane kniete vor dem Kamin und warf ein dickes Holzscheit ins Feuer, dann erhob er sich und grinste ebenfalls. „Na, du hast ja schon immer einen guten Geschmack gehabt." In seinen Augen lag ein warmes Lächeln, als er Regan zunickte. „Hallo, Regan."

„Hallo."

„Gibt's Kaffee?" erkundigte sich Rafe.

„Aber sicher." Shane kickte mit dem Fuß ein Holzscheit, das von dem Stapel neben dem Kamin heruntergerutscht war, beiseite. „Die Küche auf der MacKade-Farm hat immer geöffnet."

„Prima. Und jetzt bleib uns vom Hals."

„Das war aber ziemlich grob", bemerkte Regan und

blies sich eine Haarsträhne aus den Augen, während Rafe sie den Flur hinunter in die Küche trug.

„Sie haben keine Geschwister, stimmt's?"

„Nein, aber ..."

„Hab ich mir gedacht." Er setzte sie auf einem der Stühle, die um den Küchentisch standen, ab. „Was nehmen Sie in Ihrem Kaffee?"

„Nichts – ich trinke ihn schwarz."

„Was für eine Frau." Er zog seinen Mantel aus und hängte ihn an einen Haken an der Küchentür, wo schon die schwere Arbeitsjacke seines Bruders hing. Dann ging er zum Küchenschrank und holte zwei große weiße Kaffeebecher heraus. „Möchten Sie etwas zu Ihrem Kaffee dazu? Shane hat immer irgendeine hoffnungsvolle junge Frau an der Hand, die ihm Plätzchen backt. Wahrscheinlich weil er so ein hübsches, unschuldiges Gesicht hat."

„Hübsch vielleicht. Ihr seht ja alle verdammt gut aus." Sie schlüpfte aus ihrem Mantel. „Aber die Plätzchen werde ich mir wohl besser entgehen lassen."

Er stellte eine mit dampfend heißem Kaffee gefüllte Tasse vor sie hin und setzte sich ebenfalls. „Und die Gelegenheit mit dem Haus? Werden Sie sich die ebenfalls entgehen lassen?"

Sie schaute sinnend in ihre Kaffeetasse. „Ich habe eine ganze Menge Kleinkram, von dem ich glaube, dass Sie sich dafür begeistern könnten, wenn alles erst einmal fertig eingerichtet ist. Die Sachen würden hundertprozentig passen. Außerdem habe ich mich mittlerweile sachkundig gemacht über die Farben und Stoffe, die man in dieser Epoche verwendet hat."

„Ist das ein Ja oder ein Nein auf meine Frage, Regan?"

„Nein, ich werde sie mir nicht entgehen lassen." Sie hob den Blick und sah ihn an. „Aber es wird Sie eine schöne Stange Geld kosten."

„Sie sind also nicht beunruhigt?"

„Ganz so würde ich das vielleicht nicht sagen. Nun weiß ich immerhin, was mich erwartet. Ich kann Ihnen zumindest die Garantie dafür geben, dass ich kein zweites Mal in Ohnmacht falle."

„Das freut mich. Ich habe mich ja zu Tode erschreckt." Er streichelte ihre Hand, die auf dem Tisch lag. Dabei bewunderte er die Feingliedrigkeit ihrer Finger. „Sind Sie bei Ihren Nachforschungen auch auf die beiden Unteroffiziere gestoßen?"

„Was für Unteroffiziere?"

„Da sollten Sie die alte Mrs. Metz fragen. Sie erzählt diese Geschichte immer wieder gern. Was ist denn das für eine Uhr, die Sie da tragen?" Neugierig schob Rafe einen Finger unter das schwarze Elastikarmband ihrer Uhr.

„Sie dürfte etwa Jahrgang 1920 sein. Was war denn nun mit den beiden Unteroffizieren?"

„Die beiden hatten in der Hitze des Gefechts den Anschluss an ihr jeweiliges Regiment verloren. Über dem Kornfeld da drüben im Osten hingen so dicke Rauchschwaden, dass man kaum mehr die Hand vor Augen sehen konnte."

„Hier auf diesen Feldern hat sich auch ein Teil der Schlacht abgespielt?" fragte sie überrascht.

„Ja, ein Teil. Aber egal. Jedenfalls war es wohl so, dass die beiden – einer war von der Union, einer von den Konföderierten – den Anschluss verpasst hatten. Sie waren noch halbe Kinder, und wahrscheinlich hatten sie panische Angst. Und dann brachte sie ein böser Zufall in dem Wald, der die Grenze zwischen dem MacKade-Land und dem Barlow-Besitz bildet, zusammen."

„Oh." Gedankenverloren strich sie sich das Haar aus der Stirn. „Mir war gar nicht klar, dass die beiden Ländereien direkt aneinander stoßen."

„Wenn man quer durch den Wald geht, ist es weniger als eine halbe Meile bis hinüber zum Barlow-Haus. Aber wie auch immer, jedenfalls standen sich die beiden plötzlich gegenüber. Wenn sie auch nur ein bisschen Grips im Kopf gehabt hätten, hätten sie ganz schnell die Beine unter den Arm genommen und sich in Sicherheit gebracht. Was jedoch keiner von beiden tat." Er nahm einen Schluck Kaffee. „Sie schafften es jedenfalls in diesem Wäldchen, sich gegenseitig ein paar Löcher in den Bauch zu schießen, aber tot war keiner von beiden. Der Konföderierte schleppte sich mit letzter Kraft auf das Barlow-Grundstück und brach vor der Haustür zusammen. Dort entdeckte ihn dann eine mitleidige Sklavin und brachte ihn ins Haus."

„Und im Haus starb er", murmelte Regan und wünschte sich, das grausame Bild, das ihr allzu deutlich vor Augen stand, fortwischen zu können.

„Ja. Die Sklavin informierte sofort ihre Herrin Abigail O'Brian Barlow, die aus der Familie der Carolina-O'Brians stammte. Abigail ordnete an, den Jungen nach oben zu bringen, wo sie seine Wunden versorgen wollte. Da kam ihr Mann hinzu und erschoss ihn direkt auf der Treppe, wie einen tollwütigen Hund."

Von Entsetzen gepackt, sah Regan Rafe an. „Oh mein Gott. Warum denn nur?"

„Weil er es niemals zugelassen hätte, dass seine Frau einem Konföderierten half. Zwei Jahre später starb sie in ihrem Zimmer. Man erzählt sich, dass sie seit diesem Vorfall kein einziges Wort mehr mit ihrem Mann gewechselt hat. Allerdings hatten sie sich wohl auch schon vorher nicht besonders viel zu sagen, es war eine dieser arrangierten Ehen gewesen. Und angeblich soll er sie mit schöner Regelmäßigkeit verprügelt haben."

„Mit anderen Worten – er war offensichtlich eine äußerst herausragende Persönlichkeit", bemerkte Regan sarkastisch.

„Tja, das ist die Geschichte. Abigail O'Brian war eine empfindsame und unglückliche Frau."

„Und saß in der Falle", murmelte Regan, wobei sie an Cassie denken musste.

„Ich glaube kaum, dass sich die Leute damals über Misshandlung oder Ähnliches viele Gedanken gemacht haben. Und Scheidung", er zuckte die Schultern, „kam unter diesen Umständen wahrscheinlich überhaupt nicht in Frage. Ich könnte mir vorstellen, dass die Tat ihres Mannes bei ihr das Fass zum Überlaufen gebracht hat. Dass das mehr an Grausamkeit war, als sie ertragen konnte. Aber das ist nur die eine Hälfte der Geschichte."

„Es gibt also noch mehr." Sie seufzte und erhob sich. „Ich glaube, ich brauche noch einen Kaffee."

„Der Yankee taumelte in die entgegengesetzte Richtung davon", fuhr Rafe fort und murmelte ein Danke, als sie ihm Kaffee nachfüllte. „Mein Urgroßvater fand ihn bewusstlos vor der Räucherkammer. Er hatte seinen ältesten Sohn bei Bull Run verloren – er kämpfte auf Seite der Konföderierten."

Regan schloss die Augen. „Ihr Urgroßvater hat den Jungen erschossen."

„Nein. Mag sein, dass er daran gedacht hat, es zu tun, vielleicht war er auch in Versuchung, ihn einfach hilflos verbluten zu lassen, aber er tat es nicht. Er brachte ihn ins Haus und holte seine Frau und seine Töchter zu Hilfe.

Sie legten ihn auf den Küchentisch und verarzteten seine Wunden. Nicht auf diesen hier", fügte Rafe mit einem winzigen Lächeln hinzu.

„Beruhigend zu wissen."

„Der Verletzte kam ein- oder zweimal zu sich und versuchte etwas zu sagen, aber er war zu schwach. Am nächsten Morgen war er tot."

„Sie haben jedenfalls alles getan, was in ihrer Macht stand."

„Ja, aber nun hatten sie einen toten Soldaten im Haus, sein Blut klebte überall. Und jeder, der sie kannte, wusste, dass sie überzeugte Südstaaten-Anhänger waren, die schon einen Sohn im Krieg verloren hatten sowie noch zwei andere, die für ihre Überzeugung kämpften. Mein Urgroßvater und seine Frau hatten Angst, und deshalb versteckten sie die Leiche des Jungen, warteten, bis es dunkel wurde, und begruben sie dann zusammen mit seinem Revolver und einem Brief seiner Mutter, den sie in der Tasche seines Uniformrocks gefunden hatten." Nun sah er sie an, seine Augen blickten kühl und bestimmt. „Und das ist der Grund, weshalb es spukt."

Ihr verschlug es für einen Moment die Sprache, dann setzte sie behutsam ihre Tasse ab. „Wollen Sie damit sagen, dass es hier in diesem Haus auch spukt?"

„Überall hier in der Gegend. Im Haus, in den Wäldern, auf den Feldern. Man gewöhnt sich an die seltsamen

Geräusche, die eigenartigen Gefühle, die einen manchmal überkommen. Wir haben nie viel darüber gesprochen, es war einfach da. Vielleicht bekommen Sie irgendwann auch noch einen Sinn dafür, was sich manchmal nachts in den Wäldern abspielt oder auch auf den Feldern, wenn der Morgennebel aufsteigt.“ Er lächelte leicht, als er Neugier in ihren Augen aufflackern sah. „Auch Zyniker verspüren etwas, wenn sie auf einem ehemaligen Schlachtfeld stehen. Nach dem Tod meiner Mutter erschien mir unser Haus ... unruhig. Aber vielleicht war die Unruhe auch nur in mir selbst.“

„Sind Sie deshalb weggegangen?“

„Ach, dafür gab es viele Gründe.“

„Und für Ihre Rückkehr?“

„Einen oder auch zwei. Ich habe Ihnen den ersten Teil der Geschichte deshalb erzählt, weil Sie ja jetzt auch etwas mit dem Barlow-Haus zu tun haben. Mir ist daran gelegen, dass Sie die Dinge einordnen können. Und den zweiten Teil deshalb, weil“, er streckte die Hand aus und öffnete die beiden obersten Knöpfe ihres Blazers, „ich beabsichtige, für eine Weile hier auf der Farm zu wohnen. Nun können Sie selbst entscheiden, ob Sie immer hierher kommen möchten oder ob ich lieber zu Ihnen kommen soll.“

„Da mein gesamtes Inventar in meinem Laden ist ...“

„Ich rede nicht von Ihrem Inventar.“ Nun beugte er

sich vor, nahm ihr Gesicht zwischen seine beiden Hände, sah ihr tief in die Augen und küsste sie.

Sein Kuss war erst weich und vorsichtig. Behutsam. Doch gleich darauf stöhnte er und presste seinen Mund fest auf ihre Lippen, die sie ihm bereitwillig öffnete. Er beobachtete, wie ihre Augenlider zu flattern begannen, hörte, wie sie aufseufzte, und spürte direkt unter seinen Fingern das Blut in ihrer Halsschlagader pochen. Der ganz leicht rauchige Duft ihrer Haut war ein erregender Gegensatz zu dem Geschmack ihrer Lippen, der ihn an klares Quellwasser denken ließ.

Regan umklammerte mit ihren Händen ihre Knie. Die Entdeckung, wie gern sie ihn damit berührt hätte, schockierte sie. Sie malte sich aus, wie sich ihre Finger in sein dichtes Haar wühlten und wie sie mit den Fingerspitzen die Muskelstränge betastete, die sich unter seinem ausgewaschenen Flanellhemd abzeichneten. Aber es blieb nur eine Phantasie. Einen kurzen Augenblick lang war ihr Verstand von einem überraschend heftigen Begehren getrübt, doch sie hielt stand.

Als er sich schließlich von ihr löste, lagen ihre Hände noch immer in ihrem Schoß. Sie wartete, bis sie sich sicher sein konnte, dass ihre Stimme auch wirklich trug. „Ich bin Ihre Geschäftspartnerin und nicht Ihre Gespielin", erklärte sie kühl und warf Rafe einen Blick zu, der streng sein sollte.

„Stimmt, wir machen miteinander Geschäfte“, pflichtete er ihr bei.

„Hätten Sie dieses Manöver auch dann gestartet, wenn ich ein Mann wäre?“

Er starrte sie an. Dann begann er zu lachen, erst leise, kurz darauf jedoch konnte er nicht mehr an sich halten und platzte los. „Darauf kann ich nur mit einem definitiven Nein antworten. Und ich könnte mir auch vorstellen, dass du mich in diesem Fall nicht wiedergeküsst hättest.“

„Also, jetzt will ich mal eines klarstellen. Ich habe ja schon viel über die MacKade-Brüder und die unwiderstehliche Wirkung, die sie auf Frauen ausüben, gehört.“

„Ja, ja, das liegt wie ein Fluch über unserem Leben“, fiel er ihr vergnügt ins Wort.

Es gelang ihr nur mit Mühe, sich ein Schmunzeln zu verkneifen. „Der Punkt ist, dass ich weder an einem Quickie noch an einer Affäre und auch an keiner Beziehung interessiert bin. Ich denke, damit habe ich alle Möglichkeiten aufgezählt.“

„Oh, du wirst deine Meinung schon noch ändern, verlass dich darauf“, gab er im Brustton der Überzeugung zurück. „Warum fangen wir nicht mit einem Quickie an und arbeiten uns von da aus nach oben?“

Das war zu viel. Abrupt erhob sie sich und zog ihren Mantel an. „Nur in deinen Träumen.“

„Du bist dir ja wirklich sehr sicher. Warum also lade ich dich nicht einfach zum Essen ein?“

„Warum fährst du mich denn nicht einfach zu meinem Auto?“

„Na gut“, gab er nach, stand auf und nahm seinen Mantel vom Haken. Nachdem er ihn angezogen hatte, streckte er die Hand aus und stellte ihren Kragen hoch. „Die Nächte sind lang und kalt um diese Jahreszeit.“

„Dann nimm ein Buch“, schlug sie vor, während sie ihm voran durch die Halle ging, „und setz dich vor den Kamin.“

„Machst du so was?“ Er schüttelte den Kopf. „Dann werde wohl ich ein bisschen Aufregung in dein Leben bringen müssen.“

„Vielen Dank, aber ich mag mein Leben genau so, wie es jetzt ist. Lass mich ...“ Sie beendete den Satz mit einem Fluch, als er sie hochhob. „MacKade“, sagte sie mit einem tiefen Seufzer, während er sie zum Jeep trug, „langsam fange ich wirklich an zu glauben, dass du ebenso schlecht bist wie dein Ruf.“

„Darauf kannst du Gift nehmen.“

3. KAPITEL

Es klang gut. Das aus dem Radio dringende dunkle Wehklagen der Countrysängerin wurde von dumpfen Hammerschlägen, sägenden Geräuschen und dem Surren eines Bohrers übertönt. Ab und zu riefen sich die Männer, deren Schritte auf den Holzdielen über ihm dröhnten, etwas zu.

Die harte Arbeit auf dem Bau hatte ihm vielleicht sogar das Leben gerettet. Durchdrungen von Gefühlen der Freiheit und des Abenteuers war er damals vor zehn Jahren auf seiner gebraucht erstandenen Harley durch die Landschaft gebraust. Aber sein Magen knurrte, und er wusste, dass ihm nichts anderes übrig bleiben würde, als irgendwo sein Geld zu verdienen, wenn er essen wollte.

Also hatte er sich in einen Arbeitsanzug geschmissen, den Werkzeuggürtel umgeschnallt und auf dem Bau seinen Schmerz, seine Wut und seine Frustration aus sich herausgeschwitzt.

Er konnte sich noch sehr gut an das berauschende Gefühl erinnern, das in ihm aufgestiegen war, nachdem er einen Schritt zurückgetreten war, um das erste Haus, das er geholfen hatte hochzuziehen, in Augenschein zu nehmen. Plötzlich war ihm klar geworden, dass es ihm gelungen war, mit seinen eigenen Händen etwas zu erschaffen. Genau so wollte er auch sich selbst erschaffen.

Nach einiger Zeit machte er sich selbstständig, und sein erstes in Eigenregie gebautes Haus war nicht viel mehr als ein Schuppen. Er schluckte Staub, bis er meinte, daran ersticken zu müssen, und schwang den Hammer, bis er seine Arme nicht mehr spürte. Als es schließlich fertig war, gelang es ihm, es mit Gewinn zu verkaufen. Das Geld steckte er in das nächste Grundstück und das nächste Haus. Innerhalb von vier Jahren schaffte er es, ein kleines Unternehmen auf die Beine zu stellen, das bald in dem Ruf stand, zuverlässige Arbeit zu leisten.

Und doch hatte er niemals aufgehört, zurückzuschauen. Die Vergangenheit hatte ihn nie losgelassen. Das wurde ihm jetzt, als er im Salon des Barlow-Hauses stand und sich langsam umsah, klar. Er hatte einen Kreis beschrieben und war wieder an seinen Ausgangspunkt zurückgekehrt.

Er war darauf versessen gewesen, diese Stadt zu verlassen, und nun war er zurückgekehrt, um hier etwas aufzubauen. Egal, ob er sich entschließen würde, hier zu bleiben oder ob er wieder wegging, er würde etwas Bleibendes von sich hinterlassen.

Rafe kauerte sich vor dem Kamin nieder und untersuchte die Feuerstelle. Er war bereits gut vorangekommen mit den Ausbesserungsarbeiten. Nun würde es nicht mehr lange dauern, und dann würden orangerote Flammen emporzüngeln und Holzscheite knistern.

Ein Lächeln spielte um seine Mundwinkel, als er seine Kelle nahm und sich in einem Eimer neuen Mörtel anrührte. Sorgfältig und präzise begann er wenig später, die Fugen zwischen den Steinen zu füllen.

„Ich dachte immer, der Boss sitzt nur am Schreibtisch und addiert Zahlenkolonnen."

Rafe drehte sich um, und sein Blick fiel auf Jared, der mit auf Hochglanz polierten schwarzen Schuhen auf einem schmutzigen Lappen hinter ihm stand. Rafe hob die Augenbrauen. Sein Bruder trug unter dem offen stehenden dunklen Mantel einen vornehmen grauen Nadelstreifenanzug mit Weste. Aus irgendeinem unerfindlichen Grund wirkte die Wayfarer-Sonnenbrille, die er aufhatte, nicht einmal deplatziert.

„Das ist Sache der Buchhalter."

Jared nahm die Brille ab und steckte sie in die Manteltasche. „Die dann dabei darüber nachsinnen, was wohl die Welt wäre ohne sie."

„Vielleicht." Rafe tauchte die Kelle in den Mörtel, während er seinen Bruder von Kopf bis Fuß musterte. „Willst du auf eine Beerdigung?"

„Ich hatte einen Termin im Ort und wollte nur mal sehen, wie die Dinge so stehen." Während er seine Blicke durch den Raum schweifen ließ, ertönte von oben ein ohrenbetäubender Krach, dem ein kräftiger Fluch folgte. „Himmel, was war denn das?"

„Nur keine Aufregung.“ Rafe seufzte, als er sah, wie Jared eine kleine Blechschachtel aus seiner Manteltasche holte und ihr ein schlankes Zigarillo entnahm. „Du hast's gut. Komm doch ein bisschen näher, damit ich wenigstens den Qualm riechen kann, wo ich doch seit zehn Tagen nicht mehr rauche.“

„Wohl auf dem Gesundheitstrip, hm?“ Entgegenkommend kam Jared heran, kniete sich neben Rafe vor den Kamin und blies ihm genüsslich den Rauch ins Gesicht, während er fachmännisch das Mauerwerk betrachtete. „Hat sich ziemlich gut gehalten.“

Rafe klopfte mit dem Fingerknöchel gegen den Kaminsims. „Ist ja auch ein echter Adam, Kumpel.“

Jared brummte anerkennend und klemmte sich das Zigarillo zwischen die Zähne. „Kann ich dir hier irgendwas helfen?“

Rafe zog eine Braue hoch. „Mit den Schuhen?“

„Nicht jetzt natürlich, Rafe. Aber zum Beispiel am Wochenende.“

„Zwei starke Arme kann ich immer brauchen.“ Erfreut über das Angebot, nahm Rafe die Kelle wieder zur Hand. „Was machen deine Muskeln?“

„Sind bestimmt nicht mickriger als deine.“

„Trainierst du noch?“ spöttelte Rafe und versetzte Jared mit der geballten Faust einen scherzhaften Stoß auf den Bizeps. „Ist doch nur was für Waschlappen.“

Jared stieß eine Rauchwolke aus. „Lust auf 'ne Runde, Bruderherz?"

„Sicher – wenn du nicht so rausgeputzt wärst." Selbstquälerisch inhalierte Rafe den Zigarrenrauch, der in der Luft hing. „Mehr gedient wäre mir allerdings mit deinem juristischen Sachverstand bei dieser Sache hier." Er machte eine umfassende Geste.

„Wart nur ab, bis du erst die Rechnung von mir bekommst." Jared erhob sich mit einem Grinsen. „Als du mich telefonisch beauftragt hast, die Eigentumsverhältnisse von dieser Hütte hier zu rekonstruieren, hab ich wirklich befürchtet, dass du jetzt vollkommen durchgeknallt bist. Und nach der Ortsbegehung war ich mir sicher, dass es so ist. Zwar bekommst du das Haus praktisch umsonst, weil kein Besitzer mehr existiert, aber das, was du reinstecken musst, ist ungefähr das Zweifache dessen, was dich ein funkelnagelneues Haus mit allem Komfort kosten würde."

„Das Dreifache", korrigierte Rafe milde, „wenn ich alles so mache, wie ich es mir vorstelle."

„Und wie stellst du es dir vor?"

„Genau so, wie es früher einmal war." Rafe presste Mörtel in eine Fuge und strich ihn mit der Kelle glatt.

„Da hast du dir ja was vorgenommen", murmelte Jared. „Aber wenigstens scheinst du mit den Arbeitern keine Probleme zu haben. Ich hatte schon Bedenken, dass du niemanden finden würdest, der bereit wäre, in diesem Haus hier zu arbeiten."

„Ist alles nur eine Frage des Geldes", gab Rafe zurück. „Allerdings muss ich zugeben, dass heute Morgen ein Klempnerlehrling das Handtuch geworfen hat." Seine Augen funkelten belustigt. „Sie waren gerade dabei, die Rohre in einer der beiden Toiletten im ersten Stock zu legen. Plötzlich schrie der Junge, dass sich eine Hand von hinten in seine Schulter gekrallt hätte, und ist davongerast, als sei der Teufel persönlich hinter ihm her. Den bin ich wohl leider los."

„Aber sonst hast du keine Probleme?"

„Jedenfalls keine, für die ich einen Anwalt bräuchte. Kennst du eigentlich den von dem Anwalt und der Klapperschlange?"

„Oh Gott, der hat ja nun wirklich schon so einen Bart", erwiderte Jared und schnitt eine Grimasse. „Glaub mir, ich kenne sie alle, ich hab mir eigens einen Ordner dafür angelegt."

Rafe lachte und wischte sich die Hände an seiner Jeans ab. „Gut gemacht, Jared. Überhaupt würde Mom sich darüber freuen, was aus dir geworden ist." Anschließend hüllte er sich für einige Zeit in Schweigen, und man vernahm nur das schabende Geräusch, das entstand, wenn er mit der Kelle den Mörtel in den Fugen glatt strich. „Auf der Farm ist's ja irgendwie seltsam. Shane und ich sind meistens allein, Devin verbringt die Hälfte seiner Nächte auf einer Couch im Sheriffoffice, und du bist in deinem netten kleinen Stadthaus. Wenn Shane aufsteht, ist es immer noch stockduster, aber der Idiot pfeift so laut und fröhlich vor sich hin, als ob es für ihn kein größeres Vergnügen gäbe, als an einem kalten dunklen Januarmorgen die Kühe zu melken."

„Ist aber so. Es hat ihm schon immer Spaß gemacht. Shane war der, der die Farm am Leben erhalten hat."

„Ich weiß."

Jared glaubte, ein leichtes Schuldgefühl in der Stimme seines Bruders mitschwingen zu hören, und schüttelte den Kopf. „Du hast deinen Teil dazu beigetragen, Rafe. Das Geld, das du uns geschickt hast, hat uns viel geholfen." Jared starrte sinnend aus dem Fenster. „Ich denke darüber nach, ob ich das Haus in Hagerstown nicht wieder verkaufen sollte." Als Rafe nicht darauf einging, zuckte er die Schultern. „Damals, nach der Scheidung, erschien es mir am besten, es zu behalten, nachdem Barbara kein Interesse daran hatte."

„Hast du an der Trennung noch zu knabbern?"

„Nein. Es ist jetzt drei Jahre her, und Gott sei Dank ging alles zivilisiert über die Bühne. Wir liebten uns einfach nicht mehr."

„Ich habe sie nie besonders gemocht."

Jared verzog die Lippen zu einem kleinen Lächeln.

„Ich weiß. Ist doch jetzt auch egal. Ich überlege jedenfalls, ob ich das Haus nicht verkaufen soll. Während der Übergangszeit, bis ich etwas gefunden habe, was mir wirklich zusagt, könnte ich mich auch auf der Ranch einquartieren."

„Shane würde sich bestimmt darüber freuen. Und ich auch. Du hast mir gefehlt, Jared." Rafe wischte sich mit einer rußverschmierten Hand übers Kinn, das ebenfalls rußig war. „Eigentlich ist mir das erst jetzt, nachdem ich wieder hier bin, so richtig klar geworden." Zufrieden mit seinem Werk taxierte er das Mauerwerk und kratzte am Eimerrand den restlichen Mörtel von seinem Spachtel ab. „Du willst mir also am Samstag wirklich helfen?"

„Du besorgst das Bier."

Rafe nickte zustimmend und erhob sich. „Lass mal deine Hände sehen, du feiner Pinkel."

Jareds Erwiderung war alles andere als fein und hing noch in der Luft, als Regan den Salon betrat.

„Aber, aber, Herr Rechtsanwalt", tadelte Rafe seinen Bruder mit einem leisen Grinsen und wandte sich dann Regan zu. „Hallo, Darling."

„Oh, ich störe wohl."

„Nein, überhaupt nicht. Dieser vulgäre Mensch hier ist mein Bruder Jared."

„Wir kennen uns bereits. Er ist nämlich mein Anwalt. Hallo, Jared."

„Hallo, Regan." Jared ließ seinen Zigarrenstummel in eine leere Mineralwasserflasche fallen. „Wie läuft denn das Geschäft?"

„Es blüht und gedeiht – dank Ihres kleinen Bruders." Sie lächelte und wandte sich Rafe zu. „Ich habe Stoff- und Tapetenmuster und Farbproben dabei. Ich dachte, du würdest es dir vielleicht gern ansehen."

„Du scheinst dir ja schon eine Menge Arbeit gemacht zu haben." Er bückte sich und machte sich an einer kleinen Kühlbox zu schaffen. „Möchtest du einen Drink?"

„Nein, danke."

„Du, Jared?"

„Ich würde mir ganz gern was für unterwegs mitnehmen, wenn du nichts dagegen hast. Ich muss nämlich jetzt los." Jared griff nach der Colaflasche, die Rafe ihm hinhielt, zog seine Sonnenbrille aus der Tasche und setzte sie auf. „Nun will ich euch nicht länger bei euren geschäftlichen Besprechungen aufhalten. War nett, Sie zu sehen, Regan."

„Samstag um halb acht", rief Rafe Jared, der den Raum bereits verlassen hatte, hinterher. „Aber morgens, Kumpel. Und lass deinen Anzug daheim."

„Ich hatte nicht die Absicht, ihn zu vertreiben", bemerkte Regan.

„Das hast du auch nicht. Willst du dich setzen?"

„Und wohin, wenn ich fragen darf?"

Er klopfte auf einen umgestülpten Eimer, der neben ihm stand.

„Ist zwar sehr großzügig von dir, aber ich kann nicht lang bleiben. Ich habe nur eine kurze Mittagspause."

„Dein Boss wird dir schon nicht gleich die Ohren lang ziehen, wenn du ein bisschen überziehst."

„Hast du eine Ahnung." Regan öffnete ihren Aktenkoffer und holte zwei dicke Umschläge heraus. „Hier ist alles drin. Wenn du das Zeug durchgesehen hast, lass es mich wissen." In Ermangelung von etwas Besserem legte Regan die Musterproben auf zwei nebeneinander stehenden Sägeböcken ab. Dann sah sie sich um. „Du hast dich ja schon mächtig ins Zeug gelegt."

„Wenn man weiß, was man will, gibt es keinen Grund, Zeit zu verschwenden. Wie also wäre es zum Beispiel mit einem gemeinsamen Abendessen?"

Sie hielt seinem Blick stand. „Abendessen?"

„Ganz recht. Heute Abend. Wir könnten uns dann zusammen die Sachen ansehen." Er tippte mit dem Zeigefinger auf einen der Umschläge und hinterließ eine Ruß-Spur. „Das spart Zeit."

„Aha." Während sie überlegte, fuhr sie sich mit den Fingern durchs Haar. „Ich verstehe."

„Wie wär's gegen sieben? Wir könnten in den Lamplighter gehen."

„Wohin?"

„In den Lamplighter. Das kleine Lokal, wo die Church Street von der Main abzweigt."

Sie neigte den Kopf leicht zur Seite und überlegte. „Lokal? Da ist doch ein Videoladen."

Er stieß einen Fluch aus und rammte die Hände in die Hosentaschen. „So ein Mist. Da war früher ein Restaurant. Und dein Laden war ein Haushaltswarengeschäft."

„Tja, da kannst du es mal sehen – auch Kleinstädte verändern sich."

„Ja." Auch wenn er es nicht gern zugeben wollte. „Hast du Lust auf Italienisch?"

„Schon, aber hier gibt es nichts dergleichen in der Nähe. Der nächste Italiener ist auf der anderen Seite des Flusses in West Virginia. Wir könnten uns höchstens bei Ed's treffen."

„Nein. Italienisch. Um halb sieben bin ich bei dir." Er holte eine Uhr aus seiner Tasche, um zu sehen, wie spät es gerade war. „Ja, das schaffe ich. Also halb sieben, einverstanden?"

„Oh, die ist aber schön", sagte sie bewundernd und war mit zwei Schritten bei ihm, um ihm die Taschenuhr aus der Hand zu nehmen. „Hm … Amerikanisches Fabrikat, Mitte neunzehntes Jahrhundert." Sie wog sie in der Hand und drehte sie dann um. „Sterlingsilber, gut erhalten. Ich biete dir fünfundsiebzig dafür."

„Ich habe aber neunzig bezahlt."

Sie lachte und schüttelte ihr Haar zurück. „Da hast du ein verdammt gutes Geschäft gemacht. Sie ist mindestens hundertfünfzig wert." Sie sah ihn an. „Du bist doch gar kein Taschenuhr-Typ."

„Bei meinem Job kann man keine Armbanduhr tragen. Sie wäre sofort hinüber." Er hatte große Lust, Regan zu berühren. Sie wirkte so sauber und adrett, dass die Vorstellung, sie etwas in Unordnung zu bringen, ihn außerordentlich reizte. „Verdammt schade, dass meine Hände so staubig sind."

Sofort in Alarmbereitschaft versetzt, trat sie einen Schritt zurück. „Von deinem Gesicht ganz zu schweigen. Was allerdings deinem guten Aussehen keinen Abbruch tut." Sie grinste, klemmte sich ihren Aktenkoffer unter den Arm und wandte sich zum Gehen. „Um halb sieben dann also. Und vergiss bloß nicht, die Sachen mitzubringen."

Erst nachdem sie sich dreimal umgezogen hatte, fing Regan sich wieder und versuchte Vernunft walten zu lassen. Es war ein Geschäftsessen und sonst nichts. Gewiss war ihre Erscheinung wichtig, aber so wichtig nun auch wieder nicht. Geschäft war Geschäft, und wie sie aussah, war zweitrangig.

Nachdenklich fragte sie sich, ob sie nicht vielleicht doch das kleine Schwarze hätte anziehen sollen.

Nein, nein, nein. Verärgert über sich selbst, nahm sie die Bürste zur Hand und fuhr sich durchs Haar. Je schlichter, desto besser. Das Restaurant in West Virginia war ein ganz normales Familienrestaurant, und der Zweck ihres Treffens war ein rein geschäftlicher. Der Blazer, die schwarze, schmale Hose und die dunkelgrüne Seidenbluse waren genau das richtige Outfit.

Weshalb nur verfiel sie bei einem Geschäftsessen auch nur entfernt auf die Idee, dass es sich in Wirklichkeit um ein Rendezvous handeln könnte? Diese Frage beschäftigte sie vor allem deshalb, weil sie sich etwas in der Art mit Rafe MacKade überhaupt nicht wünschte. Weder mit ihm noch mit sonst jemandem. Gerade jetzt, wo ihr Geschäft aufzublühen begann, konnte sie einfach keine Ablenkung vertragen.

Eine Beziehung würde sie drei Jahre ihres Lebens kosten. Mindestens. Niemals würde sie den Fehler ihrer Mutter wiederholen, die von ihrem Ehemann sowohl finanziell als auch emotional abhängig gewesen war. Sie, Regan, wollte erst ganz sicher sein, dass sie auch wirklich ganz allein und ohne fremde Hilfe auf eigenen Beinen stehen konnte, bevor sie bereit war, sich voll und ganz einem Mann zuzuwenden.

Und ganz bestimmt würde sie sich nicht vorschreiben lassen, ob sie arbeiten durfte oder nicht. Sie wollte niemals in die Situation kommen, ihren Mann um Geld bitten zu müssen, wenn sie Lust hatte, sich ein neues Kleid zu kaufen. Es mochte ja durchaus sein, dass ihren Eltern diese Art zu leben nichts ausmachte oder dass sie ihnen sogar gefiel, denn einen unglücklichen Eindruck hatten sie niemals gemacht. Doch was für ihre Eltern gut war, musste für Regan Bishop deshalb noch lange nicht gut sein. Sie wünschte sich ein anderes Leben.

Das Einzige, was sie störte, war, dass Rafe so verflucht gut aussah. Was ihr natürlich auch prompt, nachdem sie ihm auf sein Klingeln hin die Tür geöffnet hatte, wieder ins Auge stach.

Wirklich jammerschade, dieses Geschenk Gottes an die Frauenwelt unangetastet vorbeiziehen zu lassen, ging es ihr bei seinem Anblick voller Bedauern durch den Sinn, und sie nahm sich vor, derartigen Gedanken in Zukunft keinen Raum mehr zu geben.

Er präsentierte ihr ein verführerisches Grinsen, während er sie voller Bewunderung musterte. „Gut siehst du aus“, stellte er fest, und noch bevor sie ihm ausweichen konnte, hatte er sich schon zu ihr herabgebeugt und strich mit seinen Lippen leicht über ihren Mund.

„Ich hole nur rasch …“, begann sie und unterbrach sich, als ihr Blick auf die Tüten fiel, die er bei sich hatte. „Was ist denn das?“

„Das?“ Er sah an sich herunter. „Das ist unser Abendessen. Wo ist die Küche?“

„Ich …“ Doch er war schon eingetreten und hatte die Tür hinter sich zugemacht. „Ich dachte, wir gehen aus.“

„Nein. Ich habe nur gesagt, dass wir italienisch essen.“ Mit einem raschen Blick überflog er den Raum. Sehr geschmackvoll eingerichtet, natürlich mit antiken Möbeln, registrierte er, und vor allem sehr weiblich. Kleine zierliche Sessel, auf Hochglanz polierte Mahagonitischchen, frische Blumen. „Hübsch hast du es hier.“

„Willst du mir etwa jetzt erzählen, dass du vorhast, hier zu kochen?“

„Es ist der einfachste Weg, eine Frau ohne Körperkontakt dazu zu bringen, dass sie mit einem ins Bett geht. Geht's hier zur Küche?“

Seine Unverschämtheit verschlug ihr für einen Moment die Sprache. Erst als sie schon in der Küche waren, fiel ihr eine passende Erwiderung ein. „Ich würde sagen, das hängt ganz davon ab, wie gut du kochst, oder?“

Ihre Antwort schien ihm zu gefallen, denn er lächelte beifällig, während er begann, die Zutaten, die er mitgebracht hatte, aus der Tüte auszupacken. „Nun, du wirst es mir dann ja schon sagen, schätze ich. Wo hast du eine Pfanne?“

Sie holte eine aus dem Küchenschrank und zögerte einen Moment, bevor sie sie ihm überreichte.

„Falls du überlegt haben solltest, ob du mir mit dem Ding eins überbraten sollst, hast du recht daran getan, es zu unterlassen. Denn dann hättest du wirklich die leckerste Tomaten-Basilikum-Soße aller Zeiten verpasst."

„So? Dann warte ich eben bis nach dem Essen."

Er setzte Wasser auf und machte sich dann daran, den Salat zu putzen.

„Wer hat dir denn das Kochen beigebracht?"

„Wir kochen alle. Hast du ein Wiegemesser? Für meine Mutter gab es keinen Unterschied zwischen Männer- und Frauenarbeit. Danke", fügte er hinzu, nahm das Messer entgegen und begann lässig und wie nebenbei die Kräuter für den Salat zu hacken, so dass sie erstaunt die Augenbrauen hob. „Es war einfach nur Arbeit", beendete er seine Ausführungen.

„Ein Nudelgericht mit Tomaten-Basilikum-Soße klingt aber nicht nach einem Farmeressen."

„Sie hatte eine italienische Großmutter. Könntest du dich vielleicht etwas näher neben mich stellen? Du duftest so gut."

Sie tat so, als hätte sie nicht gehört, was er gesagt hatte, wobei sie sich bemühte, das Kribbeln in ihrem Bauch zu ignorieren, und hielt ihm die Weinflasche, die er mitgebracht hatte, hin. „Machst du sie auf, bitte?"

„Warum machst du es nicht selbst?"

Sie zuckte die Schultern und nahm einen Korkenzieher aus einer Schublade, öffnete die Flasche und ging danach ins Wohnzimmer. Er hatte um musikalische Untermalung gebeten. Während sie eine CD von Count Basie auflegte, fragte sie sich, warum sie einen Mann mit aufgekrempelten Hemdsärmeln, der Karotten in den Salat schnitt, so erotisch fand.

„Lass dein Olivenöl zu“, sagte sie, als sie zurückkam. „Ich habe ein offenes.“

„Kalt gepresstes?“

„Selbstverständlich.“ Sie stellte eine Flasche auf den Tresen.

„Count Basie, eigenes Olivenöl.“ Er grinste sie an. „Willst du mich heiraten?“

„Warum nicht? Am Samstag hätte ich zum Beispiel Zeit.“ Amüsiert darüber, dass er diesmal offensichtlich nicht gleich eine schlagfertige Antwort parat hatte, schmunzelte sie vor sich hin, während sie zwei Weingläser aus dem Schrank holte.

„Ich hatte aber eigentlich vor, am Samstag zu arbeiten.“ Er stellte den Salat beiseite und ließ sie nicht aus den Augen.

„Faule Ausreden.“

„Herrgott, diese Frau machte es einem nicht leicht.“ Als sie den Wein eingoss, pirschte er sich näher an sie heran. „Wenn du mir garantieren kannst, dass du dir in lauen Sommernächten mit mir zusammen die Baseballspiele im Fernsehen ansiehst, könnten wir uns vielleicht einig werden.“

„Da muss ich leider passen. Ich hasse Sport.“

Jetzt kam er noch näher, so nahe, dass sie schnell, in jeder Hand ein Weinglas, einen Schritt zurückwich. „Gut, dass ich das noch rechtzeitig herausgefunden habe, bevor es zu spät ist.“

„Du Glücklicher.“ Ihr Herz machte ihr Schwierigkeiten, irgendwie klopfte es viel schneller als gewöhnlich.

„Das gefällt mir“, murmelte er und fuhr mit dem Finger über den kleinen Schönheitsfleck über ihrem Mundwinkel, während er mit der anderen Hand die Knöpfe ihres Sakkos öffnete.

„Warum machst du das eigentlich immer?“

„Was denn?“

„Den Blödsinn mit meinen Knöpfen.“

„Ich übe nur ein bisschen.“ Ein verwegenes Grinsen huschte kurz wie ein Wetterleuchten über sein Gesicht. „Außerdem siehst du immer wie aus dem Ei gepellt aus, so dass ich Lust bekomme, dich ein bisschen in Unordnung zu bringen.“

Ihr Rückzug endete damit, dass sie sich mit dem Rücken an der Wand wiederfand. Rechts neben ihr stand der Kühlschrank, links war ebenfalls eine Wand.

„Scheint so, als hättest du dich selbst in die Ecke gedrängt, Darling.“ Er trat vor sie hin, legte beide Hände um ihre Taille, beugte sich zu ihr hinab und küsste sie. Während er den Kuss vertiefte, arbeiteten sich seine Finger weiter nach oben und stoppten erst kurz unterhalb ihrer Brüste.

Es gelang ihr nicht, Zurückhaltung zu wahren. Ihr Atem ging schneller, sie öffnete ihm ihre Lippen, und ihre Zungen begegneten sich. Sowohl der männlich herbe Duft, den er ausströmte, als auch der dunkle, wilde Geschmack seines Mundes trafen sie wie ein Pfeil mitten ins Zentrum ihres Begehrens.

Im hintersten Winkel ihres Gehirns blinkte ein Warnlämpchen auf. Mit Sicherheit wusste er genau, wie es ein Mann anstellen musste, um eine Frau zu verführen. Alle Frauen. Irgendeine Frau. Aber es war ihr egal, ihr Begehren war stärker als ihr Verstand.

Ihr Blut begann schneller als gewöhnlich durch die Adern zu rauschen, ihre Haut prickelte. Sie hatte das Gefühl zu spüren, wie ihre Knochen dahinschmolzen wie das Wachs einer Kerze unter der Flamme.

Es erregte ihn unglaublich, sie zu beobachten. Seine Augen waren die ganze Zeit weit geöffnet, während er mit seiner Zunge ihre warme, feuchte Mundhöhle erforschte. Das Flattern ihrer Lider, die Wangen, in die das Verlangen Farbe gebracht hatte, und der hilflose kleine, lustvolle Seufzer, der ihr entschlüpfte, als er seine Fingerspitzen leicht über die Knospen ihrer Brüste gleiten ließ, jagten ihm einen Lustschauer nach dem anderen den Rücken hinunter.

Mit einiger Anstrengung gelang es ihm nach einer Weile, den Kuss zu beenden. „Du lieber Gott. Das ist wirklich nicht der geeignete Zeitpunkt.“ Zärtlich knabberte er an ihrem Ohrläppchen. „Oder wollen wir es doch noch mal versuchen?“

„Nein.“ Ihre Antwort überraschte sie selbst, denn sie war das Gegenteil dessen, was sie wollte. Sie hielt noch immer in jeder Hand ein Weinglas und presste nun eines davon wie zur Verteidigung gegen seine Brust.

Er betrachtete es einen Moment, dann wanderte sein Blick wieder nach oben und sah sie an. Er lächelte nicht, und der sanfte Ausdruck, der noch kurz zuvor auf seinem Gesicht gelegen hatte, war verschwunden. In seinen Augen lauerte nun etwas Dunkles, fast Gefährliches, wie bei einem Raubtier, das zum Sprung ansetzt auf seine Beute. Trotz ihres gesunden Menschenverstands fühlte sie sich von diesem Mann, der sich ohne Bedenken nehmen würde, wonach ihm der Sinn stand, fast unwiderstehlich angezogen und scherte sich nicht um die Konsequenzen.

„Deine Hände zittern ja, Regan.“

„Ich weiß.“

Sie war sich darüber im Klaren, dass ein falsches Wort, eine falsche Bewegung das, was in seinen Augen lauerte, zum Ausbruch bringen und sie verschlingen würde. Und sie würde es zulassen. Und genießen.

Darüber galt es erst einmal nachzudenken.

„Nimm dein Weinglas, Rafe. Es ist Rotwein, er wird hässliche Flecken auf deinem Hemd hinterlassen, wenn man ihn verschüttet."

Einen verwirrenden Moment lang brachte er kein Wort heraus. Ein Verlangen, das er nicht verstand und mit dem er nicht gerechnet hatte, schnürte ihm die Kehle zu. Sie ist beunruhigt, dachte er. Und er fand, dass es klug war von ihr, denn sie hatte allen Grund zur Beunruhigung. Eine Frau wie sie hatte keine Ahnung, wozu ein Mann wie er fähig war.

Er nahm das Glas entgegen und stieß mit ihr an, der helle Klang schwebte noch in der Luft, als er sich umwandte und zum Herd ging.

Sie fühlte sich so, als wäre sie eben am Rand einer Klippe entlanggetaumelt und hätte es gerade noch rechtzeitig geschafft, dem unvermeidlich erscheinenden Sturz zu entgehen. Doch was sie angesichts dessen verspürte, war nicht Erleichterung, sondern Bedauern.

„Irgendwie sollte ich wohl jetzt was sagen. Ich ... äh ..." Sie holte tief Luft und nahm einen großen Schluck Wein. „Ich will ja nicht abstreiten, dass ich mich von dir angezogen fühle ..."

In dem Versuch, sich zu entspannen, lehnte er sich gegen den Tresen und fixierte sie über den Rand seines Weinglases hinweg. „Und?"

„Und." Sie strich sich eine Haarsträhne aus dem Gesicht. „Aber ich denke, Komplikationen sind ... eben kompliziert“, beendete sie ihren wenig aussagekräftigen Satz. „Ich will das nicht ... Ich kann mir nicht vorstellen ...“ Sie schloss die Augen und nahm noch einen Schluck. „Oh Gott, jetzt stottere ich schon.“

„Ist mir auch aufgefallen. Es stärkt mein Selbstvertrauen ungemein.“

„Das hast du doch gar nicht nötig.“ Sie stieß hörbar die Luft aus und räusperte sich. „Ich habe keinen Zweifel daran, dass Sex mit dir eine denkwürdige Sache wäre – hör auf, so blöd zu grinsen!“

„Oh, Entschuldigung.“ Doch das Grinsen wich nicht von seinem Gesicht. „Das muss an deiner Wortwahl liegen. Denkwürdig ist gut – wirklich gut, gefällt mir. Aber ich habe verstanden, was du meinst. Du willst dir alles gründlich durch den Kopf gehen lassen. Und wenn du dann so weit bist, lässt du es mich wissen.“

Sie überlegte einen Moment, dann nickte sie. „Ja, so könnte man es sagen.“

„Okay. Jetzt bin ich dran.“ Er wandte sich um, drehte die Herdplatte an und goss Öl in die Bratpfanne. „Ich begehre dich, Regan. Sofort, als ich bei Ed's reinkam und dich mit Cassie so geschniegelt und gebügelt dasitzen sah, hat's mich umgehauen, ehrlich. Es hat mich einfach erwischt.“

Sie tat alles, um die Schmetterlinge, die wieder begannen, in ihrem Bauch zu flattern, nicht zur Kenntnis zu nehmen. „Hast du mir deshalb diesen Job angeboten?"

„Du bist wirklich zu intelligent, um eine solche Frage zu stellen. Es geht um Sex, verstehst du? Sex ist etwas Persönliches."

„Na gut." Sie nickte wieder. „Na gut."

Er nahm eine Tomate zur Hand und betrachtete sie eingehend. „Das Problem ist nur, dass ich nicht viel davon halte, über solche Sachen allzu lange nachzugrübeln. Ich weiß ja nicht, wie du das siehst, aber ich finde, Sex ist etwas Animalisches. Es geht darum, zu riechen, zu schmecken und zu fühlen." Seine Augen hatten sich verdunkelt wie bereits vorhin schon, und wieder lag in ihnen ein Anflug von Waghalsigkeit und Leichtsinn. Er nahm das Messer in die Hand und fuhr mit dem Finger prüfend über die Schneide. „Und zu erobern", fügte er langsam hinzu. „Aber da das nur mein eigener Blickwinkel ist und die Sache schließlich uns beide betrifft, musst du wohl wirklich dein Ding durchziehen und erst noch ein Weilchen überlegen."

Verblüfft starrte sie ihn an, während er eine Knoblauchzehe schälte. „Soll ich dir jetzt dafür danken oder was?"

„Quatsch." Fachmännisch legte er die Messerschneide flach über die Knoblauchzehe und hieb einmal kurz mit der Faust darauf. „Ich wollte nur, dass du mich verstehst, ebenso wie ich versuche, dich zu verstehen."

„Du bist ja ein ganz moderner Mann, MacKade."

„Wenn du dich da mal nicht täuschst, Darling. Auf jeden Fall werde ich dich wieder zum Stottern bringen, verlass dich drauf."

Diese Herausforderung würde sie annehmen. Entschlossen griff sie nach der Weinflasche und füllte ihre Gläser auf. „Dann will ich dir jetzt mal sagen, worauf du dich verlassen kannst. Falls ich mich entschließen sollte, mit dir ins Bett zu gehen, wirst du zumindest ebenso stottern wie ich."

Er warf den zerdrückten Knoblauch in das Öl, wo er gleich darauf zu brutzeln begann. „Du gefällst mir, Darling. Du gefällst mir wirklich ausnehmend gut."

4. KAPITEL

Die Sonne lachte vom Himmel und brachte die Eiszapfen an den Dachrinnen zum Schmelzen. Die Schneemänner in den Vorgärten verloren an Gewicht, und die Mohrrüben und Steine, die als Nasen und Augen gedient hatten, purzelten ihnen aus den Gesichtern.

Regan brachte die folgende Woche damit zu, sich umzuhören, wo sie geeignete Einrichtungsgegenstände für das Barlow-Haus auftreiben könnte, und ergänzte auf einer Auktion ihren Warenbestand.

Wenn keine Kundschaft im Laden war, nutzte sie die Zeit, um die Pläne, die sie für das zukünftige MacKade Inn von Antietam ausgearbeitet hatte, zu studieren. Immer wieder kamen ihr neue Ideen, die sie voller Begeisterung den schon existierenden hinzufügte.

Auch in diesem Augenblick, während sie einem interessierten Ehepaar eine antike Kredenz aus Walnussholz schmackhaft zu machen versuchte, waren ihre Gedanken bereits bei dem Haus. Obwohl sie sich dessen noch nicht bewusst war, hatte es sie bereits ebenso gefangen genommen wie Rafe.

In das vordere Schlafzimmer im ersten Stock kommt das Himmelbett, überlegte sie, die Tapete mit den Rosenknospen und der Schrank aus Satinholz. Ein romantisches, traditionelles Brautgemach ganz im Stil jener Zeit sollte es werden.

Und was den großen Raum im Erdgeschoss anbelangte, so wirkte der ja schon allein durch seine herrliche Südlage. Voraussetzung war natürlich, dass Rafe die richtigen Fenster aussuchte, aber da hatte sie keine Bedenken. Sie würde für leuchtend warme Farben, denen ein Goldton beigemischt war, plädieren, so dass der Eindruck entstehen konnte, die Sonne würde auch dann scheinen, wenn es regnete. Und viele, viele Grünpflanzen. Wie ein Wintergarten sollte er wirken, ein Ort, von dem aus man ruhig die Blicke durch die großen Panoramafenster nach draußen schweifen lassen konnte, in den großen Garten und weiter darüber hinaus in die Wälder.

Sie konnte es kaum mehr erwarten, selbst Hand anzulegen, um das Haus mit den winzigen, aber wichtigen Kleinigkeiten auszustatten, die es in altem Glanz erstrahlen lassen sollten und die dafür sorgen würden, dass es wieder ein richtiges Heim wurde.

Kein Heim, berichtigte sie sich sofort in Gedanken. Höchstens ein Heim für Gäste. Ein Hotel. Komfortabel, charmant, aber nur zur zeitweiligen Benutzung. Mit einiger Anstrengung gelang es ihr, den Kopf schließlich freizubekommen.

Die Frau fuhr begehrlich mit den Fingerspitzen über das glänzende Holz, während Regan den hoffnungsvollen und bittenden Blick auffing, den sie ihrem Ehemann zuwarf.

„Sie ist wirklich wunderschön. Nur leider kostet sie mehr, als wir eigentlich vorhatten auszugeben."

„Ja, ich verstehe. Aber eine Kredenz in diesem ausgezeichneten Zustand …"

Sie unterbrach sich, weil die Ladentür geöffnet wurde, und ihr Herz machte einen kleinen Satz. Doch es war nicht Rafe, der, wie sie insgeheim gehofft hatte, hereingeschneit kam, sondern Cassie. Verärgert spürte sie, wie Enttäuschung in ihr hochstieg, und versuchte sogleich, sie abzuschütteln. Noch bevor sie Cassie ein freundliches Willkommenslächeln zuwerfen konnte, entdeckte sie den Bluterguss auf dem Gesicht der Freundin und erschrak zutiefst.

„Wenn Sie mich für einen Moment entschuldigen möchten, ich bin gleich wieder da."

Bei Cassie angelangt, nahm sie sie wortlos am Arm und führte sie in ihr Büro.

„Setz dich, Cassie. Komm." Sanft, aber nachdrücklich, drückte sie die junge Frau in einen Sessel, der vor einem schmiedeeisernen kleinen Tischchen stand. „Um Gottes willen, was ist denn passiert? Ist es schlimm?"

„Ach, es ist nichts, ich bin nur …"

„Halt den Mund." Sie konnte nicht anders, als dem Zorn, der beim Anblick ihrer Freundin in ihr aufgeflammt war, ein Ventil zu geben, und knallte den Teekessel auf die Platte des kleinen Kochers. „Entschuldige bitte. Ich mach uns erst mal einen Tee, ja?“ Sie musste sich noch eine kleine Verschnaufpause verschaffen, ohne die sie nicht im Stande sein würde, mit Cassie ruhig und vernünftig zu reden. „Bis das Wasser kocht, gehe ich kurz noch einmal zu meinen Kunden hinaus. Du bleibst hier sitzen und entspannst dich, verstanden?“

In Cassies Augen brannte die Scham. Sie sah Regan für den Bruchteil einer Sekunde an, dann senkte sie schnell den Blick, starrte auf ihre Hände und nickte bedrückt. „Danke“, murmelte sie kaum hörbar.

Zehn Minuten später war Regan wieder zurück. Sie hatte sich geschworen, ihre Wut zu zügeln, alles andere würde die Angelegenheit nicht besser machen und Cassie keinen Schritt weiterhelfen. Sie brauchte Unterstützung und keine Vorwürfe.

Doch alle guten Vorsätze waren vergebens. Das Bild des Jammers, das ihre Freundin, die zusammengekauert in dem Sessel hockte, bot, ließ sie von neuem explodieren.

„Herrgott noch mal, warum lässt du dir das gefallen? Wann hast du bloß endlich die Schnauze voll davon, für diesen sadistischen Dreckskerl den Sandsack zu spielen, an dem er sich abreagieren kann? Muss man dich vielleicht erst ins Krankenhaus einliefern, ehe du zu Verstand kommst?“

Cassie, in äußerster Bedrängnis, legte die Arme auf das vor ihr stehende Tischchen, vergrub den Kopf darin und begann zu schluchzen.

Sofort spürte Regan, wie ihr ebenfalls die Tränen kamen, sie ging neben ihrer Freundin in die Knie und umarmte sie. „Ach, Cassie. Es tut mir so Leid, es tut mir so Leid. Ich hätte nicht so mit dir herumkeifen dürfen."

„Ich hätte nicht herkommen sollen", schluchzte Cassie, hob den Kopf, bedeckte ihr Gesicht mit den Händen und rang um Fassung. „Ich hätte wirklich nicht herkommen sollen, aber ich hab einfach jemanden gebraucht, mit dem ich reden kann."

„Ach, Cassie, natürlich war es richtig von dir, herzukommen. Komm, lass mich mal sehen." Regan versuchte Cassies Hände von ihrem Gesicht wegzuziehen. Nachdem es ihr schließlich gelungen war, sah sie das ganze Ausmaß dessen, was Joe angerichtet hatte. Der Bluterguss zog sich über die gesamte rechte Gesichtshälfte hin, von der Schläfe bis nach unten zum Kiefer, und das rechte Auge war lilablau verfärbt und fast ganz zugeschwollen.

„Oh, Cassie, was ist denn bloß passiert? Kannst du es mir nicht erzählen?"

„Er ... Joe ...", begann Cassie, immer wieder von neuem von Schluchzen geschüttelt, „er hat sich schon die ganze Zeit nicht gut gefühlt ... Die Grippe ... du weißt doch ..." Sie holte tief Luft. „Er war in letzter Zeit so oft krank ...

und gestern … gestern haben sie ihm gekündigt.“ Ohne Regan anzuschauen, bückte sie sich nach ihrer Handtasche und kramte ein Papiertaschentuch hervor. „Er war völlig fertig … Zwölf Jahre war er bei der Firma beschäftigt, und jetzt – aus und vorbei. Wenn ich bloß an die Rechnungen denke … Ich habe erst vor kurzem eine neue Waschmaschine auf Kredit gekauft, und Connor wollte unbedingt diese neuen Tennisschuhe. War mir ja klar, dass sie viel zu teuer waren, aber …“

„Hör auf“, fiel ihr Regan bestimmt ins Wort und legte ihre Hand auf Cassies Arm. „Hör auf mit deinen ewigen Selbstanklagen. Ich kann es wirklich nicht ertragen.“

„Ich weiß, dass das alles nur Ausflüchte sind.“ Cassie schöpfte zitternd Atem und schloss die Augen. Wenigstens Regan gegenüber sollte sie ehrlich sein. Ihre Freundin hatte es nicht verdient, belogen zu werden, denn sie war in den drei Jahren, die sie sich nun schon kannten, immer für sie da gewesen. „Also, um die Wahrheit zu sagen, er hatte überhaupt keine Grippe. Er ist schon seit fast einer Woche fast ununterbrochen betrunken. Sie haben ihn nicht entlassen, sondern sie haben ihn auf der Stelle gefeuert, weil er sternhagelvoll an seinem Arbeitsplatz erschienen ist und sich natürlich sofort mit seinem Vorarbeiter angelegt hat.“

„Und dann ist er nach Hause gekommen und hat seine Wut an dir ausgelassen.“ Regan erhob sich, nahm den Kessel vom Herd und brühte Tee auf. „Wo sind denn die Kinder?“

„Bei meiner Mutter. Ich bin noch in der Nacht mit ihnen zu ihr gefahren.“ Sie betastete ihre Wange und ihr Auge. „So schlimm wie diesmal war es noch nie.“ Unbewusst fuhr sie sich mit der Hand an den Hals. Unter dem Rollkragen verbargen sich noch mehr Blutergüsse, die Joe ihr zugefügt hatte, als er sie so gewürgt hatte, dass sie schon dachte, er würde sie umbringen. Fast hatte sie es sich gewünscht.

„Okay, das ist ja immerhin schon mal etwas.“ Während Regan dünne chinesische Teeschalen aus Porzellan auf den Tisch stellte, überlegte sie, wie sie Cassie am besten helfen könnte. „Der erste Schritt zu einem neuen Anfang“, fügte sie hinzu.

„Nein.“ Vorsichtig legte Cassie beide Hände um ihre Teeschale, als müsse sie sich wärmen. „Sie erwartet von mir, dass wir noch heute zu Joe zurückgehen. Sie würde uns nicht noch eine Nacht bei sich aufnehmen.“

„Auch nicht nach dem, was passiert ist?“ fragte Regan fassungslos.

„Eine Frau gehört zu ihrem Mann“, erwiderte Cassie schlicht. „Ich habe ihn geheiratet und habe gelobt, zu ihm zu halten, in guten wie in schlechten Zeiten.“

Regan konnte ja noch nicht einmal ihre eigene Mutter verstehen, doch das, was Cassie da von sich gab, erschien ihr schlicht unfassbar. „Was du da sagst, ist einfach ungeheuerlich."

„Das sind nur die Worte meiner Mutter", murmelte Cassie und zuckte zusammen, als sie ihre aufgeplatzte Lippe mit dem heißen Tee benetzte. „Sie ist der festen Überzeugung, dass es die Pflicht der Frau ist, dafür zu sorgen, dass eine Ehe funktioniert. Und wenn das nicht der Fall ist, ist es allein ihre Schuld."

„Und du? Was glaubst du? Dass es deine Pflicht ist, dich von Joe verprügeln zu lassen?"

„Ich bin verheiratet, Regan. Und außerdem denkt man immer, dass es irgendwann wieder besser werden wird." Sie holte zitternd Luft. „Vielleicht war ich ja zu jung, als ich Joe geheiratet habe, und möglicherweise habe ich auch einen Fehler gemacht. Und dennoch war ich immer fest entschlossen, an meiner Ehe festzuhalten, obwohl Joe mir schon seit Jahren untreu ist." Wieder begann sie zu weinen. „Wir sind nun seit zehn Jahren verheiratet, Regan. Und wir haben Kinder zusammen. Ich habe so viele Fehler gemacht, zum Beispiel habe ich mein Trinkgeld genommen und Connor davon neue Schuhe gekauft, und bei Emma lasse ich es zu, dass sie Mannequin spielt und meinen Lippenstift benutzt, obwohl sie noch so klein ist. Und eine neue Waschmaschine konnten wir uns überhaupt nicht leisten – aber gekauft habe ich sie dennoch. Und im Bett war ich auch niemals gut, bestimmt nicht so gut, wie die anderen Frauen, mit denen er ...“

Als sie Regans fassungslosen Blick sah, unterbrach sie sich schlagartig.

„Hast du dir diesmal selbst zugehört, Cassie?“ erkundigte sich Regan sanft. „Hast du gehört, was du gerade gesagt hast?“

„Ich kann einfach nicht mehr länger bei ihm bleiben.“ Cassies Stimme brach. „Er hat mich vor den Kindern geschlagen. Früher hat er wenigstens immer noch gewartet, bis sie im Bett waren, und das war schon schlimm genug. Aber gestern hat er mich vor ihnen verprügelt und mir währenddessen ganz schreckliche Sachen an den Kopf geworfen. Sachen, die sie nie und nimmer hätten hören dürfen. Dazu hat er kein Recht. Er zieht sie in alles mit rein, und dazu hat er kein Recht.“

„Nein, Cassie, dazu hat er kein Recht. Du brauchst jetzt Hilfe.“

„Ich habe die ganze Nacht wach gelegen und habe darüber nachgedacht.“ Sie zögerte einen Moment, dann schob sie ihren Rollkragen ein Stück hinunter.

Entsetzt starrte Regan auf die blutunterlaufenen Würgemale, die sich über Cassies weißen Hals zogen. Ihr Gesicht verzerrte sich vor Wut, und in ihren Augen loderte kalter Zorn auf. „Oh mein Gott“, stammelte sie, „er hat versucht, dich zu erwürgen.“

„Ich glaube nicht, dass es das war, was er anfangs wollte. Es war nur so, weil er mir so wehgetan hat, habe ich geschrien, und zuerst wollte er wohl nur, dass ich aufhöre. Aber ich konnte nicht, und da ist er mir an den Hals gegangen und hat zugedrückt. Oh Gott." Cassie schlug wieder die Hände vors Gesicht. „Und dann habe ich es gesehen. In seinen Augen stand blanker Hass. Er hasst mich einfach deswegen, weil ich da bin. Und er wird mir wieder etwas tun, wenn ich ihm die Gelegenheit dazu gebe, aber ich muss jetzt an die Kinder denken. Ich habe vor, zu Devin zu gehen, um Anzeige zu erstatten."

„Gott sei Dank."

„Ich wollte nur vorher bei dir reinschauen, damit ich ein bisschen ruhiger werde." Cassie wusste, dass es nun kein Zurück mehr gab. Sie bemühte sich um ein zitterndes Lächeln und wischte sich mit dem Handrücken die Tränen aus dem Gesicht. „Es fällt mir schwer, weil es ausgerechnet Devin ist. Ich kenne ihn schon mein ganzes Leben lang. Nicht, dass die ganze Sache ein Geheimnis wäre, er war ja schon unzählige Male bei uns, weil die Nachbarn die Polizei gerufen haben. Und dennoch ist es hart." Sie seufzte. „Weil es Devin ist."

„Ich komme mit dir."

Cassie schloss die Augen. Das war der Grund, weshalb sie hergekommen war. Weil sie jemanden brauchte, der ihr jetzt zur Seite stand. Oder – genauer ausgedrückt –

weil sie jemanden brauchte, der sie aufrecht hielt. „Nein, ich muss es allein machen. Aber ich weiß nicht, was ich danach tun soll“, erwiderte sie tapfer und nahm einen Schluck von ihrem Tee, der ihrer geschundenen Kehle wohl tat. „Ich kann unmöglich die Kinder wieder nach Hause zurückbringen, ohne dass ich weiß, wie es jetzt weitergeht.“

„Du könntest in das Frauenhaus …“

Cassie schüttelte den Kopf. „Ich weiß, dass es falscher Stolz ist, Regan, aber ich kann da nicht hingehen. Vor allem nicht mit den Kindern. Zumindest nicht jetzt.“

„Okay. Dann bleibst du eben hier. Bei mir.“ Als Cassie Einspruch erhob, wiederholte Regan ihr Angebot ein zweites Mal. „Ich habe zwar nur noch ein zusätzliches Schlafzimmer, deshalb wird es für euch drei ziemlich eng werden, aber eine Zeit lang wird es bestimmt gehen.“

„Wir können dir unmöglich so zur Last fallen, Regan.“

„Ihr fallt mir nicht zur Last. Es ist ein Notfall, und ich habe es dir doch angeboten. Schau, Cassie, du warst meine erste Freundin hier in Antietam und hast mir geholfen, mich hier einzuleben. Und nun möchte ich dir helfen, also lass es mich auch.“

„Oh nein, Regan, wirklich. Das ist mir unangenehm. Ich habe einiges gespart. Wir könnten ein paar Tage in einem Motel unterkommen, dafür reicht es gerade.“

„Das kommt gar nicht in Frage, Cassie. Es ist wirklich alles kein Problem, ihr wohnt für die nächste Zeit bei mir, und dann werden wir weitersehen. Wenn du es schon nicht für dich tust, dann tu es für die Kinder“, fügte sie schnell hinzu, erleichtert darüber, dass ihr endlich das Argument eingefallen war, das für Cassie am schwersten wog.

Cassies Reaktion bewies ihr, dass sie Recht hatte. Nun endlich nickte die Freundin zustimmend. „Also gut. Wenn ich von Devin komme, hole ich sie ab.“ Wenn es um ihre Kinder ging, war Cassie sogar ihr Stolz nicht mehr wichtig. „Ich bin dir wirklich sehr dankbar, Regan.“

„Ich dir auch. Jetzt.“

„Ja, was ist denn hier los? Gemütliches Plauderstündchen während der Geschäftszeiten, hm?“ Rafe kam vergnügt zur Tür herein und warf seinen Mantel schwungvoll auf die Couch. Erst nachdem er sich gesetzt hatte, fiel ihm Cassies zerschlagenes Gesicht auf.

Zu beobachten, wie sich Rafes eben noch charmant vergnügte Miene in eine eisige Maske verwandelte, machte Regan für einen Augenblick sprachlos. Als könne er seinen Augen nicht trauen, streckte er die Hand aus und fuhr leicht mit einer Fingerspitze über den Bluterguss.

„Joe?“

„Es … es war ein Unfall“, stammelte Cassie.

Er stieß einen wüsten Fluch aus und sprang auf. Sofort

war Cassie, die seine Gedanken erriet, ebenfalls auf den Beinen und stellte sich ihm in den Weg.

„Nein, Rafe, bitte“, flehte sie, „mach keine Dummheiten.“ Verzweifelt krallte sie sich in seinen Ärmel. „Bitte, geh nicht zu ihm.“

Er hätte sie mit Leichtigkeit beiseite schieben können, aber er tat es nicht, weil ihm klar war, dass er damit nur noch mehr Öl ins Feuer gießen würde. „Hör zu, Cassie“, sagte er deshalb in ruhigem Ton, „du bleibst hier bei Regan.“

„Nein, bitte.“ Hilflos begann Cassie wieder zu weinen. „Bitte. Mach nicht alles noch schlimmer, als es sowieso schon ist.“

„Diesmal wird der Dreckskerl für seine Sauereien bezahlen“, stieß Rafe zwischen zusammengebissenen Zähnen hervor, drückte sie entschlossen in den Sessel und schaute auf sie herunter. Ihre Tränen bewirkten, dass er weich wurde. „Cassie.“ Er kniete sich neben sie hin, schlang die Arme um sie und zog sie an seine Brust. „Hör auf zu weinen, Baby. Komm, alles wird wieder gut.“

Regan, die schnell aufgesprungen war, beobachtete ihn ungläubig. Sie konnte es kaum fassen, wie nah Zärtlichkeit und Härte bei ihm nebeneinander lagen. Er wiegte Cassie wie ein Kind in seinen Armen und murmelte dabei tröstliche Worte.

Als er den Kopf hob, um sie anzusehen, war Regans

Kehle wie zugeschnürt. Ja, die Gewalttätigkeit lauerte noch immer in seinen Augen. Lebendig und heftig genug, um sie in Angst zu versetzen. Sie schluckte krampfhaft.

„Misch dich nicht ein, Rafe. Cassie wird es allein schaffen.“ Ihre Stimme klang rau.

Jeder Nerv in ihm war angespannt, er fieberte nach der Jagd, wollte den Kampf. Er wollte Blut sehen. Joes Blut. Aber die Frau, die hier in seinen Armen lag, zitterte. Und die andere, die ihn erschreckt mit weit aufgerissenen Augen ansah, hatte sich auf leises Bitten verlegt. Er rang mit sich selbst.

„Entschuldige bitte“, flüsterte Cassie.

„Du musst dich nicht bei mir entschuldigen.“ Behutsam ließ er sie los und wischte ihr die Tränen ab. „Du musst dich bei überhaupt niemandem entschuldigen.“

„Sie wird zu Devin gehen und Anzeige erstatten.“ Regans Hände zitterten. Um sich zu beruhigen, holte sie Rafe eine Tasse und goss ihm Tee ein. „Das ist in dieser Situation das einzig Richtige.“

„Es ist ein Weg.“ Er zog seinen eigenen vor. Er sah Cassie an und strich ihr eine Haarsträhne aus dem nassen Gesicht. „Hast du einen sicheren Platz, an dem du unterkommen kannst?“

Cassie nickte und nahm das Papiertaschentuch, das Rafe ihr hinhielt. „Fürs Erste bleiben wir hier bei Regan. Bis wir …“

„Mit den Kindern ist alles in Ordnung?“

Sie nickte wieder. „Sie sind bei meiner Mutter. Wenn ich bei Devin alles erledigt habe, werde ich sie abholen.“

„Sag mir, was du brauchst, dann geh ich zu dir nach Hause und hol es dir.“

„Ich … ich weiß nicht. Ich … glaube, ich brauche nichts.“

„Lass uns später noch mal darüber reden. Was hältst du davon, wenn ich mit dir mitkomme?“

Zitternd stieß sie den Atem aus und trocknete sich mit dem Taschentuch das Gesicht. „Nein. Da muss ich allein durch, Regan. Am besten, ich mache mich jetzt gleich auf den Weg.“

„Hier.“ Regan zog eine Schublade auf. „Das ist der Schlüssel für die Eingangstür oben. Das Zimmer, in dem ihr euch ausbreiten könnt, kennst du ja. Macht es euch gemütlich.“ Sie drückte Cassie den Schlüssel in die Hand und schloss ihre Finger darum. „Und leg die Sicherheitskette vor, Cassie.“

„Ja. Dann muss ich jetzt wohl gehen.“ Alles, was sie zu tun hatte, war aufzustehen und zur Tür zu gehen. Aber noch niemals in ihrem Leben, so erschien es ihr, war ihr etwas so schwer gefallen. „Ich habe doch immer gedacht, dass er sich ändert“, flüsterte sie vor sich hin. „Ich habe es so gehofft …“ Seufzend raffte sie sich auf und erhob sich. „Noch mal danke für alles.“ Sie bemühte sich um ein tapferes Lächeln, ehe sie sich umwandte und mit gesenktem Kopf und hängenden Schultern hinausging.

„Hast du eine Ahnung, wo das Schwein ist?“ knurrte Rafe wütend.

„Nein.“

„Egal, ich werde ihn finden.“ Er streckte die Hand aus, um seinen Mantel zu nehmen, aber Regan fiel ihm in den Arm. Er hob langsam den Blick und sah sie aus brennenden Augen an. „Komm nicht auf die Idee, dich mir in den Weg zu stellen.“

Als Erwiderung nahm sie sein Gesicht in ihre Hände und küsste ihn. Es war ein weicher Kuss, der sie beide beruhigte.

„Womit habe ich denn das verdient?“

„Oh, da gibt es schon ein paar Sachen.“ Sie atmete tief ein und legte ihm beide Hände auf die Schultern. „Zum Beispiel für deinen Wunsch, dem Dreckskerl die Fassade zu polieren.“ Sie küsste ihn wieder. „Und dafür, dass du es nicht getan hast, weil Cassie dich darum gebeten hat.“ Noch ein Kuss. „Und zum Schluss dafür, dass du ihr gezeigt hast, dass nicht alle Männer so sind wie Joe, sondern dass die meisten Männer, die meisten wirklichen Männer, liebenswürdig sind und nicht brutal.“

„Verdammt.“ Besiegt lehnte er seine Stirn gegen ihre. „Das ist ja eine ganz miese Art, mich davon abzubringen, ihm die Fresse einzuschlagen.“

„Ein Teil von mir empfindet so wie du. Aber ich bin nicht stolz darauf.“ Als sie spürte, dass der Zorn wieder heiß in ihr aufstieg, wandte sie sich von Rafe ab und ging zur Kochplatte. „Ein Teil von mir hätte gern zugeschaut, wie du so lange auf ihn eindrischst, bis er umfällt.“

Rafe ging zu ihr hinüber, nahm ihre Hand, die sie zur Faust geballt hatte, öffnete sie behutsam und drückte ihr einen Kuss auf die Handfläche. „Na so was. Wie konnte ich mich bloß so in dir irren?“

„Ich hab doch gesagt, dass ich nicht stolz darauf bin.“ Ein kleines Lächeln huschte über ihr Gesicht. „Aber damit würden wir Cassie nicht helfen. Man muss alle Gewalttätigkeiten von ihr fern halten, auch wenn es in diesem Fall nur gerecht wäre, dass Joe mal so richtig Prügel bezieht.“

„Ich kenne sie, seit sie ein Kind war.“ Rafe blickte auf die Tasse, die Regan ihm hinhielt, und schüttelte den Kopf. Der Tee duftete wie eine Wiese im Frühling, und bestimmt schmeckte er auch so. „Sie war schon immer so zerbrechlich, hübsch und scheu. Und so unheimlich lieb.“ Auf Regans neugierigen Blick hin schüttelte er wieder den Kopf. „Nein, es ist nicht, wie du jetzt vielleicht denkst. Ich hatte niemals irgendwelche Absichten. Liebe Frauen sind nicht mein Typ.“

„Danke.“

„Keine Ursache.“ Er fuhr ihr mit den Fingern durchs

Haar. „Ist dir klar, dass du eine Menge auf dich nimmst, wenn du sie mit den Kindern bei dir wohnen lässt? Sie könnten bei uns auf der Farm unterkommen, wir haben viel Platz."

„Sie braucht jetzt eine Frau, Rafe, keinen Männerhaufen – egal, wie gut es gemeint ist. Meinst du, dass sich Devin der Sache auch richtig annimmt?"

„Darauf kannst du dich hundertprozentig verlassen."

Zufrieden mit seiner Antwort, nahm sie ihre Tasse und ging hinüber zum Tisch. „Gut. Und du solltest es auch." Sie betrachtete die Angelegenheit nun für abgeschlossen und sah ihn über den Rand ihrer Tasse hinweg an. „Warum bist du eigentlich hier?"

„Weil ich das Bedürfnis hatte, dich zu sehen." Er lächelte. „Und ich dachte mir, wir könnten vielleicht die Tapeten und die Möbel für den Salon zusammenstellen. Ich würde gern als Erstes einen Raum ganz fertig machen, um ein Gefühl für den Rest zu bekommen."

„Gute Idee. Ich ..." Sie unterbrach sich, weil aus dem Laden Schritte und Stimmen herüberdrangen. „Ich habe Kundschaft bekommen. Hier liegt alles, die Farbmuster und die Stoffproben und auch eine Liste der Möbel, die ich ins Auge gefasst habe."

„Ich habe auch ein paar Proben mitgebracht."

„Ah, das ist gut. Nun, dann ..." Sie ging zu ihrem Schreibtisch und schaltete den Computer ein. „Ich habe hier Raum für Raum aufgelistet, ganz so, wie ich es mir vorstelle. Willst du vielleicht in der Zwischenzeit mal reinschauen? Verschiedene der Stücke, die ich vorschlage, habe ich auch hier. Du kannst sie dir ansehen, wenn du fertig bist."

„Okay."

Dreißig Minuten später kam Regan vergnügt und mit geröteten Wangen ins Büro zurück. Sie hatte drei wertvolle Möbelstücke an den Mann gebracht. Wie groß er aussieht, dachte sie, als ihr Blick auf Rafe fiel, der sich an ihrem zierlichen Chippendale-Sekretär, auf dem der Computer stand, häuslich eingerichtet hatte. So sehr ... männlich.

Seine Stiefel waren abgestoßen, und sein Hemd hatte an der Schulter einen kleinen Riss. In seinem Haar entdeckte sie Spuren von Gips oder Mauerstaub. Seine Ausstrahlung hatte etwas Animalisches, und plötzlich begehrte sie ihn mit jeder Faser ihres Herzens, ohne Sinn und Verstand. Es war ein Verlangen, das sich fernab von jeder zivilisierten Empfindung bewegte, es war einfach nichts als pure Lust.

Himmel! Sie versuchte ihre Gefühle unter Kontrolle zu bringen, presste die Hand auf ihren flatternden Magen und holte dreimal nacheinander tief Luft.

„Und? Wie findest du es?"

„Du bist eine sehr tüchtige Frau, Regan, das muss man

dir lassen“, gab Rafe, ohne sich umzudrehen, zurück. Er war gerade dabei, eine Liste auszudrucken.

Mit weichen Knien ging sie zu ihm hinüber und sah ihm über die Schulter. „Ich bin mir sicher, dass wir noch längst nicht alles haben. Aber das werden wir erst dann sehen, wenn die Zimmer fertig sind.“

„Ich habe bereits einiges ergänzt.“

Überrascht richtete sie sich auf. „Ach, wirklich?“

„Diese Farbe hier habe ich rausgenommen. Ich will sie nicht.“ Brüsk tippte er mit dem Finger auf einen Farbchip und holte sich dann die Seite mit der Farbtabelle auf den Bildschirm. „Ich möchte lieber dieses Erbsengrün hier anstelle des – wie heißt die Farbe? Ach, ja. Tannengrün.“

„Das ist aber die Originalfarbe.“

„Sie ist schauerlich.“

Sie war zwar ganz seiner Meinung, dennoch ... „Damals hatte man aber genau diese Farbe“, beharrte sie. „Ich habe gründliche Nachforschungen angestellt. Die, die du dir jetzt ausgesucht hast, ist viel zu modern für das neunzehnte Jahrhundert.“

„Kann schon sein. Dafür wird sie wenigstens den Leuten nicht den Appetit verderben. Mach dir nicht ins Höschen, Darling.“ Als sie auf seine dreiste Bemerkung hin empört schnaubte, grinste er unverschämt, lachte laut auf und drehte sich zu ihr um. „Hör zu, du hast wirklich verdammt gute Arbeit geleistet. Ich muss ehrlich zugeben, dass ich das in dieser Ausführlichkeit nicht erwartet hätte. Und vor allem nicht so schnell. Du hast wirklich ein gutes Händchen für diese Dinge."

Sie dachte gar nicht daran, sich durch seine schönen Worte beschwichtigen zu lassen. Hier ging es um ihre Berufsehre. „Ich habe nur das getan, wofür du mich engagiert hast. Du willst doch das Haus im Stil des neunzehnten Jahrhunderts einrichten."

„Genau. Und deshalb kann ich auch die Änderungen vornehmen, die ich vorzunehmen wünsche. Ich bin eben nun mal der Meinung, dass wir uns auch ein bisschen an die Geschmacksmaßstäbe der Menschen von heute halten müssen. Ich habe auch schon einen Blick auf das Schlafzimmer oben geworfen, Regan. Also, ehrlich gesagt, für meinen Geschmack ist es einfach etwas zu weiblich eingerichtet."

„Darum geht es im Moment doch gar nicht", schnitt sie ihm das Wort ab.

„Und so ordentlich, dass ein Mann überhaupt nicht wagt, seinen Fuß über die Schwelle zu setzen", fuhr Rafe ungerührt fort. „Aber Sinn für Stil hast du, das muss man dir lassen. Das sollte man nutzen."

„Mir scheint es eher, als würden wir hier über deinen ganz persönlichen Geschmack diskutieren. Willst du es nun originalgetreu haben oder nicht? Wenn du die Richtlinien ändern willst, dann sag es doch klar heraus."

„Bist du immer so stur oder nur bei mir?“

Sie überhörte seine unverschämte Frage. „Du hast Genauigkeit verlangt. Woher soll ich wissen, dass du mittendrin plötzlich umschwenkst?“

Während er noch überlegte, nahm Rafe die Farbprobe zur Hand, die den Stein ins Rollen gebracht hatte. „Nur eine Frage. Und ich will, dass du sie ganz ehrlich beantwortest. Gefällt dir diese Farbe?“

„Das ist doch überhaupt nicht der Punkt.“

„Eine einfache Frage. Gefällt sie dir?“

Pfeifend stieß sie den Atem aus. „Natürlich nicht. Sie ist grässlich.“

„Na siehst du. Wenn sie dir auch nicht gefällt, muss man die Dinge eben etwas lockerer sehen und die Richtlinien außer Kraft setzen.“

„Dann kann ich wirklich keine Verantwortung mehr übernehmen.“

„Aber dafür bezahle ich dich ja.“ Damit war für ihn die Angelegenheit erledigt, er drehte sich um und blickte wieder auf den Bildschirm. „Was ist mit diesem Zweiersofa hier?“

Ihr Herz sank ihr fast bis in die Kniekehlen. Sie hatte die Couch vor zwei Wochen bei einer Auktion für seinen Salon erstanden. Wenn er sie jetzt nicht haben wollte, würde sie in die roten Zahlen kommen, denn sie war sündhaft teuer gewesen, und einen anderen Kunden würde sie dafür bestimmt nicht so schnell finden. „Ich habe sie hier im Laden, du kannst sie dir ansehen“, gab sie zurück und wunderte sich, dass ihre Stimme trotz alledem kühl und professionell klang.

„Gut, dann lass uns einen Blick darauf werfen. Und den Kaminschirm und diese Tische hier möchte ich mir auch ansehen.“

„Du bist der Boss“, murmelte sie und ging ihm voran nach draußen.

Als sie vor dem Zweiersofa stehen blieb, waren ihre Nerven zum Zerreißen angespannt. Es war ein wunderbares Stück, daher eben auch der dem entsprechende Preis. Doch als sie sich nun ihren Kunden in seinem zerrissenen Hemd und den abgestoßenen Stiefeln von der Seite betrachtete, konnte sie nicht umhin, über sich selbst den Kopf zu schütteln. Wie war sie nur auf die Idee gekommen, Rafe MacKade könnte an einem so eleganten, fein gearbeiteten, ausgesprochen feminin wirkenden Möbelstück interessiert sein?

„Äh, es ist Walnuss …“, begann sie zögernd und fuhr mit einer eiskalten Hand über die geschwungene Lehne. „Um 1850. Natürlich ist es in der Zwischenzeit neu bezogen und aufgepolstert worden, aber das Material ist originalgetreu. Die Verarbeitung ist erstklassig, und man sitzt erstaunlich gut darauf.“

Er murmelte etwas vor sich hin und kniete sich auf

den Boden, um einen Blick auf die Unterseite der Couch zu werfen. „Ziemlich kostspieliges kleines Ding."

„Es ist sein Geld auf jeden Fall wert."

„Okay."

Sie blinzelte. „Okay?"

„Ja. Wenn es mir gelingt, meinen Zeitplan einzuhalten, müsste der Salon am Wochenende eigentlich fertig werden. Am Montag kann das teure Stück dann geliefert werden, es sei denn, mir kommt noch etwas dazwischen. Dann lasse ich es dich natürlich wissen." Er kniete noch immer auf dem Boden und sah jetzt zu ihr auf. „Ist dir das recht so?"

„Ja." Sie bemerkte plötzlich, dass sie ihre Beine von den Knien abwärts gar nicht mehr spürte. „Natürlich."

„Zahlbar bei Lieferung, okay? Ich habe nämlich mein Scheckbuch nicht dabei."

„Ja, ja, das ist schon in Ordnung."

„Und jetzt möchte ich den Pembroke-Tisch sehen."

„Den Pembroke-Tisch, aha." Sie fühlte sich noch immer leicht schwindlig vor Erleichterung. Unsicher blickte sie sich um. „Hier drüben."

Als er aufstand, gelang es ihm nur mit Mühe, sich ein Grinsen zu verbeißen. „Was ist denn das da?"

Sie blieb stehen. „Der Tisch? Oh, das ist ein Ausstellungsstück. Satinholz und Mahagoni."

„Er gefällt mir."

„Er gefällt dir", wiederholte sie.

„Er würde sich gut im Salon machen, was meinst du?"

„Ja, ich hatte ihn auch noch als eine Möglichkeit im Hinterkopf."

„Schick ihn mir zusammen mit der Couch. Ist der Pembroke hier?"

Alles, was sie tun konnte, war schwach zu nicken. Und als Rafe sie eine Stunde später verließ, nickte sie noch immer.

Rafe fuhr geradewegs zum Sheriffoffice. Er hatte zwar schon viel zu viel Zeit vertrödelt, aber er war fest entschlossen, die Stadt erst zu verlassen, wenn sich Joe Dolin hinter Schloss und Riegel befand.

Devin, die Füße auf dem Tisch, hatte es sich in seinem Schreibtischstuhl bequem gemacht, als Rafe das Büro betrat. Seine Uniform bestand aus einem Baumwollhemd, verwaschenen Jeans und Cowboystiefeln mit schief gelaufenen Absätzen. Das einzige Zugeständnis an seine Position war der Sheriffstern, der vorn auf seiner Hemdbrust prangte. Er las gerade in einer eselsohrigen Taschenbuchausgabe von ‚Die Früchte des Zorns'.

„Und du bist also für Recht und Ordnung in der Stadt zuständig."

Devin blickte auf, knickte bedächtig die rechte obere Ecke der Seite, auf der er sich gerade befand, ein, klappte das Buch zu und legte es beiseite. „Zumindest haben sie mir das damals bei der Einstellung gesagt. Und auf dich wartet immer eine leere Zelle."

„Wenn du Dolin dafür einbuchten würdest, wäre ich zu allem bereit."

„Schon passiert. Er ist hinten." Devin machte eine Kopfbewegung zum rückwärtigen Teil des Büros hin, wo die Gefängniszellen lagen.

Rafe nickte beifällig und schlenderte zur Kaffeemaschine. „Hat er Ärger gemacht?"

Devins Lippen kräuselten sich zu einem träge boshaften Lächeln. „Gerade so viel, dass ich meinen Spaß dabei hatte. Ich will auch eine Tasse."

„Wie lange kannst du ihn drin behalten?"

„Das liegt nicht bei mir." Devin streckte die Hand aus, um den Becher, den Rafe ihm hinhielt, entgegenzunehmen. Weil er von Anfang an darauf bestanden hatte, sich seinen Kaffee selbst zu kochen, war es die übliche MacKade-Brühe. Heiß, stark und schwarz wie die Nacht.

„Wir werden ihn nach Hagerstown verlegen", fuhr Devin fort. „Er bekommt einen Pflichtverteidiger. Wenn Cassie keinen Rückzieher macht, kommt er mit Sicherheit vor Gericht."

Rafe setzte sich auf eine Ecke des mit Aktenbergen beladenen Schreibtischs. „Glaubst du, sie zieht ihre Anzeige zurück?"

Devin kämpfte gegen ein aufflammendes Unbehagen an und zuckte die Schultern. „So weit wie jetzt ist sie noch nie gegangen. Und der Drecksack verprügelt sie seit Jahren. Wahrscheinlich hat er schon in der Hochzeitsnacht damit angefangen. Sie kann nicht mehr als hundert Pfund wiegen, hat Knochen wie ein Vogel." In seinen normalerweise ruhigen Augen flammte Zorn auf. „Du müsstest mal die Würgemale am Hals sehen, die das Schwein ihr verpasst hat."

„So schlimm?"

„Ich habe Fotos gemacht." Devin fuhr sich mit der Hand übers Gesicht und nahm die Füße vom Schreibtisch. Das Gerangel mit Joe, die paar blauen Flecken, die er ihm verpasst hatte – selbstverständlich im Rahmen des Erlaubten –, und auch die Handschellen um seine Handgelenke hatten Devins Rachedurst nicht stillen können. „Du kannst dir nicht vorstellen, wie Leid sie mir tat, wie sie da vor mir saß. Sie sah aus, als würde sie das alles vollkommen überfordern. Weiß der Himmel, wie ihr erst zu Mute sein wird, wenn sie die ganze dreckige Wäsche vor dem Richter ausbreiten muss."

Abrupt stand er auf und trat ans Fenster. „Ich konnte nicht mehr tun, als ihr die Standardratschläge zu geben", fuhr er fort. „Na, du weißt schon – rechtliche Sachen, Therapieangebote und Schutzmaßnahmen." Er schluckte. „Und sie saß da vor mir wie ein Häufchen Unglück und weinte still vor sich hin. Ich bin mir vorgekommen wie der letzte Bürokrat."

Rafe starrte in seinen Kaffee und runzelte die Stirn. „Sag bloß, du empfindest noch immer was für sie, Dev?"

„Ach, das war damals auf der Highschool." Mit einiger Anstrengung öffnete er seine Faust und wandte sich Rafe wieder zu.

Man hätte tatsächlich meinen können, sie seien Zwillinge, so ähnlich sahen sich die beiden Brüder. Vor allem hatten sie den gleichen wilden, ungebärdigen Blick, nur dass Devins Augen eher moos- als jadegrün waren, und seine Narben trug er nicht auf dem Gesicht, sondern in seinem Herzen.

„Aber natürlich mache ich mir Sorgen um sie", sagte Devin, nun wieder ruhiger geworden. „Herrgott noch mal, Rafe, schließlich kenne ich sie mein Leben lang. Und ich fand es schon immer schrecklich zu wissen, was er ihr antat, ohne dass ich die Möglichkeit hatte, einzuschreiten. Jedes Mal, wenn ich zu ihr nach Hause gerufen wurde, hatte sie riesige Blutergüsse, und jedes Mal erklärte sie, es sei nur ein Unfall gewesen."

„Diesmal nicht."

„Nein, diesmal nicht. Ich habe ihr meinen Deputy zur Begleitung mitgegeben, er fährt sie zu ihren Kindern."

„Du weißt, dass sie die nächste Zeit bei Regan Bishop wohnen wird?"

„Ja, sie hat es mir erzählt." Er schüttete seinen Kaffee hinunter und ging zur Kaffeemaschine, um sich noch eine Tasse einzugießen. „Nun, immerhin hat sie den ersten Schritt gemacht. Es war wahrscheinlich der schwerste." Weil es nichts mehr gab, was er noch hätte für sie tun können, bemühte er sich nun, seine Aufmerksamkeit anderen Dingen zuzuwenden. „Da wir schon von Regan Bishop sprechen ... Mir ist zu Ohren gekommen, dass du hinter ihr her bist. Ist da was dran?"

„Gibt es vielleicht ein Gesetz, das das verbietet?"

„Und selbst wenn es eins gäbe, würde dich das vermutlich nicht abhalten." Devin ging zum Schreibtisch seines Deputys und durchforstete die Schubladen. Er konfiszierte zwei Schokoladenriegel, von denen er einen Rafe zuwarf. „Sie ist nicht der Typ, den du normalerweise bevorzugst."

„Mein Geschmack ist besser geworden."

„Wurde auch langsam mal Zeit." Devin biss von dem Riegel ein Stückchen ab. „Ist es was Ernsthaftes?"

„Eine Frau ins Bett zu kriegen ist immer ernsthaft, Bruderherz."

Kauend murmelte Devin etwas, das nach Zustimmung klang. „Und sonst ist nichts dahinter?"

„Ich weiß noch nicht genau. Aber ich habe so das Gefühl, dass es zumindest verdammt gut anfängt." Er schaute auf und grinste, als Regan das Büro betrat.

Sie blieb fast ruckartig stehen, so wie es wahrscheinlich jede Frau getan hätte, die sich unversehens zwei blendend aussehenden Männern gegenübersieht. „Tut mir Leid. Ich wollte nicht stören."

„Aber nein, Ma'am." Devin entfaltete seinen ruhigen Country-Charme mit voller Wucht und stand auf. „Es ist mir immer ein Vergnügen, Sie zu sehen."

Rafe legte den Kopf leicht schräg und grinste sie an. „Die gehört mir, Devin", sagte er nur in milde warnendem Tonfall.

„Wie bitte?" Regan trat verblüfft einen Schritt zurück und machte ein Gesicht, als wollte sie ihren Ohren nicht trauen. „Ich bitte vielmals um Verzeihung, aber sagtest du gerade ‚die gehört mir'?"

„Ganz recht." Rafe biss genüsslich in seinen Schokoriegel und hielt ihr das, was noch davon übrig war, hin. Als sie seine Hand beiseite stieß, zuckte er nur die Schultern und aß den Rest selbst.

„Das ist ja nicht zu fassen – da sitzt ein erwachsener Mann vor mir, futtert Süßigkeiten und sagt ganz einfach ‚die gehört mir' über mich, so als wäre ich die letzte Packung Eiskrem in der Gefriertruhe."

„Ich habe es schon früh gelernt, meine Ansprüche geltend zu machen." Wie um es zu beweisen, packte er sie an den Ellbogen, hob sie auf die Zehenspitzen und küsste sie lang und hart auf den Mund. „So, das war's", sagte er, nachdem er sie wieder losgelassen hatte. „Bis dann, Dev.“

„Ja, bis dann.“ Zu weise, um laut herauszulachen, räusperte sich Devin bedächtig. Die Sekunden zerrannen, und Regan starrte noch immer auf die Tür, die Rafe hinter sich zugeknallt hatte. „Möchten Sie, dass ich ihm nachgehe und ihn ins Kittchen werfe?“

„Wenn Sie dort eine Windelhose für ihn haben.“

„Bedauerlicherweise nicht. Aber ich habe ihm einmal einen Finger gebrochen, als wir noch Kinder waren. Ich könnte es noch mal versuchen.“

„Ach, machen Sie sich keine Gedanken.“ Sie würde Rafe später schon die Leviten lesen. „Eigentlich bin ich hergekommen, um zu sehen, ob Sie Joe Dolin inzwischen schon festgenommen haben.“

„Rafe war auch deswegen hier.“

„Das hätte ich mir denken können.“

„Möchten Sie vielleicht eine Tasse Kaffee, Regan?“

„Nein danke, ich muss gleich wieder weiter. Ich wollte nur wissen, ob ich irgendwelche Vorsichtsmaßnahmen wegen Joe treffen muss. Weil doch Cassie und die Kinder für einige Zeit bei mir wohnen werden.“

Ruhig musterte er sie. Er kannte sie nun seit drei Jahren, allerdings nur flüchtig. Ab und zu waren sie sich bei Ed oder auf der Straße begegnet und hatten ein paar Worte gewechselt. Dass sie schön war, war ihm natürlich nicht entgangen. Doch nun erkannte er, was es war, das seinen Bruder an ihr anzog. Ihr Geist, ihr Humor und ihr Mitgefühl. Er fragte sich, ob Rafe klar war, dass diese Kombination eine neue Qualität in sein Leben bringen könnte.

„Warum setzen Sie sich nicht wenigstens für einen kleinen Moment?“ fragte er. „Wir können die Dinge in Ruhe durchgehen.“

5. KAPITEL

Am Montagmorgen war Regan schon früh auf den Beinen. In ein paar Stunden würden die ersten Möbelstücke in das Haus auf dem Hügel geliefert werden. Mit dem Geld, das sie an ihnen verdient hatte, würde sie gleich heute Nachmittag auf einer Auktion in Pennsylvania ihren Warenbestand wieder aufstocken.

Heute konnte sie es sich durchaus leisten, das Geschäft einmal nicht zu öffnen.

Sie stellte die Kaffeemaschine an und legte zwei Scheiben Weißbrot in den Toaster. Als sie sich umdrehte, fiel sie fast über Connor, der hinter ihr stand.

„Oh Gott, Connor." Lachend drückte sie den Jungen an ihr laut klopfendes Herz. „Hast du mich aber erschreckt."

„Entschuldigung." Der Junge war dünn und blass und hatte große, wie von dunklem Nebel verhangene Augen. Genau wie seine Mutter, dachte Regan, während sie ihn anlächelte.

„Macht doch nichts. Ich habe gar nicht gehört, dass du schon aufgestanden bist. Es ist doch noch so früh, auch wenn es ein Schultag ist. Willst du schon frühstücken?"

„Nein danke."

Sie hielt einen Seufzer zurück. Ein achtjähriges Kind

sollte wirklich nicht so ausgesucht höflich sein. Sie hob eine Braue und nahm das Müsli, von dem sie wusste, dass er es besonders gern aß, aus dem Schrank. Sie hielt die Packung hoch und schüttelte sie. „Was ist, willst du nicht einen Teller mit mir zusammen essen?"

Nun lächelte er ein scheues Lächeln, das ihr fast das Herz brach. „Wenn du jetzt schon was isst."

„Nimm doch bitte die Milch aus dem Kühlschrank und stell sie schon mal auf den Tisch, ja?" Weil es sie schmerzte zu sehen, wie vorsichtig und bedächtig er diese einfache Pflicht übernahm, versuchte sie ihre Stimme besonders munter klingen zu lassen. „Ich habe vorhin im Radio gehört, dass es wieder schneien wird. Ganz viel wahrscheinlich."

Sie nahm Teller und Löffel aus dem Küchenschrank, ging ins Wohnzimmer und stellte alles auf den Tisch. Als sie die Hand hob, um Connor über sein vom Schlaf noch verstrubbeltes Haar zu streichen, zuckte er zusammen. Während sie innerlich über Joe Dolin fluchte, lächelte sie den Jungen an. „Ich wette, morgen habt ihr schulfrei wegen des Schnees."

„Ich gehe gern in die Schule", gab er zurück und kaute auf seiner Unterlippe herum.

„Ich bin auch gern zur Schule gegangen." Mit aufgesetzter Fröhlichkeit eilte sie wieder in die Küche, um ihren Kaffee zu holen. „Was ist denn dein Lieblingsfach?"

„Englisch. Ich schreib unheimlich gern Aufsätze.“

„Wirklich? Worüber denn?“

„Geschichten.“ Er ließ die Schultern hängen und sah zu Boden. „Einfach irgendwie so blödes Zeug.“

„Ich bin sicher, dass das kein blödes Zeug ist, was du da schreibst.“ Sie konnte nur hoffen, dass sie sich nicht zu weit vorwagte, aber ihr Herz führte ihr die Hand, als sie sie Connor unters Kinn legte und seinen Kopf hob, so dass er ihr ins Gesicht sehen musste. „Ich weiß, wie stolz deine Mutter auf dich ist. Sie hat mir erzählt, dass du den ersten Preis gewonnen hast für eine Geschichte, die du geschrieben hast.“

„Ja?“ Man sah ihm an, wie hin- und hergerissen er war zwischen dem Wunsch, sie anzulächeln, und dem Bedürfnis, seinen Kopf wieder hängen zu lassen. Aber das ging nicht, denn Regans Hand lag noch immer unter seinem Kinn. Plötzlich schossen ihm die Tränen in die Augen. „Sie hat so schrecklich geweint letzte Nacht. Ich wusste nicht, was ich tun sollte.“

„Ich weiß, mein Kleiner.“

„Er hat sie schon immer gehauen. Ich weiß es, weil ich gehört hab, wie sie geweint hat. Aber wie konnte ich ihr denn helfen, wo mein Daddy doch so stark ist?“

„Du sollst dir wirklich keine Vorwürfe machen, Connor.“ Sie ließ ihren Gefühlen freien Lauf, zog ihn auf ihren Schoß und legte die Arme fest um ihn. „Es gab nichts, was du hättest tun können. Aber jetzt seid ihr alle drei in Sicherheit."

„Ich hasse ihn."

„Sssch..." Entsetzt darüber, mit welch explosionsartiger Wucht diese drei Worte aus ihm hervorbrachen, presste sie ihre Lippen auf sein Haar und wiegte ihn in ihren Armen.

Regan erreichte das Barlow-Haus kurz vor dem Transportunternehmen, das sie angeheuert hatte. Das emsige Hämmern, Bohren und Klopfen, das ihr entgegenschlug, als sie die Haustür öffnete, hob ihre Laune.

Der Flur war mit Plastikplanen ausgelegt, überall standen Farbeimer und Werkzeug herum, aber die Spinnweben waren ebenso verschwunden wie der muffige Geruch, der über dem gesamten Haus gelegen hatte. Alles roch frisch und sauber.

Vielleicht hatte ja schon eine Art Geisteraustreibung stattgefunden. Amüsiert von diesem Gedanken, ging sie zur Treppe und schaute nach oben. Ob sie es überprüfen sollte?

Mutig nahm sie den ersten Treppenabsatz, doch noch bevor sie ganz oben angelangt war, schlug ihr wieder dieser eisige Lufthauch ins Gesicht. Ruckartig blieb sie stehen, eine Hand umklammerte das Geländer, die andere presste sich auf ihren Magen, während sie gegen die Eiseskälte anzukämpfen versuchte, die ihr die Luft zum Atmen nahm.

„Du scheinst gute Nerven zu haben."

Mit schreckgeweiteten Augen wandte sie sich zu Rafe um. „Ich habe gedacht, ich hätte mir das vielleicht nur eingebildet, aber jetzt hab ich es wieder gespürt. Wie schaffen es die Arbeiter hier hochzugehen, ohne ..."

„Nicht jeder merkt es. Und manche beißen eben die Zähne zusammen und denken nur an ihren Gehaltsscheck." Er kam die Treppen nach oben und nahm ihre Hand. „Und du?"

„Wenn ich es nicht selbst gespürt hätte, würde ich es niemals glauben." Ohne Protest ließ sie sich von ihm nach unten führen. „Immerhin wird diese merkwürdige Sache unter deinen zukünftigen Gästen für nie versiegenden Gesprächsstoff sorgen."

„Na, hoffentlich, Darling. Damit rechne ich fest. Komm, gib mir deinen Mantel. Wir haben die Heizung für diesen Teil des Hauses bereits heute fertig gemacht. Sie läuft schon." Er streifte ihr den Mantel von den Schultern. „Sie läuft zwar nur auf kleiner Flamme, aber man kann es aushalten."

Sie war erfreut, dass es wenigstens so warm war, dass sie nicht wie die Male vorher vor Kälte zu bibbern brauchte. „Ich brenne vor Neugier, erzähl schon, was hat sich oben getan?"

„Oh, dies und das. Ich will auch noch ein zweites Bad einbauen lassen. Könntest du vielleicht versuchen, irgendwo so eine Klauenfuß-Badewanne aufzutreiben? Und ein Waschbecken mit Sockel? Schlimmstenfalls würden es auch gute Imitate tun, wenn sich keine Originale finden lassen."

„Gib mir ein paar Tage Zeit, ja?" Sie rieb ihre Hände aneinander, allerdings nicht wegen der Kälte, sondern weil sie nervös war. „Zeigst du mir freiwillig, was du die Woche über geschafft hast, oder muss ich dich erst darum bitten?"

„Ich zeige es dir ganz freiwillig." Er hatte schon die ganze Zeit auf sie gewartet und alle paar Minuten nach ihr Ausschau gehalten. Und nun, da sie endlich da war, war er ganz gegen seine sonstige Gewohnheit angespannt. Die vergangene Woche über hatte er geschuftet wie ein Ackergaul, zwölf bis vierzehn Stunden pro Tag, nur um diesen einen Raum endlich fertig zu kriegen.

„Ich finde, die Farbe kommt wirklich gut." Er steckte die Hände in die Hosentaschen und ging ihr voran in den Salon. „Ein hübscher Kontrast zum Fußboden und der Einrichtung, denke ich. Mit den Fenstern gab's ein paar Probleme, aber sie sind gelöst."

Als sie schließlich auf der Schwelle zum Salon stand, verschlug es ihr für einen Moment die Sprache. Dann ging sie ganz langsam, den Widerhall ihrer Schritte auf dem spiegelblank gewienerten Parkett in den Ohren, in den Raum hinein.

Durch die hohen Fenster mit den eleganten Rundbogen fielen sattgoldene Sonnenstrahlen herein, die bis in die hintersten Winkel drangen. Die Wände waren in einem dunklen, warmen Blau gehalten, das sich wunderbar von der reichlich mit Stuck verzierten elfenbeinfarbenen Decke abhob.

Die Nische am Fenster hatte Rafe in einen Alkoven verwandelt, der einen ganz eigenen Charme ausstrahlte, und der Marmorsims am Kamin war so blank poliert, dass man sich darin spiegeln konnte.

„Jetzt fehlen nur noch die Möbel, Vorhänge und dieser Spiegel, den du ausgesucht hast.“ Er wünschte, sie würde endlich etwas sagen. Egal was, einfach irgendetwas. Missmutig schob er die Hände tiefer in seine Hosentaschen. „Also, wo ist das Problem? Habe ich irgendein wichtiges authentisches Detail vergessen?“

„Oh nein, es ist einfach wundervoll.“ Begeistert fuhr sie mit dem Finger über die glänzende Fenstereinfassung. „Absolut perfekt. Ich habe niemals geglaubt, dass du es so gut hinbekommen würdest.“ Mit einem kleinen Auflachen sah sie sich nach ihm um. „Das sollte keine Beleidigung sein.“

„So habe ich es auch nicht aufgefasst, keine Sorge, Regan. Ich bin über mich selbst erstaunt, dass es mir so viel Spaß macht, dieses alte Gemäuer wieder richtig herzurichten."

„Es ist viel mehr als das. Du hast das Haus zu neuem Leben erweckt. Du kannst sehr stolz sein auf dich."

Das war er auch. Aber dennoch war ihm ihr Lob irgendwie peinlich. „Ach, es ist einfach ein Job. Man braucht einen Hammer, Nägel und ein gutes Auge, das ist alles."

Sie legte den Kopf schräg, und er beobachtete, wie sich die Sonnenstrahlen in ihrem Haar verfingen und es golden aufschimmern ließen. Sein Mund wurde trocken.

„Du bist wirklich der letzte Mann, von dem ich Bescheidenheit erwartet hätte. Wie kommt es zu dieser überraschenden Wandlung deiner Persönlichkeit?"

„Ach, das meiste ist doch nur Kosmetik", brummte er und ließ offen, ob sich seine Bemerkung auf den Salon oder seine Persönlichkeit bezog.

„Irgendwas hast du gemacht", murmelte sie, drehte sich im Kreis und schaute sich um. „Du hast wirklich irgendetwas gemacht."

Noch bevor er ihr antworten konnte, war sie auf die Knie gesunken und fuhr mit der Handfläche über den Fußboden.

„Er ist spiegelblank wie Glas." Sie konnte gar nicht mehr damit aufhören, die Schönheit des Parketts zu rühmen, und als er ihr nicht antwortete, richtete sie sich halb auf, hockte sich auf ihre Fersen, legte den Kopf schief und sah zu ihm hoch. Ihr Lächeln verblasste, als er sie weiterhin nur anstarrte. „Was ist denn los? Stimmt irgendetwas nicht?"

„Steh auf."

Seine Stimme klang rau. Während sie sich langsam erhob, trat er einen Schritt zurück. Keinesfalls durfte er sie jetzt berühren. Er wusste, dass er, würde er erst einmal damit anfangen, sich nicht mehr würde bremsen können. „Du passt genau in diesen Raum hier hinein. Du solltest dich nur mal selbst sehen. Du bist genauso exquisit wie er. Ich begehre dich so sehr, dass ich nichts anderes sehen kann als dich."

Ihr Herz kam ins Stolpern. „Du bringst mich schon wieder zum Stottern, Rafe." Es bedurfte einer ganz bewussten Anstrengung, um Atem zu schöpfen.

„Wie lange willst du mich eigentlich noch warten lassen?" verlangte er zu wissen. „Wir sind keine Kinder mehr. Wir wissen, was wir fühlen und was wir wollen."

„Das ist genau der Punkt. Wir sind keine Kinder mehr, sondern erwachsen genug, um sensibel zu sein."

„Sensibilität ist was für alte Damen. Sex hat vielleicht was mit Verantwortung zu tun, aber bestimmt nichts mit Sensibilität."

Die Vorstellung, mit ihm nur einfach wilden, intensiven Sex zu haben, raubte ihr fast den Verstand. „Ich weiß einfach nicht, wie ich mit dir umgehen soll. Ebenso wenig wie mit den Gefühlen, die ich für dich empfinde. Normalerweise habe ich die Dinge im Griff, aber dies hier ... Ich denke, wir müssen darüber reden."

„Ich denke, du musst darüber reden. Ich nicht. Ich sage einfach nur, was ich zu sagen habe." Plötzlich fühlte er eine ungeheure Frustration in sich aufsteigen, und grundlos verärgert angesichts seiner eigenen Hilflosigkeit ihr gegenüber, wandte er sich ab, um zum Fenster hinauszuschauen. „Deine Möbelpacker sind da. Ich geh nach oben, ich habe zu arbeiten. Stell das Zeug hin, wo immer du möchtest."

„Rafe ..."

Er fiel ihr in den Arm, als sie Anstalten machte, ihn zu berühren. „Im Moment solltest du mich vielleicht besser nicht anfassen." Seine Stimme klang ruhig und sehr kontrolliert. „Es wäre ein Fehler."

„Du bist unfair."

„Wie zum Teufel kommst du eigentlich darauf, dass ich fair sein sollte?" Er kniff die Augen zusammen. „Frag jeden, der mich kennt. Dein Scheck liegt auf dem Kaminsims." Damit wandte er sich endgültig von ihr ab und ging hinaus.

Wut kochte in ihr hoch. Oh nein, so ließ sie sich nicht von ihm behandeln. Entschlossen lief sie ihm nach aus dem Zimmer und holte ihn in der Halle, kurz vor der Treppe, ein. „MacKade."

Er blieb am Absatz stehen und drehte sich langsam und widerwillig um. „Was ist?"

„Es interessiert mich nicht, was andere Leute über dich sagen oder denken. Wenn das nämlich der Fall wäre, hätte ich mit Sicherheit versucht, dich mir vom Hals zu halten." Sie blickte nach oben, als sie bemerkte, dass ein Arbeiter neugierig seinen Kopf durch die Sprossen des Treppengeländers steckte und interessiert zuhörte. „Verschwinden Sie", fuhr sie ihn an und sah, wie sich Rafes Lippen zu einem widerwilligen Lächeln verzogen. „Ich mache mir ein eigenes Bild von den Menschen, mit denen ich es zu tun habe. Allerdings nehme ich mir dafür auch genau die Zeit, die ich brauche." Sie ging zur Tür, um den Möbelpackern zu öffnen. „Da kannst du jeden fragen."

Als sie sich über die Schulter nach ihm umsah, war er verschwunden. Der Boden hatte ihn verschluckt, als sei er sein eigener Geist.

Vergiss es, dachte Rafe. Es war bereits später Abend, doch er war noch immer bei der Arbeit. Er war sich nicht ganz sicher, weshalb er heute Morgen in dieser Weise reagiert hatte. Es war noch niemals seine Art gewesen, an eine Frau Forderungen zu stellen. Ebenso wenig wie er sich normalerweise seine Verärgerung und Enttäuschung anmerken lassen würde. Allerdings hatte er das bisher auch noch niemals nötig gehabt. Aber vielleicht, überlegte er, während er sorgfältig Mörtel in eine Fuge strich, war ja das das Problem.

Er hatte bisher jede Frau bekommen, die er wollte.

Er liebte Frauen. Das war schon immer so gewesen. Er mochte die Art, wie sie aussahen, sprachen, dachten. Und dufteten. Frauen stellten für ihn eine Bereicherung des Lebens dar. Weil sie so anders waren als er.

Frauen waren wichtig. Er liebte es, sich mit ihnen zu unterhalten, er mochte die Partnerschaft, die sie anboten, nahm gern die Wärme an, die sie ausstrahlten. Und den Sex natürlich, gab er nach einiger Überlegung mit einem kleinen Lächeln zu, den genoss er selbstverständlich auch. Himmel, schließlich war er auch nur ein Mensch.

Aber Häuser waren auch wichtig. Es befriedigte ihn, ein Haus zu renovieren oder zu restaurieren. Je mehr Arbeit man hineinstecken musste, umso erfüllter fühlte man sich, wenn man damit fertig war. Und das Geld, das dabei heraussprang, war auch nicht zu verachten. Von irgendwas musste man ja schließlich leben.

Allerdings war ihm bisher kein Haus untergekommen, das ihm so wichtig gewesen wäre wie dieses hier. Und keine Frau, die ihm so viel bedeutet hatte wie Regan. Das Haus und sie.

Wahrscheinlich würde sie ihn zu Hackfleisch verarbeiten, wenn sie wüsste, dass er sie mit einem Haus mit Balken und Backsteinen verglich. Er bezweifelte, dass sie verstehen würde, was es für ihn bedeutete, dass er sich das erste Mal in seinem Leben ganz und gar auf eine einzige Sache und auf einen einzigen Menschen konzentrierte.

Das Haus hatte ihn schon sein ganzes Leben lang irgendwie beschäftigt, Regan kannte er erst seit einem Monat. Nun spukten sie beide in seinem Kopf herum: das Haus und die Frau. Mit seiner Behauptung, dass er nichts anderes mehr sah als sie, hatte er nicht übertrieben. Sie ließ ihn nicht mehr los, sie war in ihm wie die rastlosen Gespenster hier in diesem Haus.

Allein ihr bloßer Anblick heute Morgen hatte seine Hormone in Aufruhr versetzt. Und dann hatte er alles verpfuscht. Nun, irgendwie würde er die Angelegenheit bestimmt wieder ins Reine bringen können. Was ihn an der Sache so verdammt verwirrte, war, dass ihm das erste Mal in seinem Leben bei seinen Überlegungen Gefühle in die Quere gekommen waren, die er nicht mehr hatte steuern können.

Halt dich zurück, MacKade, befahl er sich selbst, während er einen neuen Eimer mit Mörtel anrührte. Sie braucht Zeit, also gib ihr welche. Und es war doch schließlich nicht so, dass er keine Zeit hätte. Es konnte schon sein, dass sie etwas Besonderes war, und auch, dass sie ihn vielleicht mehr faszinierte, als er wagte sich einzugestehen. Aber sie war dennoch nur eine Frau. Was bedeutete, dass er die Sache bald schon wieder in den Griff bekommen würde.

Plötzlich ertönte ein Wimmern, und er verspürte einen eisigen Lufthauch. Er zögerte nur einen winzigen Moment lang, bevor er seine Kelle in den Mörtel tauchte.

„Schon gut“, brummte er vor sich hin. „Ich weiß ja, dass ihr da seid. Ihr müsst euch einfach an meine Gesellschaft gewöhnen, denn ich habe nicht die Absicht, wieder von hier zu verschwinden.“

Eine Tür schlug mit dumpfem Knall zu. Die endlosen kleinen Dramen amüsierten ihn mittlerweile. Er hörte das Hallen von Schritten, irgendetwas quietschte, dann vernahm er ein Flüstern, wenig später ein Wimmern. Ihm erschien es, als würde er inzwischen schon dazugehören. Er betrachtete sich als eine Art Hausmeister, der alles in Ordnung brachte und dafür sorgte, dass die, die von dem Haus nicht loskamen, in ihm leben konnten.

Er vernahm das Geräusch von Schritten draußen auf dem Gang. Zu seiner Überraschung hielten sie direkt vor der Tür inne. Dann wurde die Klinke heruntergedrückt. In diesem Moment verlöschte die Arbeitslampe hinter ihm und tauchte den Raum in tiefe Finsternis.

Es ließ sich nicht leugnen, dass sein Herz plötzlich schneller schlug. Um diesen kleinen Ausrutscher zu übertünchen, begann er laut zu fluchen und rieb sich seine Handflächen, die feucht geworden waren, an seinen Jeans trocken. Dann tastete er sich vorsichtig in Richtung Tür. Im selben Moment, in dem er sie erreicht hatte, flog sie auf und knallte ihm direkt ins Gesicht.

Jetzt murmelte er seine Flüche nicht mehr, sondern brüllte sie lauthals heraus. Sterne explodierten vor seinen Augen, und er spürte etwas Warmes, das ihm aus der Nase tropfte. Blut.

Als ein heiserer Schrei ertönte, während gespenstische Schatten den Flur hinunterhasteten, zögerte er keine Sekunde. Er schoss vorwärts und stürzte sich auf sein Opfer. Egal, ob Geist oder nicht, wer auch immer es gewesen war, der ihm eine blutige Nase verpasst hatte, er würde dafür bezahlen müssen.

Es dauerte einige Sekunden, bis ihm klar wurde, dass das, was sich da in seinen Armen wand, kein Gespenst war, sondern ein warmer menschlicher Körper. Und wenig später gelang es ihm, den Duft, den dieser Körper ausströmte, zu identifizieren.

Diese Frau lässt dich tatsächlich nicht mehr los, dachte er erbittert.

„Was zum Teufel machst du denn hier?“

„Rafe?“ ächzte sie. „Oh mein Gott, du hast mich zu Tode erschreckt. Ich dachte … ach, ich weiß nicht. Ich hörte … Gott sei Dank, das bist nur du …“

„Oder besser gesagt, das, was du von mir übrig gelassen hast.“ Im Dämmerlicht sah er ihr Gesicht, das weiß war wie ein Leintuch, und ihre vor Schreck weit aufgerissenen Augen. „Was machst du überhaupt hier?“

„Ich war heute Nachmittag auf einer Auktion und habe ein paar Sachen mitgebracht – oh Gott, du blutest ja!“

„Halb so schlimm.“ Mit einem verärgerten Blick wischte er sich das Blut ab, das noch immer aus seiner Nase tropfte. „Ich glaube nicht, dass du es geschafft hast, mir meine Nase zu brechen. Das wäre dann immerhin das zweite Mal in meinem Leben.“

„Ich …“ Sie legte eine Hand auf ihr Herz, weil sie das Gefühl hatte, es könnte jeden Augenblick zerspringen. „Habe ich dich mit der Tür erwischt? Es tut mir wirklich Leid. Hier.“ Sie suchte in den Taschen ihrer Kostümjacke und förderte ein Taschentuch zu Tage. „Es tut mir wirklich Leid“, wiederholte sie und wischte ihm das Blut aus dem Gesicht. „Es war doch nur …“ Sie schüttelte den Kopf, und plötzlich erschien ihr die ganze Situation mehr als komisch, und sie überkam das unwiderstehliche Bedürfnis, laut herauszulachen. Das wollte sie ihm jedoch nicht antun, deshalb versuchte sie den ersten Lacher mit einem Schluckauf zu kaschieren. „Es war doch nur, weil mir nicht klar war …“ Nun konnte sie nicht mehr an sich halten und platzte los.

„Du hast ja einen richtigen Lachanfall.“

„Tut mir Leid. Ich … kann … einfach … nicht aufhören“, prustete sie. „Ich dachte … Ich weiß gar nicht, was ich dachte.“ Sie hielt inne und wischte sich die Lachtränen aus den Augenwinkeln. „Ich hörte sie – oder es – was auch immer –, deshalb bin ich schnell raufgelaufen, um zu sehen, was es war. Und dann kamst du plötzlich aus der Tür rausgeschossen.“

„Du hast Glück gehabt, dass ich dich nicht niedergeschlagen habe.“

„Ich weiß, ich weiß.“

Er verengte die Augen, während er sie betrachtete. „Das könnte ich ja immer noch tun.“

„Oh nein, lieber nicht.“ Noch immer glucksend, wischte sie sich wieder über die Augen, „Wir sollten lieber mal deine Nase verarzten. Ein bisschen Eis würde ihr bestimmt gut tun.“

„Darum kann ich mich selbst kümmern“, wehrte er brüsk ab.

„Hab ich dich sehr erschreckt?“ Sie bemühte sich, ihre Stimme mitfühlend klingen zu lassen, während sie hinter ihm die Treppen nach unten ging.

„Na ja.“

„Aber … aber hast du es auch gehört?“ Sie kreuzte die Arme vor der Brust, als sie an den Punkt der Treppe gelangte, an dem sie, wie sie inzwischen schon wusste, unweigerlich der eisige Luftzug wieder erfassen würde.

„Ja, sicher habe ich es gehört. Man hört es jede Nacht. Und ab und zu auch tagsüber.“

„Und … und es macht dir gar nichts aus?“

Ihre Frage gab seinem Ego mächtig Auftrieb. „Warum sollte es? Es ist doch auch ihr Haus.“

„Ich verstehe.“ Sie waren in dem Raum angelangt, der eines Tages die Küche werden sollte. Es gab einen kleinen, verbeulten Kühlschrank, den Rafe sich gleich zu Anfang mitgebracht hatte, in einer Ecke stand ein verrosteter Herd, und eine alte Tür, die auf zwei Sägeböcken lag, diente als Tisch. Rafe ging zum Wasserhahn und hielt seinen Kopf unter das eiskalte Wasser.

„Es tut mir wirklich schrecklich Leid, Rafe. Tut es sehr weh?“

„Ja.“ Er schnappte sich ein durchgescheuertes Handtuch, das am Fenstergriff hing, und trocknete sich rasch das Gesicht damit ab. Ohne ein weiteres Wort schlenderte er dann zum Kühlschrank und holte sich ein Bier heraus.

„Es hat aufgehört zu bluten.“

Mit einem herumliegenden Schraubenzieher hebelte er den Kronkorken der Flasche ab, feuerte ihn in eine Ecke und kippte dann in einem Zug mehr als ein Drittel des Bieres hinunter.

„Ich habe dein Auto gar nicht vor dem Haus stehen sehen. Nur deshalb war ich doch der Meinung, allein im Haus zu sein“, bemühte sich Regan, ein Gespräch in Gang zu bringen.

„Devin hat mich abgesetzt und holt mich morgen ab. Ich habe vor, die Nacht hier zu verbringen, weil ich noch bis spät arbeiten will. Und wir werden wohl in einigen Stunden einen Schneesturm bekommen. Zumindest laut Wettervorhersage."

„Aha. Das erklärt alles."

„Willst du auch ein Bier?"

„Nein danke. Ich trinke kein Bier." Sie schwieg einen Moment, dann räusperte sie sich. „Also ... ich denke, dann fahre ich wohl besser zurück. Es fängt schon leicht an zu schneien." Sie fühlte sich unbehaglich und wusste nicht, was sie tun oder sagen sollte. „Ach, fast hätte ich es vergessen – draußen im Flur stehen ja noch die Kerzenständer und ein paar wirklich schöne Schürhaken, die ich heute gekauft habe. Ich bring sie rasch in den Salon. Mal sehen, wie sie sich machen."

Er setzte die Flasche wieder an die Lippen, während er sie unausgesetzt beobachtete. „Und? Wie sind sie?"

„Ich weiß noch nicht. Ich hatte gerade alles im Flur abgesetzt, als ... als die ... äh ... Spätvorstellung begann."

„Und dann hast du beschlossen, alles stehen und liegen zu lassen und auf Gespensterjagd zu gehen."

„Kann man so sagen. Aber jetzt will ich die Sachen schnell noch auspacken, bevor ich mich wieder auf den Weg mache."

Rafe nahm sich ein neues Bier und ging mit ihr zusammen hinaus. „Ich hoffe, du hast dich seit heute Morgen etwas abgekühlt."

„Etwas, aber noch nicht ganz." Sie warf ihm von der Seite einen kurzen Blick zu. „Immerhin war es mir eine Genugtuung, dir eine blutige Nase zu verpassen, auch wenn es unabsichtlich geschehen ist. Du hast dich nämlich wirklich wie der letzte Blödmann benommen."

Mit zusammengekniffenen Augen beobachtete er, wie sie energisch, wie um ihre Worte zu unterstreichen, die Kartons zusammenraffte, sie sich eilig unter den Arm klemmte und damit durch die Halle segelte. Gemächlich schlenderte er hinter ihr her. „Danke gleichfalls. Manche Frauen wissen im Gegensatz zu dir Aufrichtigkeit durchaus zu schätzen."

„Manche Frauen mögen auch Blödmänner." Im Salon stellte sie die Kartons auf den Tisch, den sie von den Möbelpackern ans Fenster hatte stellen lassen. „Ich allerdings nicht. Ich mag Aufrichtigkeit, gute Manieren und Taktgefühl. An Letzterem mangelt es dir allerdings komplett." Dann drehte sie sich um und grinste. „Aber ich denke, unter diesen Umständen könnten wir langsam einen Waffenstillstand schließen, was meinst du? Wer hat dir deine Nase schon mal gebrochen?"

„Jared. Als wir noch Kinder waren, haben wir immer im Heuschober miteinander gekämpft."

„Hm …" Dass für die MacKade-Brüder blutige Nasen

ein Beweis der Zuneigung waren, würde sie wohl niemals verstehen. „Und hier willst du also heute Nacht kampieren?“ Sie deutete auf den Schlafsack, der vor dem Kamin ausgebreitet lag.

„Ja. Es ist noch immer der wärmste Raum im Haus. Und der sauberste. Was meinst du denn mit Waffenstillstand unter diesen Umständen?“

„Du darfst die Flasche nicht ohne Untersetzer auf dem Tisch abstellen. Das gibt hässliche Ränder. Antiquitäten darf man nicht behandeln wie …“

„Möbel?“ beendete er ihren Satz, aber er nahm dennoch den silbernen Untersetzer, den Regan mittlerweile aus ihrem Karton gekramt hatte und ihm nun hinhielt, legte ihn auf den Tisch und stellte die Flasche darauf. „Was für Umstände, Regan?“ Er blieb hartnäckig.

„Zum einen meine ich damit unsere wohl noch einige Zeit andauernde Geschäftsverbindung.“ Weil sie ihre Finger irgendwie beschäftigen musste, knöpfte sie ihren Mantel auf, während sie wieder an den großen Tisch am Fenster zurückging. „Wir versuchen beide, das Beste aus diesem Haus hier zu machen, da wäre es doch unklug, wenn wir uns über irgendwelche Merkwürdigkeiten in die Haare gerieten, oder meinst du nicht auch?“ Sie holte zwei Schürhaken aus Messing sowie eine Kohlenschaufel aus dem Karton und hielt sie hoch. „Sind die nicht hübsch? Müssen nur mal wieder geputzt werden.“

„Hoffentlich lässt sie sich besser handhaben als die Kohlenschaufel, die ich bisher benutzt habe.“ Er hakte seine Daumen in seine Hosentaschen und sah ihr nach, wie sie zum Kamin ging und das Kaminbesteck sorgsam in den dafür vorgesehenen Ständer stellte.

„Womit auch immer du das Feuer geschürt hast, jedenfalls brennt es optimal.“ Hin- und hergerissen zwischen Mut und Verzweiflung, starrte sie in die Flammen. „Nur den richtigen Schirm habe ich noch nicht gefunden. Der hier passt meiner Meinung nach irgendwie nicht so ganz. Wahrscheinlich kann man ihn besser für eins der Zimmer oben hernehmen. Wenn ich mich recht erinnere, wolltest du doch dort die Kamine auch alle wiederherrichten, oder irre ich mich?“

„Vielleicht.“ Er kannte sie doch erst seit ein paar Wochen. Woher zum Teufel nahm er eigentlich die Gewissheit, dass all das, was sie im Moment von sich gab, nur dazu diente, die Tatsache zu verdecken, dass sie mit sich selbst im Widerstreit lag? Und doch wirkte sie entspannt, wie sie so dastand im flackernden Schein der Flammen, die im Kamin emporschlugen und Glanzlichter auf ihr Haar warfen. Vielleicht war es nur die Art, wie sie die Finger ineinander verschlang, oder deshalb, weil sie ihn nicht ansah, während sie redete. Wie auch immer, er war sich jedenfalls sicher, dass sie einen inneren Kampf mit sich ausfocht. „Warum bist du gekommen, Regan?“

„Das habe ich dir doch schon gesagt." Sie wandte sich wieder dem Karton zu. „Ich habe noch ein paar andere Sachen von der Auktion mitgebracht, aber du bist hier noch nicht so weit. Doch das hier ..." Sie packte zwei schwere Kerzenleuchter aus Kristall aus. „Sie passen perfekt. Und für die Vase brauchst du unbedingt Blumen. Auch im Winter."

Sie stellte je einen Leuchter zu beiden Seiten der Doulton-Vase, die sie ihm bereits verkauft hatte. „Tulpen würden sich am besten machen. Sieh zu, dass du welche bekommen kannst", fuhr sie fort und packte die weißen Kerzen aus, die sie ebenfalls mitgebracht hatte. „Aber Chrysanthemen würden's auch tun. Oder Rosen natürlich." Sie setzte ein Lächeln auf und drehte sich zu ihm um. „Na, wie findest du es?"

Wortlos nahm er eine Schachtel Streichhölzer vom Kaminsims und ging zum Tisch, um die Kerzen anzuzünden. Über den Schein hinweg sah er ihr in die Augen und hielt ihren Blick fest. „Nun, sie funktionieren."

Regan schüttelte mit einem leichten Anflug von Verzweiflung den Kopf. „Also wirklich, Rafe. Nein, ich meinte das ganze Arrangement. Und das Zimmer überhaupt." Sie nahm ihre eigenen Worte als guten Anlass, einige Entfernung zwischen sich und Rafe zu legen, ging hinüber zu der Couch und fuhr mit den Fingerspitzen über die Schnitzerei an der Lehne.

„Es ist alles perfekt. Etwas anderes habe ich allerdings von dir auch nicht erwartet."

„Ich bin überhaupt nicht perfekt", brach es plötzlich unerwartet aus ihr heraus. „Du machst mich ganz nervös mit diesem Gerede. Ich habe mich zwar immer darum bemüht, aber mittlerweile ist mir alles entglitten. In mir ist nur noch Chaos." Unruhig fuhr sie sich mit den Fingern durchs Haar. „Das war vorher anders. Nein – bleib, wo du bist." Sie trat schnell einen Schritt zurück, als er Anstalten machte, sich ihr zu nähern.

Man konnte ihr ansehen, wie unbehaglich ihr die ganze Situation war. „Ich habe mich heute Morgen wirklich sehr über dich geärgert, Rafe. Und mehr noch: Du hast mich erschreckt."

Es fiel Rafe nicht leicht, seine Hände bei sich zu behalten. „Warum denn?"

„Ich weiß nicht. So etwas ist mir einfach noch nie passiert. Ich bin noch keinem Mann begegnet, der mich so sehr begehrt hat." Sie hielt inne und rieb sich mit den Händen ihre Oberarme, als sei ihr plötzlich kalt. „Du siehst mich dauernd so an, als wüsstest du schon ganz genau, wie es kommt mit uns beiden. Und ich habe keinerlei Kontrolle über das Ganze."

„Wieso hast du keine Kontrolle? Die Entscheidung liegt doch allein bei dir."

„Aber ich habe über meine Gefühle keine Kontrolle.

Und darüber bist du dir durchaus im Klaren. Du weißt genau, wie man Menschen beeinflusst."

„Wir reden nicht über Menschen."

„Gut. Dann sage ich eben, du weißt genau, wie du mich beeinflussen kannst", schleuderte sie ihm entgegen und ballte die Hände zu Fäusten, um ihre Fassung wiederzuerlangen. „Du weißt, dass ich dich begehre. Und warum sollte ich es auch nicht? Es ist genau so, wie du gesagt hast. Wir sind beide erwachsen, und wir wissen, was wir wollen. Je öfter ich dich abweise, desto idiotischer komme ich mir vor."

Seine Augen lagen im Schatten, deshalb war es ihr nicht möglich, in ihnen zu lesen. „Was erwartest du von mir? Dass ich dir einfach nur ruhig zuhöre, während du diese Sachen sagst?"

„Alles, was ich möchte, ist eine vernünftige und rationale Entscheidung. Ich habe einfach keine Lust, mich von meinen Gefühlen überwältigen zu lassen." Sie stieß laut vernehmbar den Atem aus. „Und wenn diese Entscheidung erst einmal gefallen ist, werde ich dir die Kleider vom Leib reißen, verlass dich drauf."

Er konnte nicht anders, er musste laut auflachen. Und es war wahrscheinlich am besten so, denn sein Heiterkeitsausbruch entschärfte die Bombe, die in seinem Innern tickte. „Erwarte nicht von mir, dass ich dich davon abhalte." Als er einen Schritt auf sie zukam, sprang sie federnd zurück. „Ich will doch nur an mein Bier", brummte er, nahm die Flasche und hob sie an die Lippen. Er trank einen langen Schluck, der es aber auch nicht vermochte, das Feuer, das in ihm brannte, zu löschen. „Gut. Dann fangen wir eben noch mal von vorn an, Regan. Also, was haben wir? Zwei ungebundene, gesunde Erwachsene, die beide dasselbe wollen."

„Die sich kaum kennen", fügte sie hinzu. „Die so gut wie nichts miteinander verbindet. Und die vielleicht etwas mehr Feingefühl aufbringen sollten, als sich kopfüber in Sex zu stürzen, als handle es sich um einen Swimmingpool."

„Ich habe mich noch nie damit aufgehalten, vorher erst die Wassertemperatur zu überprüfen; ich wüsste auch nicht, wozu."

„Ich schon." Alles, was sie tun konnte, um ihre Beherrschung zu wahren, war, wieder die Finger ineinander zu verhaken. „Für mich ist es wichtig zu wissen, worauf ich mich einlasse."

„Bloß kein Risiko eingehen, was?"

„Nein." Endlich, so schien es ihr, hatte der Verstand die Oberhand gewonnen. „Ich hatte heute während meiner Fahrt nach Pennsylvania eine Menge Zeit, um nachzudenken. Wir müssen innehalten und uns das Bild, das vor uns liegt, genau betrachten." Das, was sie sagte, klang ruhig und vernünftig. Und warum konnte sie dann nicht aufhören, an ihrem Blazer herumzuzupfen und an ihren Ringen zu drehen?

„Es ist genau wie dieses Haus hier“, fuhr sie rasch fort in dem Bemühen, ihre eigenen Zweifel zu überdecken. „Das erste Zimmer ist fertig, und es ist wunderschön geworden. Wirklich wunderschön. Aber mit Sicherheit hättest du dieses Projekt niemals begonnen, ohne einen kompletten Plan von dem ganzen Haus im Kopf zu haben. Ich denke, mit Intimitäten muss man ebenso sorgsam umgehen wie mit der Renovierung eines Hauses.“

„Das leuchtet ein.“

„Gut.“ Sie holte tief Luft und atmete gleich darauf hörbar aus. „Also, dann lass uns ein paar Schritte zurücktreten, damit wir einen klareren Blick bekommen.“ Als sie nach ihrem Mantel griff, zitterte ihre Hand leicht. „Es ist der vernünftigste und verantwortungsvollste Weg, an die Dinge heranzugehen.“

„Stimmt.“ Er stellte seine Bierflasche ab. „Regan?“

Sie umklammerte ihren Mantel wie einen Rettungsanker. „Ja?“

„Geh nicht.“

Ihre Fingerspitzen wurden taub. Sie holte tief Luft, und ihr Atemzug verwandelte sich in einen tiefen, zitternden Seufzer. „Endlich sagst du es.“

Mit einem unsicheren Auflachen warf sie sich stürmisch in seine Arme.

6. KAPITEL

„Es ist total verrückt." Atemlos vergrub sie ihre Hände in seinem Haar und zog seinen Kopf ganz nah zu sich heran. Sie dürstete nach seinen Küssen, nach der Hitze, die sie erzeugten, nach dem Versprechen, das sie beinhalteten, und nach der Gefahr, die in ihnen wohnte. „Ich wollte nicht, dass es so weit kommt."

„Aber ich." Er nahm seinen Mund von ihren Lippen und küsste zärtlich ihre Stirn, ihre Wangen, ihre Nase, ihre Augen.

„Dabei habe ich mir alles so schön zurechtgelegt." Als ihre Knie zu zittern begannen, lachte sie kurz und hilflos auf. „Wirklich. Und alles, was ich gesagt habe, war absolut richtig. Es ist einfach nur die Chemie, eine Anziehungskraft, die stärker ist als ich selbst."

„Ja." In einer fließenden Bewegung schob er ihr die Jacke von den Schultern und hielt dabei ihre Arme fest, so dass sie keine Gegenwehr leisten konnte. Nachdem der Blazer zu Boden geglitten war, zog er sie eng an sich. Ihr Keuchen erregte ihn und ließ sein Blut schneller durch seine Adern rauschen. Als er einen Blick in ihre riesigen, weit aufgerissenen Augen warf, schoss das Verlangen schmerzhaft durch seine Lenden.

Seine Lippen wanderten hinunter zu ihrem Hals. Ihre

Haut war glatt und geschmeidig und duftete genau so, wie er es sich in seinen Phantasien ausgemalt hatte.

Mit den Händen umklammerte sie seine Hüften, den Kopf hingebungsvoll in den Nacken zurückgeworfen, damit er sich nehmen konnte, was er wollte. Ihr Atem kam nun stoßweise, Flammen züngelten in ihr auf und breiteten sich aus im Zentrum ihres Begehrens.

Plötzlich ließ er ihre Handgelenke, die er während der ganzen Zeit wie ein Schraubstock umklammert gehalten hatte, los, seine Hand glitt unter ihren Pullover und legte sich Besitz ergreifend auf ihre Brust.

Haut und Seide, Kurven und die süßen Schauer der Erregung, er fand alles, wonach sein Herz begehrte. Aber er wollte mehr. Sein Mund setzte seinen unerbittlichen Angriff fort, während sich seine Finger in ihren Seiden-BH schoben und sich langsam über die weiche, glatte Haut ihrer Brüste tasteten.

Mit einem raschen Griff öffnete er Knopf und Reißverschluss ihrer Hose, dann ließ er seine Fingerspitzen über ihren flachen Bauch, auf dem er die Gänsehaut eines Lustschauers spüren konnte, den Bauchnabel sanft umkreisend nach unten gleiten. Sie bäumte sich unter ihm auf, presste sich voller Verlangen an ihn, drehte den Kopf so, dass sie mit ihrem Mund seinen Nacken erreichen konnte, und grub mit einem heiseren Aufstöhnen ihre Zähne in sein muskulöses, festes Fleisch.

Er wusste, er hätte sie jetzt nehmen können, schnell und wild, einfach im Stehen. Es hätte ihm unsägliche Erleichterung verschafft, hätte das Feuer der Leidenschaft gelöscht, das wild lodernd in ihm brannte und ihn zu verzehren drohte.

Aber er wollte mehr.

Er zog ihr den Pullover über den Kopf, warf ihn achtlos beiseite und wölbte seine Hände über ihre Brüste. Die Seide, von der sie bedeckt wurden, war glatt und zart und so dünn, dass er durch sie hindurch die Hitze des Verlangens, die ihre Haut abstrahlte, spüren konnte. Erbarmungslos schraubte er ihre Lust noch höher, streichelte mit seinen von der Arbeit aufgerauten Fingerspitzen ihre Knospen, die sich begehrlich und hart aufgerichtet hatten, bis sie sich unter seinem Griff wand und wie im Fieberwahn vor sich hinflüsterte.

„So aufgelöst wollte ich dich sehen – schon seit vielen Wochen."

„Ich weiß."

Sie lag hilflos in seinen Armen und sah voller Verlangen zu ihm auf, die Wangen gerötet, die Augen weit geöffnet, während der Widerschein der Flammen geheimnisvolle Muster auf ihr Gesicht zeichnete. Er küsste ihre Schultern, öffnete die Lippen und zog dann mit den Zähnen den schmalen Träger ihres BHs herunter. „Ich glaube kaum, dass du dir vorstellen kannst, was ich in meiner Phantasie schon alles mit dir gemacht habe. Deshalb werde ich es dir nun zeigen."

Er nahm den Blick nicht von ihr, während er seinen Finger in das Tal zwischen ihren Brüsten gleiten ließ, um währenddessen mit der anderen Hand den Verschluss ihres BHs zu öffnen.

Ihre wunderschönen himmelblauen Augen verschleierten sich. Gleich darauf senkte sie halb die Lider, als könne sie so den Sturm, der in ihrem Inneren tobte, unter Kontrolle bringen. Doch das Gegenteil war der Fall, er konnte an ihren Reaktionen ablesen, wie sie von ihm erfasst und willenlos hin und her geschleudert wurde. Allein dieser Anblick vermochte es, seine Lust ins schier Unermessliche zu steigern.

Er bog ihren Oberkörper noch weiter zurück und beugte sich über ihre Brüste, saugte an den harten Spitzen und traktierte sie mit kleinen Bissen, bis sie stoßweise atmete. Seine Zunge bereitete ihr Folterqualen, die ihre Begierde in einem Maße entfachten, dass es ihr bald unerträglich schien.

Wie eine Raubkatze an ihrer Beute zerrte sie an seinem Hemd, während sie spürte, dass ihre Knie langsam nachgaben und sie unaufhaltsam zu Boden sank. Gleich darauf fand sie sich, noch immer an seinem Hemd reißend, auf dem Schlafsack, der vor dem Kamin lag, wieder.

Nachdem sie es schließlich geschafft hatte, es ihm über

den Kopf zu ziehen – Zeit, um die Knöpfe mühevoll zu öffnen, war nicht mehr –, musste sie feststellen, dass es noch eine zweite Schicht gab, die seine Haut von der ihren trennte. Sie gierte nach ihm, nach seinem nackten, heißen Fleisch, und das jetzt auf der Stelle. Jede Sekunde, die sie noch länger warten musste, vergrößerte ihre Qual. Doch endlich, endlich war es so weit, sie stürzte sich mit rasender Begierde auf ihn und grub ihre Zähne in seine Schulter.

„Fass mich an", drängte sie heiser. „Ich will deine Hände auf mir spüren."

Und da fühlte sie sie auch schon. Überall. Plötzlich war sie nur noch Körper, der Verstand war ausgeschaltet, ihr Gehirn leer, sie bestand nur noch aus Milliarden hoch empfindsamer Nerven, die jede Berührung in sich aufsogen wie ein trockener Schwamm das Wasser.

Neben ihr im Kamin zischten die Flammen, und die Holzscheite knackten, während das Feuer, das in ihr wütete, sie zu verschlingen drohte. Sie sah ihn wie durch einen Schleier, der sich über ihre Augen gelegt hatte – sein schwarzes Haar, die vor Leidenschaft glühenden Augen, seinen von einem feinen, glänzenden Schweißfilm überzogenen muskulösen Körper, auf dem der Widerschein der Flammen einen wilden Tanz vollführte. Voller Protest stöhnte sie auf, als er sich von ihren Lippen löste, doch nur Sekundenbruchteile später, als er sich über ihre

Brüste beugte, sie mit Küssen überschüttete und dann eine brennende Spur über ihren Bauch hinunter bis hin zum Zentrum ihrer Lust zog, war jeder Gedanke an Auflehnung vergessen.

Als er den Kopf hob, um Atem zu schöpfen, streckte sie in blindem Verlangen die Arme nach ihm aus, zog ihn Besitz ergreifend voller Leidenschaft an sich, die Lippen auf der Suche nach allen Geschmacksvarianten, die sein Körper zu bieten hatte.

„Die Stiefel", stieß er hervor, während er die Schuhe abstreifte. Sie hatte die Beine um ihn geschlungen, ihr herrlicher Körper schob sich über ihn, ihre Hände ... diese unglaublich eleganten Hände.

Mit einem dumpfen Poltern fielen die Stiefel schließlich neben dem Schlafsack zu Boden.

Sie lag auf ihm, aber dieses Mal, beim ersten Mal, wollte Rafe es anders. Er wollte sie in Besitz nehmen, wollte spüren, wie sich ihr nackter, heißer Körper unter ihm wand. Er wollte ihren Lustschrei hören und ihr in die Augen sehen, wenn erst die Begierde und dann die Erfüllung ihren Blick verschleiern würde.

Keuchend schob er sie von sich hinunter, rollte sie auf den Rücken, schob hart seine Hände zwischen ihre Schenkel, bis sie die Beine spreizte und ihm ihren Schoß entgegenwölbte. Mit einem heiseren Aufstöhnen drang er tief in sie ein.

Als sie im Morgengrauen erwachte, war das Feuer im Kamin fast niedergebrannt, und im ganzen Haus herrschte tiefe Stille, so dass Regan ihren eigenen Herzschlag hören konnte. Der Raum war in ein weiches Halbdunkel gehüllt, nur in den Ecken lauerten schwarze Schatten, aber sie ängstigten sie nicht. Im Gegenteil, das Zimmer schien eine friedvolle Ruhe auszustrahlen. Vielleicht schlafen die Gespenster ja auch, überlegte sie. Oder fühlte sie sich einfach nur entspannt, weil Rafe neben ihr lag?

Sie wandte den Kopf und betrachtete im fast schon erloschenen Lichtschein der Glut im Kamin sein Gesicht. Selbst im Schlaf hatte es nichts Unschuldiges an sich. Sowohl seine Stärke als auch die Härte hatten sich unübersehbar in seine Züge eingegraben.

Aber sie wusste, dass er auch zärtlich sein konnte. Sehr zärtlich sogar. Nicht zuletzt im Umgang mit Cassie war ihr das aufgefallen. Als Liebhaber jedoch war er fordernd, gnadenlos und ohne Erbarmen.

Und sie hatte es ihm mit gleicher Münze zurückgezahlt. Jetzt, in der Stille der nächtlichen Dunkelheit, die wie eine Decke über sie gebreitet lag, fiel es ihr schwer sich vorzustellen, dass sie ihm zu tun erlaubt hatte, was er getan hatte. Mehr noch, sie hatte es sich aus tiefstem Herzen gewünscht.

Ihr Körper schmerzte an den unmöglichsten Stellen, und später, im hellen Licht des Tages, würde sie bei der

Erinnerung daran, wie sie zu ihren blauen Flecken gekommen war, wahrscheinlich vor Scham in den Boden versinken. Bei der Erinnerung daran, wie sie gelechzt und gehungert hatte nach seinen großen, harten und doch so feinfühligen Händen und wie sie unter ihnen erbebt war. Noch mehr allerdings würde sie möglicherweise erschrecken darüber, was sie mit ihren eigenen getan hatte.

Und was du jetzt am liebsten schon wieder tun würdest, durchzuckte es sie.

Sie holte flach Atem und schlüpfte vorsichtig unter dem Arm, den Rafe Besitz ergreifend um sie gelegt hatte, hervor, stand leise auf und bückte sich nach seinem Flanellhemd. Nachdem sie es sich übergestreift hatte, schlich sie hinaus in die Küche. Sie hatte Durst. Und vielleicht würde ein Glas kaltes Wasser ihr auch wieder einen klaren Kopf verschaffen.

Während sie am Spülstein stand, wanderte ihr Blick zum Fenster hinaus. Noch immer fielen dicke Schneeflocken vom Himmel. Nein, sie bereute nichts. Das wäre auch idiotisch. Das Schicksal hatte ihr einen außergewöhnlich guten Liebhaber zukommen lassen. Einen Mann, von dem man als Frau nur träumen konnte, und sie wäre dumm, wenn sie es nicht auskosten würde. Natürlich war es nur eine rein körperliche Angelegenheit, aber das war gut so, und so sollte es auch bleiben. Es war schließlich genau das, was sie wollte. Sie würde sich – und ihn – vor allen Komplikationen, die mit einer echten Beziehung einhergingen, bewahren.

Er hatte es ja schon gesagt: Sie waren beide erwachsen und wussten, was sie wollten. Wenn das Haus erst einmal fertig war, würde er sich sowieso aller Wahrscheinlichkeit nach wieder aus Antietam verabschieden. Was aber hinderte sie beide daran, bis dahin ihren Spaß miteinander zu haben? Wenn es dann an der Zeit war, Abschied zu nehmen, würde es in gegenseitigem Einvernehmen geschehen, und bei keinem würden Wunden zurückbleiben. Sie hätten etwas Schönes erlebt, das irgendwann zu Ende gegangen war, das war alles.

Aber wahrscheinlich war es ratsam, über das, was man voneinander erwartete – oder genauer gesagt nicht erwartete – noch einmal zu reden, bevor man den Dingen ihren Lauf ließ.

Rafe stand in der offenen Tür und beobachtete sie. Sie lehnte mit dem Rücken zu ihm am Spülbecken und blickte nachdenklich aus dem Fenster, in dessen Scheibe sich ihr Gesicht spiegelte. Sein Hemd reichte ihr bis zu den Oberschenkeln. Abgetragener Flanell auf cremeweißer, seidiger Haut.

Als er sie so stehen sah, überkam ihn der drängende Wunsch, ihr zu sagen, dass er noch niemals in seinem Leben eine Frau kennen gelernt hatte, die so schön war wie sie, die so perfekt und einzigartig war doch der Augenblick schien ihm nicht geeignet, ihr zu gestehen, wie viel sie ihm bedeutete.

„Steht dir gut, das Hemd, Darling." Er hatte sich für einen beiläufigen Tonfall entschieden.

Da sie ihn nicht gehört hatte, zuckte sie zusammen und hätte vor Schreck fast das Glas fallen lassen. Rasch drehte sie sich um und sah ihn mit einem amüsierten Grinsen auf den Lippen am Türrahmen lehnen. Er trug zwar seine Jeans, hatte sich jedoch nicht die Mühe gemacht, sie zuzumachen.

„War das Erstbeste, was ich gefunden habe", erwiderte sie leichthin.

„So gut hatte es dieses alte Hemd noch nie. Kannst du nicht mehr schlafen?"

„Ich hatte Durst."

„Und? Keine Angst so allein in der Dunkelheit?"

„Nein. Nicht vor dem Haus zumindest."

Er hob die Augenbrauen. „Wovor denn dann? Vor mir etwa?" Seine Stimme klang belustigt.

„Ja. Ich habe Angst vor dir."

„Ich war zu grob zu dir", vermutete er vorsichtig, und die übermütigen Fünkchen in seinen Augen waren mit einem Mal verschwunden.

„Das wollte ich damit nicht sagen." Sie wandte sich um und griff nach dem Wasserkessel, füllte ihn und setzte ihn auf. „So etwas wie mit dir ist mir noch nie passiert.

Ich habe völlig die Kontrolle verloren. Ich war plötzlich so … gierig. Es überrascht mich ziemlich, wenn ich daran zurückdenke. Nun gut …“ Sie seufzte kurz auf und setzte den Filter auf die Kaffeekanne.

„Überrascht? Oder tut es dir Leid?“

„Nein, es tut mir überhaupt nicht Leid, Rafe.“ Sie musste sich zwingen, sich umzudrehen und ihm in die Augen zu sehen. „Wirklich nicht. Es verunsichert mich nur zu wissen, dass du alles mit mir machen kannst, was du willst. Ich verliere einfach den Verstand. Ich habe schon vorher vermutet, dass mit dir zu schlafen aufregend sein würde. Aber dass es so ist … Ich habe das Gefühl, es könnte alles passieren. Es ist so chaotisch, nichts ist vorhersehbar.“

„Ich hab Lust auf dich. Das ist vorhersehbar.“

„Wenn du solche Dinge sagst, bleibt mir jedes Mal fast das Herz stehen“, brachte sie mühsam heraus. „Ich brauche Ordnung in meinem Leben, verstehst du?“ Sie gab einige Messlöffel Kaffee in den Filter. „Vermutlich werden in Kürze deine Arbeiter hier aufkreuzen. Nicht gerade die beste Zeit, um das alles auszudiskutieren.“

„Heute kommt niemand. Wir sind total eingeschneit, Darling.“

„Oh.“ Ihre Hand zitterte, und etwas von dem Kaffee ging daneben.

„Wir haben also viel Zeit, um alles, was dich bewegt, zu diskutieren.“

Sie räusperte sich. „Nun gut." Wie anfangen? Sie wusste es nicht. Nachdem sie ihm einen prüfenden Blick zugeworfen hatte, räusperte sie sich ein zweites Mal. „Wichtig ist, dass wir die Dinge verstehen."

„Was für Dinge?"

„Die Dinge eben." Wütend über sich selbst, über ihr Zaudern schleuderte sie ihm das Wort fast entgegen. „Das, was sich zwischen uns abspielt, ist eine rein sexuelle Angelegenheit, eine Affäre. Es macht Spaß und ist außergewöhnlich befriedigend. Aber mehr ist es nicht. Was heißt, keine Fesseln, keine Verpflichtungen, keine ..."

„Komplikationen?"

„Ja." Regan nickte erleichtert. „So ist es."

Er war überrascht darüber, dass ihm ihre leidenschaftslose Beschreibung der Situation ganz und gar nicht behagte. Dabei entsprach doch alles, was sie gesagt hatte, seinen Wünschen, oder etwa nicht? „Das ist geordnet genug. Wenn dein Vorschlag allerdings auch beinhalten sollte, dass ich nicht der Einzige bin, wird von deiner schönen Ordnung nicht mehr allzu viel übrig bleiben. Ich werde ..."

„Lass doch diesen Blödsinn. Ich habe überhaupt nicht die Absicht ..."

„Gut, dann will ich jetzt mal zusammenfassen: Du und ich, wir haben eine rein sexuelle Beziehung, die so, wie sie ist, uns beide zufrieden stellt. Ist es recht so?"

Endlich wieder ruhiger geworden, wandte sie sich zu ihm um und lächelte ihn an. „Ja, dem kann ich zustimmen."

„Das war ein hartes Stück Arbeit, Regan. Willst du den Vertrag in zwei- oder in dreifacher Ausfertigung?"

„Ich wollte einfach nur sicherstellen, dass wir beide von den gleichen Voraussetzungen ausgehen." Sie musste ihre ganze Konzentration aufbringen, um ihre Hand ruhig zu halten, während sie Wasser in den Kaffeefilter schüttete. „Wir haben uns nicht die Zeit genommen, um uns wirklich kennen zu lernen. Und jetzt sind wir ein Liebespaar. Ich will nicht, dass du denkst, ich würde mehr suchen als das."

„Und wenn ich mehr suche?"

Ihre Finger schlossen sich hart um den Griff des Kessels. „Ist das so?"

Er wandte den Blick ab und sah zum Fenster hinaus. „Nein."

Rasch schloss sie für einen Moment die Augen und redete sich ein, dass das Gefühl, das sie bei seinen Worten verspürte, Erleichterung war. Nichts als Erleichterung. „Nun, dann ist ja alles in Ordnung."

„Ja, bestens." Seine Stimme klang ebenso ruhig und ungerührt wie ihre. „Keine Liebesbeziehung heißt keine Probleme, und keine Versprechungen heißt keine Lügen. Das Einzige, das wir voneinander wollen, ist miteinander zu schlafen. Das macht die Dinge sehr einfach."

„Ja, ich will mit dir schlafen." Angenehm überrascht davon, wie leicht ihr dieser beiläufige Ton fiel, stellte sie zwei Kaffeebecher auf den Tisch. „Allerdings will ich das nur deshalb, weil ich dich mag."

Er trat an sie heran und steckte ihr das Haar, das ihr auf einer Seite wie ein Vorhang ins Gesicht fiel, hinters Ohr. „Offen gestanden machst du mich langsam völlig wahnsinnig."

Glücklicherweise war ihm nicht klar, wie schwer es ihr fiel, die Dinge derart zu vereinfachen. Das machte es ihr leichter. „Ich wollte dir nur ein Kompliment machen. Glaubst du vielleicht, ich wäre letzte Nacht hierher gekommen, wenn ich mir nichts aus dir machen würde?"

„Du hast die Kerzenständer abgeliefert."

„Du bist ein Idiot." Belustigt über den Verlauf des Gesprächs goss sie Kaffee ein. Es machte Spaß, so offen und frei von der Leber weg über Sex zu reden. „Das glaubst du doch nicht wirklich, oder?"

Interessiert daran, was nun kommen würde, nahm er die Tasse, die sie ihm nun hinhielt, und behauptete: „Doch, natürlich."

Sie nahm einen Schluck und grinste. „Trottel."

„Vielleicht mag ich ja keine raffinierten, draufgängerischen Frauen."

„Aber natürlich magst du sie. In Wirklichkeit willst du doch, dass ich dich jetzt auf der Stelle verführe."

„Glaubst du?“

„Ich weiß es genauso. Aber erst möchte ich meinen Kaffee trinken.“

Er sah ihr zu, wie sie voller Genuss den nächsten Schluck nahm. „Vielleicht will ich ja mein Hemd zurück. Du hast mich nicht gefragt, ob du es dir ausborgen darfst.“

„Gut.“ Mit einer Hand begann sie, die Knöpfe zu öffnen. „Nimm’s dir doch, wenn du es willst.“

Er nahm ihr die Tasse weg und stellte sie zusammen mit seinem Becher auf dem Tisch ab. Ihr süffisantes Lächeln raubte ihm fast den Verstand. Es blieb ihm nichts, als auf sie zuzugehen, sie hochzuheben und sie, überschüttet von ihrem perlenden Lachen und kleinen Beißattacken, die sie auf sein Ohrläppchen startete, aus der Küche hinaus in den Flur zu tragen. In diesem Moment wurde die Haustür von draußen geöffnet, und ein Schwall eisiger Kälte schwappte herein.

Erst als die schneebedeckte Gestalt ihren Hut abnahm und sich schüttelte wie ein nasser Hund, erkannte Rafe in dem schummrigen Dämmerlicht, um wen es sich dabei handelte.

„Hallo!“ Lässig warf Shane mit dem Fuß die Tür hinter sich ins Schloss. „Von Ihrem Auto ist kaum noch was zu sehen, Regan.“

„Oh.“ Peinlich berührt hielt Regan sich das Hemd

über der Brust zu und zerrte sich den Saum über die Oberschenkel, während sie sich bemühte, so zu tun, als sei nichts. „Wir haben eine Menge Schnee bekommen."

„Mehr als zwei Fuß." Mit unübersehbarer Belustigung musterte Shane seinen Bruder und die Frau, die er auf dem Arm trug. „Sieht so aus, als könnten Sie jemanden brauchen, der Sie ausgräbt, hm?"

„Meinst du vielleicht, das schaffe ich nicht allein?" Rafe schnaubte entrüstet und ging an Shane vorbei in den Salon, um Regan auf dem Sofa abzusetzen. „Du bleibst hier."

„Rafe! Wie redest du denn mit mir?" fragte sie empört. „Verdammt noch mal."

„Genau hier", wiederholte er und beeilte sich, wieder in die Halle zu kommen.

„Täusche ich mich, oder riecht es hier nach Kaffee?" erkundigte sich Shane, der selbst bereits so früh am Morgen bester Laune zu sein schien.

„Sag mir erst einen guten Grund, warum ich dir nicht das Genick brechen sollte."

Shane zog seine Handschuhe aus und blies sich in die hohlen Hände, um sie anzuwärmen. „Weil ich mich mitten im Schneesturm aufgemacht habe, um euch zu retten." Er beugte sich etwas vor, es gelang ihm aber nicht, einen Blick in den Salon zu werfen. „Das sind vielleicht Beine."

„Halt dich zurück, ich warne dich."

„Ich meine ja bloß." Sein Grinsen förderte das typische MacKade-Grübchen zu Tage. „He, woher sollte ich denn wissen, was hier abgeht? Ich habe mir vorgestellt, du steckst möglicherweise im Schnee fest. Allein natürlich. Und als ich dann ihr Auto sah, dachte ich, dass ich sie vielleicht mit in die Stadt nehmen kann." Wieder warf er einen hoffnungsvollen Blick in den Salon und trat näher. „Am besten, ich frage sie selbst."

„Noch einen Schritt weiter, Shane und du bist ein toter Mann."

„Was ist, wenn ich gewinne? Gehört sie dann mir?" Auf Rafes wütendes Schnauben hin brach Shane in lautes Lachen aus. „Nein, fass mich lieber nicht an. Ich bin der reinste Eiszapfen, es besteht die Gefahr, dass ich in der Mitte auseinander breche."

Unter gemurmelten Drohungen nahm Rafe Shane beim Kragen und zerrte ihn die Halle hinunter, weg von der offen stehenden Salontür. „Augen geradeaus, MacKade." In der Küche schnappte er sich eine Thermoskanne, die auf dem Tisch stand, füllte sie mit heißem Kaffee und drückte sie Shane in die Hand. „So. Und jetzt mach die Biege."

„Bin schon weg." Shane schraubte den Verschluss der Kanne wieder ab, setzte sie an und nahm einen großen Schluck. „Ah das tut gut." Genießerisch leckte er sich die Lippen. „Der Wind ist die Hölle. Hör zu, ich hatte nicht die Absicht, dein nettes tête-à-tête zu stören“, begann er, unterbrach sich jedoch rasch, als er an Rafes Augen erkannte, dass er den falschen Tonfall gewählt hatte. „He, ist es womöglich etwas Ernstes?“

„Kümmere dich verdammt noch mal um deine eigenen Angelegenheiten.“

Shane pfiff durch die Zähne und verschloss die Thermoskanne. „Da gehörst du auch dazu. Regan ist eine tolle Frau, Rafe. Und das meine ich jetzt ganz ernst.“

„Na und?“ erkundigte sich Rafe mit drohendem Unterton.

„Nichts und.“ Shane scharrte mit den Füßen. „Es ist nur ... Sie hat mir schon immer gut gefallen. Ich habe sogar schon mal daran gedacht ...“ Plötzlich wurde ihm klar, dass es ratsam war, den Satz nicht zu beenden. Um seine Unsicherheit zu überspielen, kramte er angelegentlich seine Handschuhe aus der Tasche und begann eine fröhliche Melodie zu pfeifen.

„An was gedacht?“ bohrte Rafe mit finsterem Blick.

Zur Vorsicht gemahnt, ließ Shane seine Zunge über die obere Zahnreihe gleiten. Er wollte seine Zähne wirklich gern alle behalten. „Na ja, es ist schon so, wie du vermutest. Herrgott noch mal, Rafe, schau sie dir doch an. Jeder Mann würde das Gleiche denken.“ Geschickt schlüpfte er unter Rafes Hand, die sich blitzschnell nach ihm ausstreckte, durch. „Aber mehr als daran gedacht habe ich nicht. Und Phantasien sind schließlich nicht strafbar, oder?“ Er hob beschwichtigend beide Hände. „Ich wollte damit doch nur zum Ausdruck bringen, dass du den Jackpot geknackt hast, Bruderherz.“

Rafes Verärgerung legte sich langsam, während er nach seiner Kaffeetasse griff. „Wir schlafen miteinander. Das ist alles.“

„Na ja, irgendwo muss man ja anfangen.“

„Sie ist anders als andere Frauen, Shane.“ Was er vor sich selbst nicht hätte zugeben können, kam ihm seltsamerweise im Gespräch mit seinem Bruder ganz leicht über die Lippen. „Ich weiß zwar nicht, warum, aber irgendwie ist sie anders. Sie bedeutet mir ziemlich viel.“

„Irgendwann erwischt's jeden.“ Shane klopfte Rafe lachend auf die Schulter. „Sogar dich.“

„Ich habe nicht gesagt, dass es mich erwischt hat“, brummte Rafe unwillig.

„Brauchst du auch gar nicht. Schließlich hab ich Augen im Kopf. So – ich hau jetzt ab. Die Arbeit ruft.“ Fröhlich pfeifend wandte er sich um und ging aus der Küche, die Halle hinunter. Vor der offenen Salontür blieb er grinsend stehen und sah sich nach Rafe um.

„Ich warne dich“, rief Rafe.

„Schon passiert. Wie gesagt, die Beine sind große Klasse. Bis dann, Regan.“

In dem Moment, in dem Regan das Geräusch der zuschlagenden Haustür vernahm, ließ sie den Kopf auf die Knie sinken und presste das Gesicht in den Schoß.

Als Rafe in den Salon kam, zuckte er bei ihrem Anblick zusammen. Ihre Schultern bebten. „Tut mir Leid, Darling. Ich hätte die Haustür zuschließen sollen." Schuldbewusst ließ er sich neben ihr auf dem Sofa nieder und begann sie zu streicheln. „Komm, so schlimm ist es doch auch wieder nicht, Regan. Shane wird sich schon nichts dabei denken. Reg dich nicht auf."

Sie gab einen erstickten Laut von sich, und als sie das Gesicht hob, war es tränenüberströmt. Sie konnte nun nicht mehr an sich halten und krümmte sich vor Lachen, das von ihren Lippen perlte wie köstlichster Champagner. „Kannst du dir vorstellen, wie wir drei da in der Halle ausgesehen haben?" japste sie und hielt sich den Bauch vor Lachen. „Wir beide fast nackt und Shane, der aussah wie ein wandelnder Schneemann?"

„Du fandest es also lustig?"

„Lustig? Es war eine umwerfend komische Situation." Entkräftet vor Lachen, ließ sie sich an seine Brust sinken und wischte sich die Tränen aus den Augen. „Die MacKade-Brüder! Himmel, worauf habe ich mich da nur eingelassen?"

Nun lachte auch er und zog sie übermütig auf seinen Schoß. „Gib mir mein Hemd zurück, Darling, dann werde ich dir zeigen, worauf du dich eingelassen hast."

7. KAPITEL

Regan döste, warm und gemütlich in den Schlafsack verpackt, vor sich hin, während die Flammen im Kamin prasselten und das Holz knackte. Ihre Träume waren fast so erotisch wie die vergangenen Stunden und lebendig genug, um sie wieder von neuem zu erregen.

Im Halbschlaf wohlig aufseufzend, drehte sie sich auf die andere Seite und tastete nach ihrem Liebhaber, aber der Platz neben ihr war leer. Wiederum seufzte sie, diesmal enttäuscht, und setzte sich dann auf.

Das Feuer im Kamin brannte lichterloh, Rafe hatte offensichtlich, gleich nachdem er aufgestanden war, eine ausreichende Menge Holz nachgelegt. Die Beweise, die nur allzu deutlich Zeugnis ablegten von den Ereignissen der vergangenen Nacht, lagen überall im Zimmer auf dem Fußboden verstreut. Schuhe, Strümpfe, ihre elegante Hose, die mit Sicherheit ihrer Bügelfalte verlustig gegangen war, ihre seidene Unterwäsche, alles das, was sie sich in rasender Hast und brennendem Verlangen vom Leib gerissen hatten.

Sie reckte und streckte sich wohlig und gähnte. Als ihr Blick auf die Unordnung fiel, spürte sie, wie ihr Begehren von neuem aufflammte. Sie wünschte, Rafe wäre hier und würde das Feuer in ihr ebenso kräftig schüren, wie er es mit dem Kaminfeuer getan hatte. Aber auch ohne ihn fand sie es herrlich zu entdecken, dass ihr eine Leidenschaft innewohnte, von deren Vorhandensein sie bis zu dem Tag, an dem Rafe sie endlich geweckt hatte, nichts geahnt hatte.

So wie mit ihm war es niemals vorher gewesen. Oder, noch deutlicher ausgedrückt, bis er ihr über den Weg gelaufen war, hatte sie sich eigentlich überhaupt nicht besonders viel aus Sex gemacht. Wenn es dazu gekommen war – und das war nicht sehr oft gewesen –, hatte sie sich gehemmt gefühlt, und es war ihr nicht gelungen, der Sache einen besonderen Geschmack abzugewinnen. Sie überlegte, was Rafe wohl dazu sagen würde, wenn er es wüsste.

Mit einem neuerlichen Gähnen griff sie nach ihrem Pullover und streifte ihn sich über den Kopf.

Wahrscheinlich würde er nur sein süffisantes Grinsen aufsetzen und sie an sich ziehen.

Nach einigen mehr oder weniger frustrierenden Erfahrungen hatte sie die letzten Jahre enthaltsam gelebt. Diesen Umstand allerdings konnte sie wohl kaum als Entschuldigung dafür ins Feld führen, dass sie nun plötzlich vor Leidenschaft total entbrannt war. Es war, als hätte man eine brennende Fackel in einen knochentrockenen Reisighaufen geworfen. Den Grund dafür in ihrer Abstinenz zu suchen, wäre jedoch von der Wahrheit weit entfernt.

Was auch immer ihr Leben vorher gewesen war, Rafe hatte das Unterste zuoberst gekehrt. Seit er ihr über den Weg gelaufen war, hatte sich alles verändert, und es war mehr als zweifelhaft, ob sie jemals wieder einen Mann treffen würde, der in ihr dieselben Gefühle weckte wie er. Wie zum Teufel sollte sie es anstellen, wieder zu ihrem ruhigen, gesicherten Leben zurückzukehren, nachdem sie eine Kostprobe von Rafe MacKade genommen hatte?

Nun, eines Tages würde ihr nichts anderes übrig bleiben. Dann würde sie zusehen müssen, wie sie damit zurechtkam. Im Moment interessierte sie nur, wo zum Teufel er eigentlich steckte, deshalb machte sie sich auf, ihn zu suchen. Auf Strümpfen begann sie durchs Haus zu wandern. Als sie nach oben kam, fand sie die Tür zu dem Bad, in dem er bereits seit Tagen arbeitete, offen.

„Kann ich dir helfen?"

Er warf ihr einen Blick über die Schulter zu und schüttelte den Kopf. „Bestimmt nicht in diesem Outfit", grinste er angesichts ihres Kaschmirpullovers und der eleganten Hose. „Macht aber nichts, ich wollte sowieso nur noch diese Wand hier fertig machen."

Sie lehnte sich gegen den Türrahmen und sah ihm zu. „Warum sehen eigentlich manche Männer so verdammt sexy aus bei der Arbeit?"

„Es gibt eben Frauen, die finden es wirklich toll, wenn Männer schwitzen."

„Zu denen scheine ich offensichtlich zu gehören.“ Nachdenklich studierte sie seine Technik, mit einem ganz bestimmten Schwung aus dem Handgelenk heraus den Verputz an die Wand zu klatschen. „Weißt du was? Du bist tatsächlich noch geschickter als der Typ, der meinen Laden renoviert hat. Und der war auch nicht schlecht. Sehr ordentlich.“

„Ich hasse Verputzarbeiten.“

„Warum machst du es dann?“

„Weil es mir gefällt, wenn es fertig ist. Außerdem bin ich schneller als die Leute, die ich angeheuert habe.“

„Wo hast du das denn gelernt?“

„Ach, auf der Farm gab's immer irgendetwas in der Art zu tun. Und später habe ich auf dem Bau gearbeitet.“

„Bis du deine eigene Firma aufgemacht hast?“

„Ja. Ich arbeite nicht gern für jemand anders.“

„Ich auch nicht.“ Sie zögerte und sah zu, wie er sein Werkzeug sauber machte. „Wohin bist du denn gegangen? Ich meine damals, als du von hier weggegangen bist.“

„In den Süden.“ Er verschloss den Plastikeimer, in dem sich der Mörtel befand, mit einem Deckel. „Immer, wenn mir das Geld ausging, hab ich mir einen Job auf dem Bau gesucht. Den Hammer zu schwingen war mir lieber, als ein Feld zu pflügen.“ Aus alter Gewohnheit griff er in seine Brusttasche. Sie war leer. Er fluchte. „Ich habe das Rauchen aufgegeben“, brummte er.

„Dein Körper wird es dir danken.“

„Es macht mich aber ganz verrückt.“ Um sich zu beschäftigen, ging er hinüber zu einem kürzlich verputzten Mauerriss.

„Du bist dann also nach Florida gegangen?“ bohrte sie weiter.

„Ja. Das heißt, dort bin ich zum Schluss gelandet. In Florida wird irrsinnig viel gebaut. Dort habe ich meine eigene Firma aufgemacht. Ich habe angefangen, Häuser – oft waren es eher nur noch Schutthaufen – zu entkernen und neu aufzubauen. Dann habe ich sie verkauft. Hat prima funktioniert. Und nun bin ich wieder da.“ Er wandte sich zu ihr um. „Das war's.“

„Ich wollte wirklich nicht neugierig sein“, entschuldigte sie sich.

„Hab ich was gesagt? Aber mehr ist einfach nicht dahinter, Regan. Bis darauf, dass mein Ruf wohl nicht besonders gut ist. In der Nacht, in der ich weggegangen bin, war ich in eine Kneipenschlägerei verwickelt. Mit Joe Dolin.“

„Dachte ich's mir doch, dass da in der Vergangenheit mal etwas war“, murmelte sie.

„Oh, ich hatte mehr als nur diese eine Schlägerei mit ihm.“ Er nahm sich das Halstuch ab, das er sich um den Kopf gebunden hatte, um beim Arbeiten sein Haar aus der Stirn fern zu halten. „Ich konnte Joe auf den Tod nicht ausstehen.“

„Ich würde sagen, du hast einen exzellenten Geschmack.“

Ruhelos ging er auf und ab. Nun hob er die Schultern. „Aber wenn er es in dieser Nacht nicht gewesen wäre, wäre es mit Sicherheit jemand anders gewesen. Ich war einfach in der Laune, verstehst du?“ Er grinste freudlos. „Himmel noch mal, eigentlich war ich immer in dieser Laune. Ständig hatte ich eine Riesenwut im Bauch. Und niemand hätte sich wohl je vorstellen können, dass ich es im Leben noch mal zu was bringe, am wenigsten ich selbst.“

Versuchte er, ihr etwas zu sagen? Sie war sich nicht sicher, ob sie ihn richtig verstand. „Sieht ganz danach aus, als hätten sich alle geirrt. Und du auch.“

„Ist dir eigentlich klar, dass die Leute anfangen werden, sich die Mäuler über uns zu zerreißen?“ Das war ihm eingefallen, als er heute Nacht wach gelegen, sie im Schlaf beobachtet hatte und schließlich aufgestanden war, um den Mauerriss, den er sich eben betrachtet hatte, zu verputzen. „Du wirst nur zu Ed’s oder in den Kingston’s Market zu gehen brauchen, und schon werden sie sich auf dich stürzen, um dich auszuquetschen. Und wenn du wieder rausgehst, wird das Geschwätz darüber anheben, was denn diese sympathische Miss Bishop mit einem Raufbold wie Rafe MacKade zu schaffen hat.“

„Ich weiß doch, wie das so läuft, Rafe. Immerhin lebe ich auch schon seit drei Jahren hier.“

Weil er plötzlich das dringende Bedürfnis hatte, sich zu beschäftigen, nahm er Sandpapier und schmirgelte einen bereits verputzten und getrockneten Mauerriss ab. „Ich kann mir nicht vorstellen, dass du bisher besonders viel Anlass zum Tratsch gegeben hast.“

Er arbeitet, als würde ihm der Teufel dabei über die Schulter sehen, dachte sie verwundert. Als wollte er einen inneren Druck loswerden.

„Ach, täusch dich da nicht. Als ich ganz neu in der Stadt war, musste ich durchaus als Klatschobjekt herhalten. Was, diese Großstadtpflanze übernimmt den Laden von dem alten Leroy? Und Antiquitäten will sie verkaufen anstatt Schrauben und Installationen?“ Regan lächelte leise. „Immerhin hat mir das eine Menge Schaulustige eingetragen. Und aus manch einem von ihnen ist später ein Kunde geworden.“ Sie legte den Kopf leicht schräg und sah ihn an. „Klatsch ist eben manchmal auch gut fürs Geschäft.“

„Ich wollte dich ja nur darauf hinweisen, worauf du dich eingelassen hast.“

„Dafür ist es ein bisschen spät, Rafe.“ Weil sie spürte, dass er einen kleinen Schubs brauchte, tat sie ihm den Gefallen. „Vielleicht bist du ja nur um deinen eigenen Ruf besorgt.“

„Genau.“ Der Staub flog ihm um die Ohren, so heftig schmirgelte er. „Ich hatte nämlich eigentlich vor, für das Amt des Bürgermeisters zu kandidieren.“

„Du weißt genau, was ich meine. Du hast Angst um dein Bad-Boy-Image. Der MacKade muss ja total zahm geworden sein, sonst würde sich doch diese anständige Regan Bishop nicht mit ihm abgeben. Das Nächste wird sein, dass er sich Blumen holt anstelle eines Sixpacks. Ihr werdet es schon sehen, die wird ihn schon noch zurechtstutzen."

Er ließ seinen Arm sinken und legte das Sandpapier beiseite, hakte die Daumen in seine Taschen und sah sie forschend an. „Ist es das, was du versuchst, Regan? Mich zurechtzustutzen?"

„Ist es das, wovor du Angst hast, MacKade?"

Der Gedanke war ihm nicht gerade angenehm. „Oh, das haben Legionen von Frauen vor dir bereits versucht, und keiner ist es gelungen." Er schlenderte zu ihr hinüber und fuhr mit seinem staubigen Zeigefinger über ihre Wange. „Das würde mir bei dir wahrscheinlich leichter fallen als dir bei mir, Darling. Wetten, dass ich dich noch so weit bringe, dass du in Duff's Tavern einläufst, um Billard zu spielen?"

„Dann bringe ich dich im Gegenzug dazu, Shelley zu rezitieren."

„Shelley – wer ist denn das?"

Mit einem glucksenden Lachen stellte sie sich auf die Zehenspitzen und gab ihm gut gelaunt einen Kuss. „Percy Bysshe Shelley. Du solltest gut auf dich aufpassen."

Diese Vorstellung war so lächerlich, dass sich seine verkrampfte Nackenmuskulatur auf der Stelle entspannte. „Darling, eher fliegen Shanes prämierte Schweine die Main Street hinunter, als dass du mich jemals ein Gedicht wirst aufsagen hören."

Sie lächelte wieder und küsste ihn auf die Nasenspitze. „Wollen wir wetten?"

Er schnappte sich ihre Hand. „Und worum wetten wir, Regan?"

Lachend zog sie ihn in den Flur hinaus. „War doch nur Spaß. Komm, Rafe, führ mich doch mal durch das ganze Haus, ja?"

„Moment. Kein MacKade ist bisher jemals vor einer Mutprobe zurückgeschreckt. Also, was ist? Worum wetten wir?"

„Du willst also, dass ich dich dazu bringe, Shelley zu rezitieren? Okay, du wirst schon sehen."

„Nein, nein. So doch nicht. Das ist ja keine Wette." Während er überlegte, hob er ihre Hand und spielte mit ihren Fingern. Das Flämmchen der Erregung, das in ihren Augen aufglomm, inspirierte ihn. „Ich behaupte, dass du innerhalb eines Monats so verrückt nach mir sein wirst, dass du bereit bist, alles für mich zu tun. Und du wirst es mir beweisen, indem du in einem roten superengen Ledermini bei Duff aufkreuzt, dir ein Bierchen bestellst und mit den Jungs eine Runde Billard spielst."

Amüsiert lachte sie auf. „Was für seltsame Phantasien du hast, MacKade. Kannst du dir mich wirklich in einem derart lächerlichen Aufzug vorstellen?“

„Aber natürlich.“ Er grinste anzüglich. „Ich sehe es schon ganz genau vor mir. Und Schuhe mit so richtig hohen Absätzen brauchst du natürlich auch.“

„Selbstverständlich“, erwiderte sie mit todernster Miene. „Zu Leder passen nur Stilettos. Alles andere wäre geschmacklos.“

„Und keinen BH“, präzisierte er.

Sie prustete plötzlich laut heraus. „Du gehst ja wirklich ins Detail.“

„Sicher. Und dir wird auch nichts anderes übrig bleiben.“ Er legte ihr die Hände um die Taille und zog sie näher zu sich heran. „Weil du nämlich verrückt werden wirst nach mir.“

„Nun, mir scheint, zumindest einer von uns beiden hat offensichtlich bereits seinen Verstand verloren. Na, okay.“ Sie legte die Hand auf seine Brust und schob ihn weg. „Jetzt bin ich dran. Ich wette, dass ich dich innerhalb desselben Zeitraums in die Knie zwinge. Du wirst mit einem Strauß Flieder ...“

„Flieder?“

„Ja, ich liebe Flieder. Also, du wirst mit einem Strauß Flieder in der Hand auf den Knien vor mir liegen und Shelley rezitieren.“

„Und was bekommt der glückliche Gewinner?“

„Genugtuung.“

Er musste grinsen. „Okay. Das sollte reichen. Schlag schon ein.“

Sie schüttelten sich die Hände.

„Führst du mich jetzt ein bisschen herum? Überall dahin, wohin ich mich wegen deiner Mitbewohner, die mir noch immer nicht ganz geheuer sind, allein nicht traue?“

Dazu ließ er sich nur allzu gern überreden, und gut gelaunt machten sie sich auf den Weg durch das riesige Haus.

„Schlaf mit mir.“ Sie erhob sich auf die Zehenspitzen und küsste ihn auf den Mund. Warum nur fühlte sie sich plötzlich so unendlich glücklich? Auf ihrem Rundgang waren sie nun als Letztes bei dem Zimmer angelangt, das Regan in das Brautgemach verwandeln wollte und das schon seit längerem in voller Pracht vor ihrem geistigen Auge stand. Sie war vollkommen überrascht, dass Rafe es bereits in Angriff genommen hatte. Die Rosenknospentapete, die sie vorgeschlagen hatte, klebte schon fast überall an der Wand, und die hohen französischen Fenster, die auf das, was später einmal ein blühender Garten werden sollte, hinausgingen, waren bereits eingesetzt.

Er nahm ihr Gesicht in beide Hände und erwiderte ihren Kuss. Dann hob er sie ohne ein Wort hoch und trug sie aus dem Zimmer, den Flur entlang. Sie schlang die Arme um seinen Nacken und presste ihren Mund an seinen Hals. Schon begann ihr Herz schneller zu schlagen, und das Blut wälzte sich wie glühende Lava durch ihre Adern.

„Es ist wie eine Droge", murmelte sie.

„Ich weiß." Am Treppenabsatz blieb er stehen und suchte wieder ihre heißen Lippen.

„Ich habe so etwas noch nie in meinem Leben erlebt." Überwältigt von der Heftigkeit ihrer Gefühle, barg sie ihren Kopf zwischen seinem Hals und seiner Schulter.

Ich auch nicht, dachte er, sprach es jedoch nicht aus.

Er trug sie nach unten, und als sie den Salon betraten, umfing sie eine ruhige, angenehme Wärme, aber sie merkten es nicht.

Behutsam legte er sie auf dem Schlafsack vor dem Kamin nieder und kniete sich vor sie, um mit seinen Fingerspitzen zärtlich die Linie ihrer Wange entlangzufahren. Sofort begann ihr Begehren Funken zu schlagen und setzte ihr Herz in Flammen.

„Rafe."

„Sschch."

Er legte den Zeigefinger auf ihre Lippen, beugte sich zu ihr hinab und küsste sie auf die Lider. Sie wusste gar nicht, was sie hatte sagen wollen, deshalb war sie froh, dass er sie zum Schweigen gebracht hatte. Für das, was sie empfand, mussten die Worte erst noch gefunden werden. Und sie verstanden sich glücklicherweise auch ganz ohne Worte.

Sie erbebte unter seinem leidenschaftlichen Kuss, seinen Lippen, die sich gierig gegen ihre drängten. Als er sich schließlich von ihr löste, war zwar ihr drängendes Verlangen noch nicht gestillt, aber sie fühlte sich weich und entspannt, bereit, sich ohne Rückhalt einfach fallen zu lassen.

Sie verspürte den Drang nach Zärtlichkeit. Nach tiefer Zärtlichkeit. So süß und so unerwartet, dass der kleine Seufzer, den sie unwillkürlich ausstieß, wie ein geflüstertes Geheimnis klang.

Er bemerkte die Veränderung, die in ihr vorgegangen war. In ihr und in ihm selbst. Warum hatten sie es bisher immer so eilig gehabt? Warum nur hatte er bis jetzt gezögert, die Situation voll auszukosten, sich den Duft ihrer Haut, den Geschmack ihrer Lippen, die Formen ihres Körpers einzuprägen? Während er sich noch darüber wunderte, beschloss er, alles nachzuholen, was er bisher versäumt hatte.

Seine Hände waren behutsam diesmal, als er ihr den Pullover über den Kopf zog und ihr die Hose über die Hüften nach unten schob. Als sie nackt vor ihm lag, beugte er sich über sie und küsste sie zart. Dieser Kuss benebelte seinen Verstand und ließ ihn ganz und gar vergessen, dass sowohl sie als auch er jenseits dieses Hauses, jenseits dieses Raumes, in dem plötzlich die Zeit stehen geblieben zu sein schien, jeder sein eigenes Leben lebte.

„Lass mich“, murmelte sie wie im Traum und erhob sich, so dass sie jetzt vor ihm, der ebenfalls auf den Knien lag, kniete. Ihr verhangener Blick ruhte für eine Weile auf ihm, dann streckte sie traumwandlerisch die Hand aus, begann langsam sein Hemd aufzuknöpfen, schob es ihm über die Schultern und sank an seine nackte Brust.

Sie hielten einander in den Armen und streichelten sich vorsichtig, behutsam, als seien ihre Körper unendlich kostbare Gegenstände, die man um keinen Preis der Welt beschädigen durfte. Seine Lippen streiften ihre Schultern, und sie lächelte, während sie den Duft seiner Haut tief in sich einsog.

Nachdem auch er nackt war, legte er sich auf den Rücken und zog sie auf sich. Ihr schimmerndes Haar lag ausgebreitet wie ein glänzender Seidenteppich auf seiner Brust.

Sie hatte das Gefühl, auf einer weichen Wolke zu schweben, die sie hoch hinaustrug, höher, immer höher, während die Wintersonne ihre Strahlen durchs Fenster zu ihnen hereinschickte und die Holzscheite im Kamin knackten. Das Streicheln seiner Hände, das sie beruhigte und zugleich erregte, war wie ein Geschenk des Himmels. Sie spürte das Wunder in jedem Nerv, in jeder Pore, in jedem Herzschlag.

Es gab keine Hast, keine Eile, kein Ungestüm, kein verzweifeltes, verrücktes Verlangen. Sie hatten alle Zeit der Welt. Plötzlich war sie hellwach, nahm mit äußerster Klarheit die Dinge um sich herum wahr – die Muster von Licht und Schatten auf dem Parkett, das leise Zischen der Flammen, den betörenden Duft der Rosen, die in der Vase auf dem Tisch standen, und den noch tausendmal betörenderen des Mannes, der unter ihr lag.

Während ihre Lippen über seine Brust wanderten, vernahm sie seinen Herzschlag, der schneller und härter wurde, als sie den Mund öffnete und mit der Zunge den Vorhof seiner Brustspitze umkreiste. Mit einem tiefen Seufzer, der ihr in der Kehle stecken blieb, schlang sie die Beine um seine Hüften, als er sich unter ihr erhob und sie auf den Rücken rollte.

Die Zeit zog sich dahin, dehnte sich ins Endlose, wurde unwirklich. Die Uhr an der Wand tickte die Sekunden vorbei und die Minuten. Aber das war eine andere Welt. In der Welt, in der sie sich liebten, hatte die Zeit aufgehört zu existieren. In dieser Welt gab es nur ihr beiderseitiges Verlangen, das so langsam und allmählich gestillt werden wollte, als hätte es den Begriff Zeit nie gegeben.

Als er sie schließlich sanft und voller Gefühl zum Höhepunkt führte und noch darüber hinaus, flüsterte sie leise immer wieder seinen Namen, während sie sich ihm instinktiv entgegenhob, sich anspannte und gleich darauf wieder in die Kissen zurücksank mit einem Gefühl, als würde sie zerschmelzen wie Schnee unter der Sonne. Sie öffnete sich ihm und zog ihn, nachdem er schließlich in sie hineingeglitten war, mit einem heiseren Aufstöhnen ganz eng an sich, so eng, als wolle sie für immer eins mit ihm sein.

Überwältigt von ihr und überwältigt davon, wie unendlich schön Zärtlichkeit sein konnte, barg er sein Gesicht in ihrem Haar und begann sich langsam in ihr zu bewegen.

Als sie am nächsten Morgen erwachten, sprachen sie nicht über die Geschehnisse der vergangenen Nacht. Sie verhielten sich betont sachlich, aber weder ihr noch ihm gelang es, an etwas anderes zu denken. Und das beunruhigte sie beide.

Während die Sonne langsam hinter den Bergen im Osten hervorkroch, stand Rafe vor dem Haus und winkte ihr zu, als sie davonfuhr. Nachdem ihr Wagen hinter der Biegung entschwunden war, legte er sich tief in Gedanken versunken die Hand auf die Brust. Dahin, wo sein Herz schlug.

Dort verspürte er bereits seit dem Aufwachen einen Schmerz, der nicht vorübergehen wollte. Und er wurde das Gefühl nicht los, dass sie der Grund dafür war.

Oh Gott, er vermisste sie bereits jetzt, dabei war sie noch nicht einmal fünf Minuten fort. Er verfluchte sich dafür, um gleich anschließend mit sich selbst zu hadern, dass er nach einer Zigarette gierte wie ein dressierter Hund nach einer Belohnung. Beides ist ja nur Gewohnheit, versuchte er sich einzureden. Wenn ihm der Sinn danach stand, konnte er sich so viele Päckchen Zigaretten kaufen, wie er wollte, und konnte rauchen, bis ihm die Lunge zum Hals heraushing. Genau so, wie er sich auch Regan wiederholen konnte, wenn ihm danach zu Mute war.

Sex war ein starkes Band. Es war nicht weiter überraschend, dass es ihn so erwischt hatte. Mehr war an der Sache nicht dran. Und sie hatten ja schließlich vorher alles geklärt, was zu klären war. War es denn ein Wunder, dass er nun, nach mehr als dreißig Stunden Sex mit einer großartigen Frau, leicht zittrige Knie hatte? Das würde einem Mann ja wohl noch gestattet sein.

Und mehr wollte er nicht. Ebenso wie sie.

Es war eine unglaubliche Erleichterung und ein Vergnügen, eine Geliebte zu haben, die nicht mehr und nicht weniger wollte als man selbst. Eine Frau, die nicht von einem erwartete, dass man die ewig gleichen Spielchen spielte, und einem keine unsinnigen Versprechen abpresste, die man sowieso nicht einzuhalten gedachte. Eine Frau, die keinen Wert darauf legte, Worte zu hören, die doch immer nur Worte bleiben würden.

Der Schnee begann langsam und still auf ihn niederzurieseln, während er noch immer dastand und seinen Gedanken nachhing. Als er es schließlich bemerkte, schnitt er eine Grimasse und schüttelte über sich selbst den Kopf. Missmutig griff er nach der Schneeschaufel, die an der Hauswand lehnte, und begann den Weg freizuräumen. Er hatte weiß Gott Wichtigeres zu tun, als hier draußen in der Kälte herumzustehen und über seiner Beziehung zu Regan Bishop zu brüten.

Nachdem er sowohl am Ende der Fahrbahn als auch am Ende seiner Geduld angelangt war, sah er, wie Devin in seinem Dienstwagen die Straße hinaufgeholpert kam.

„Was zum Teufel machst du denn hier?“ rief Rafe ihm entgegen. „Hast du einen Haftbefehl?“

„Ist doch immer wieder lustig zu sehen, was so ein kleiner Schneesturm bewirken kann.“ Devin war ausgestiegen, lehnte am geöffneten Wagenschlag und betrachtete seinen Bruder amüsiert. „Hab gerade gesehen, dass Regans Auto weg ist, und dachte mir, ich schau mal kurz vorbei.“

„Meine Leute kommen gleich, ich hab keine Zeit zum Quatschen, Devin.“

„Was soll's, dann nehme ich eben meine Doughnuts und verzieh mich wieder.“

Rafe wischte sich mit einer Hand über sein halb erfrorenes Gesicht. „Was für welche denn?“

„Apfel mit braunem Zucker.“

Es gab Dinge, die ihm heilig waren, und dazu gehörten Apfel-Doughnuts mit braunem Zucker an einem kalten Wintermorgen.

„Na dann los, her damit! Oder willst du noch lange mit deinem idiotischen Grinsen auf dem Gesicht hier herumstehen?"

Devin bückte sich in den Wagen und kramte herum. Schließlich förderte er eine Tüte zu Tage. „Gestern gab's drei Unfälle in der Stadt. Gott sei Dank nur Blechschäden. Manche Leute sollten bei dem Schnee ihr Auto wirklich besser stehen lassen."

„Ja, ja, Antietam ist nun mal eine wilde Stadt", grinste Rafe, dessen Laune sich beim Anblick der Doughnuts schlagartig hob. „Hoffe, du warst nicht gezwungen zu schießen."

„In letzter Zeit nicht." Nachdem Devin sich einen Doughnut genommen und genüsslich hineingebissen hatte, hielt er Rafe die Tüte hin. „Aber eine Schlägerei gab's, bei der ich hart durchgreifen musste."

„In Duff's Tavern?"

„Nein, im Supermarkt. Millie Yender und Mrs. Metz kloppten sich um die letzte Packung Toilettenpapier."

Rafes Lippen verzogen sich zu einem amüsierten Grinsen. „Da braucht's nur ein bisschen Schnee, und die Leute verlieren doch glatt die Nerven."

„Kann man wohl sagen. Mrs. Metz haute Millie eine

Salatgurke über den Kopf. Es verlangte mein gesamtes diplomatisches Geschick, um Millie davon abzubringen, Anzeige zu erstatten.“

„Tätlicher Angriff mit Gemüse – ganz gefährliche Sache.“ Rafe nickte verständnisinnig und leckte sich ein bisschen Apfelgelee vom Daumen. „Was willst du eigentlich hier? Nur um mir das zu erzählen, bist du ja wahrscheinlich kaum hergekommen, oder?“

„Nein, das war nur eine Zugabe.“ Nachdem Devin seinen Doughnut verputzt hatte, holte er eine Packung Zigaretten aus der Tasche, klemmte sich einen Glimmstängel zwischen die Lippen und zündete ihn an. Das Grinsen, mit dem er Rafe bedachte, während er nach dem ersten Zug den Rauch ausstieß, war breit und provozierend. Rafe stöhnte. „Immerhin habe ich gehört, dass einem das Essen besser schmecken soll, wenn man aufgehört hat“, bemerkte Devin wenig hilfreich.

„Gar nichts schmeckt besser“, schnappte Rafe. „Aber es gibt eben im Gegensatz zu dir Menschen, die haben echte Willenskraft. Blas den Rauch hierher zu mir, du Dreckskerl.“

„Du siehst irgendwie ein bisschen daneben aus, Rafe. Was ist los?“

„Shane konnte offensichtlich mal wieder die Klappe nicht halten.“

Devins Antwort bestand aus einem breiten Grinsen.

„Und? Bist du jetzt hier, um mir deinen guten Rat anzubieten?"

„Wäre mir neu, dass ich in der MacKade-Familie der Experte in Liebesangelegenheiten bin." Er trat von einem Fuß auf den anderen, um sich anzuwärmen, und schüttelte den Kopf. „Nein, dachte nur, du interessierst dich vielleicht für den letzten Stand der Dinge. Joe Dolin betreffend."

„Er sitzt im Kittchen."

„Noch. Aber es wird nicht mehr lange dauern, und dann ist er wieder frei. Sein Anwalt scheint recht geschickt zu sein. Er wird beim Haftrichter auf Unzurechnungsfähigkeit plädieren und behaupten, sein Mandant hätte sich vor lauter Gram darüber, dass er seinen Arbeitsplatz verloren hat, sinnlos besoffen und hätte nicht mehr gewusst, was er tat. Es wird funktionieren, du wirst sehen. Joe Dolin kann schon morgen draußen sein, und nichts auf der Welt kann ihn davon abhalten, Cassie demnächst wieder zu verprügeln."

„Meinst du?"

Devin nickte bedrückt. „Todsicher. Die Gefängnisse sind total überfüllt, und abgesehen davon wird das Problem der Gewalt in der Familie noch immer nicht ernst genug genommen."

„Und was willst du tun?"

„Ich weiß nicht. Ich mache mir Sorgen um Cassie und

die Kinder. Ich …" Er zögerte. „Ich weiß ja nicht, wie die Dinge zwischen dir und Regan stehen …"

Rafe horchte auf. „Nun rück schon raus mit deiner Bitte."

„Also, ich habe mir gedacht, das Einzige, was Cassie helfen könnte, wäre ein Mann in ihrer Nähe, der sie im Zweifelsfall vor Dolin beschützen kann. Meine Idee war deshalb folgende …"

8. KAPITEL

„Das kommt überhaupt nicht in Frage.“ Mit entschlossenem Gesichtsausdruck verschränkte Regan die Arme vor der Brust. „Bei mir wohnen im Moment zwei kleine Kinder, da hast du in meinem Bett nichts zu suchen.“

„Es ist doch nicht deshalb, weil ich mit dir schlafen will“, erwiderte Rafe geduldig. „Das wäre lediglich eine reizvolle Zugabe. Es handelt sich um eine offizielle Bitte des Sheriffs.“

„Der zufälligerweise dein Bruder ist. Nein.“ Energisch wandte sie sich um und stellte die Gläser, die sie eben abgestaubt hatte, auf das Regal zurück. „Cassie wäre es bestimmt unangenehm, und für die Kinder wären wir ein schlechtes Vorbild.“

„Aber es geht ja um Cassie und die Kinder“, drängte er. „Du glaubst doch nicht im Ernst, dass Dolin sie in Ruhe lassen wird, wenn er rauskommt. Und das kann schon heute sein.“

„Ich bin schließlich auch noch da. Um an Cassie ranzukommen, muss er erst an mir vorbei.“

Schon allein der Gedanke daran ließ ihm das Blut in den Adern gefrieren. „Jetzt hörst du mir mal zu …“

Sie schüttelte die Hand ab, die er auf ihre Schulter gelegt hatte, und wirbelte herum. „Nein, du hörst mir zu.

Der Mann ist ein Schläger und ein Säufer. Aber ich habe keine Angst vor ihm. Ich habe Cassie angeboten, dass sie mit ihren Kindern bei mir wohnen kann, und zwar so lange, wie sie es für nötig hält. An meiner Tür befindet sich ein solides Schloss, das wir auch benutzen werden. Und für den Fall der Fälle weiß ich sogar die Nummer des Sheriffs auswendig. Reicht das nicht?"

„Hier ist aber während der Geschäftszeiten nicht abgeschlossen." Rafe stieß seinen ausgestreckten Zeigefinger in Richtung Ladentür. „Was kann ihn daran hindern, hier einfach hereinzukommen und dich zu belästigen? Oder Schlimmeres?"

„Ich."

„Großartig", gab er beißend zurück. Am liebsten hätte er sie geschüttelt, um sie zur Vernunft zu bringen. „Glaubst du, du brauchst nur dein stures Kinn zu heben, und schon kratzt er die Kurve? Nur für den Fall, dass es dir bisher noch nicht aufgefallen ist: Er liebt es, Frauen zu verprügeln."

„Darf ich dich daran erinnern, dass ich im Gegensatz zu dir die letzten drei Jahre hier verbracht habe? Es ist mir keineswegs entgangen, wie er mit Cassie umgesprungen ist."

„Und du glaubst, nur weil du nicht mit ihm verheiratet bist, tut er dir nichts?" Jetzt packte er sie entgegen seinem Vorsatz doch an der Schulter und schüttelte sie. „So naiv kannst du doch nicht sein."

„Ich bin ganz und gar nicht naiv“, schoss sie zurück. „Aber ich brauche keinen Leibwächter, ich kann mir selbst helfen, kapiert?“

Sein Gesicht wurde verschlossen, er krampfte einen Moment die Hand, die noch immer auf ihrer Schulter lag, in den Stoff ihrer Kostümjacke, dann ließ er los. „Das ist dein letztes Wort? Du brauchst meine Hilfe nicht?“

Das verletzt sein männliches Ego, dachte sie und stieß einen erstickten Seufzer aus. „Das Sheriffoffice ist fünf Minuten von hier entfernt, wenn es nötig ist, wird sofort jemand hier sein.“ In der Hoffnung, beruhigend auf ihn einzuwirken, legte sie ihm eine Hand auf die Schulter. „Rafe, ich weiß deine Fürsorge wirklich zu schätzen, glaube mir. Aber ich kann auf mich selbst aufpassen. Und auf Cassie auch, wenn es nötig sein sollte.“

„Ich wette, dass du das kannst.“

„Schau, Rafe“, fuhr sie begütigend fort, „Cassie ist im Moment so verletzlich, und die Kinder sind viel zu still. Ich befürchte, sie könnten mit der Tatsache, dass ein Mann im Haus ist, zurzeit einfach nicht richtig umgehen, verstehst du das denn nicht? Und die Kinder kennen dich überhaupt nicht.“

Missmutig rammte er die Hände in seine Hosentaschen. „Ich habe nicht vor, sie herumzustoßen.“

„Aber das wissen sie doch nicht. Es könnte einfach sein, dass sie sich fürchten. Klein Emma sitzt die ganze

Zeit verschüchtert auf Cassies Schoß, starrt mit großen Augen vor sich hin und sagt kaum ein Wort. Und der Junge … Herrgott, Rafe, er bricht mir fast das Herz. Sie müssen erst wieder lernen, sich sicher zu fühlen, und du bist einfach zu groß, zu stark und zu … männlich."

„Du bist stur wie ein Panzer."

„Ich tue nur das, was mir richtig erscheint. Glaube mir, ich habe es mir hin und her überlegt, aber wie ich es auch drehe und wende, es kommt nichts anderes dabei heraus."

„Lad mich doch zum Abendessen ein", schlug er brüsk vor.

„Du willst mit uns zu Abend essen?"

„Ja. Dann kann ich die Kinder kennen lernen, und sie können sich an mich gewöhnen."

„Wer von uns beiden hier ist eigentlich stur?" fragte sie, aber gleich darauf seufzte sie. Sein Vorschlag war ein vernünftiger Kompromiss. „Also gut, heute Abend um halb acht. Aber um zehn bist du draußen."

„Können wir wenigstens auf der Couch noch ein bisschen schmusen, wenn die Kinder im Bett sind?"

„Vielleicht. Und jetzt geh. Ich habe zu tun."

„Bekomme ich von dir nicht wenigstens noch einen Abschiedskuss?"

Sie stellte sich auf die Zehenspitzen und gab ihm einen kleinen Kuss auf die Wange. „Ich bin beschäftigt", erklärte sie, lachte dann aber doch vergnügt, als er nach ihren Handgelenken griff und sie an sich zog. „Rafe, wir stehen direkt vor dem Schaufenster, jeder kann uns …"

Der Rest ihres Satzes wurde von dem heißen Kuss, den er ihr auf die Lippen drückte, verschluckt.

Ein paar Häuser weiter saß Cassie Devin in seinem Büro gegenüber. Nervös zerknüllte sie ein Taschentuch.

„Tut mir Leid, dass ich jetzt erst komme, aber wir hatten so viel zu tun, ich konnte nicht eher Pause machen."

„Ist schon in Ordnung, Cassie." Da sie ihm wie ein verängstigter kleiner Vogel erschien, war es ihm bereits zur Gewohnheit geworden, mit leiser Stimme zu ihr zu sprechen. „Ich habe das ganze Zeug schon so weit fertig gemacht, du brauchst nur noch zu unterschreiben."

„Er muss wirklich nicht ins Gefängnis?" erkundigte sie sich verzagt.

Sein Mitleid mit ihr schnürte ihm fast die Kehle zu. „Nein."

„Ist es deshalb, weil ich mich nicht gewehrt habe?"

„Nein." Er wünschte, er könnte die Hand ausstrecken und sie auf ihre Hände, die nervös an dem Taschentuch herumzupften, legen, um sie zu beruhigen. Aber der Schreibtisch zwischen ihnen war eine offizielle Barriere, die er nicht überschreiten durfte. „Er hat – wahrscheinlich auf Anraten seines Anwalts hin – alles zugegeben, woraufhin das Gericht bei seiner Entscheidung sowohl sein

Alkoholproblem als auch den Verlust seines langjährigen Arbeitsplatzes berücksichtigte. Er hat die Auflage bekommen, einen Entzug und eine Therapie zu machen."

„Das könnte gut sein für ihn", murmelte sie und hob den Blick, um ihn sofort wieder zu senken. „Wenn er erst einmal aufhört zu trinken, wird vielleicht alles wieder gut", fügte sie hilflos hinzu.

„Ja." Und Schweine können fliegen, dachte er mit grimmigem Humor. „Aber in der Zwischenzeit musst du gut auf dich aufpassen, Cassie. Der Haftrichter hat ihm zwar die Auflage gemacht, sich von dir fern zu halten. Aber man kann natürlich nie wissen, ob er nicht versucht, sich an dir zu rächen."

Wieder hob sie den Blick, um ihn anzusehen, diesmal jedoch hielt sie stand und wich nicht aus. „Das steht in diesem Papier, das ich unterschreiben muss? Dass er nicht zurückkommen darf?"

Devin zündete sich eine Zigarette an. Als er weitersprach, klang seine Stimme kühl und offiziell. „Ja. Er darf sich dir nicht nähern, weder auf deiner Arbeitsstelle noch auf der Straße, und zu Regan, wo du jetzt wohnst, ist es ihm auch verboten zu gehen. Das Gericht hat sozusagen eine Bannmeile um dich herum gezogen, und er muss sich ganz und gar von dir fern halten. Sollte es ihm einfallen, sich nicht an diese Auflagen zu halten, wandert er für achtzehn Monate hinter Gitter."

„Und das weiß er alles?“

„Selbstverständlich.“

Sie befeuchtete ihre Lippen. Er konnte ihr nicht mehr zu nahe kommen. Was bedeutete, dass er sie auch nicht mehr schlagen konnte. Vor Erleichterung wurde ihr fast schwindlig. „Und ich muss es nur noch unterschreiben?“ erkundigte sie sich noch immer ungläubig.

„Ja, ganz recht.“ Devin sah sie lange und nachdenklich an, dann schob er ihr die Unterlagen samt einem Kugelschreiber zu, stand auf und trat ans Fenster, während sie sich alles sorgfältig durchlas.

Rafe war zehn Minuten zu früh dran und drückte sich vor Regans Haustür herum wie ein räudiger Kater. In der einen Hand hielt er eine Flasche Wein und in der anderen eine Schachtel mit Keksen, die hoffentlich dazu beitragen würden, das Eis zwischen ihm und den Kindern zum Schmelzen zu bringen.

Um zu testen, ob die Tür auch tatsächlich verschlossen war, drückte er die Klinke herunter und stellte zu seiner Zufriedenheit fest, dass sie sich nicht öffnen ließ. Einen Moment später klopfte er laut, woraufhin kurze Zeit später Regan den Kopf durch den schmalen Türspalt, den die Sicherheitskette ließ, steckte.

„So weit, so gut, aber du hättest erst fragen sollen, wer draußen steht“, merkte Rafe tadelnd an.

„Ich habe dich schon vom Fenster aus gesehen.“ Nachdem sie ihn eingelassen hatte, warf sie einen Blick auf seine Mitbringsel. „Kein Flieder, Rafe?“ erkundigte sie sich schmunzelnd.

„Keine Chance.“ Obwohl er sie rasend gern geküsst hätte, nahm er angesichts der großen grauen Augen, die ernst auf ihm ruhten und dem kleinen Mädchen in der Sofaecke gehörten, davon Abstand. „Sieht aus, als hättest du ein Mäuschen bei dir einquartiert.“

Regan lächelte. „Sie ist zwar ebenso still wie ein Mäuschen, aber viel hübscher. Emma, das ist Mr. MacKade. Du hast ihn vor kurzem bei Ed’s schon mal getroffen, erinnerst du dich?“

Während es ihn wachsam beäugte, rutschte das kleine Mädchen von der Couch herunter, schoss schnell wie der Blitz zu Regan hinüber und versteckte sich hinter ihrem Rock. Von dort aus lugte es neugierig mit einem Auge zu ihm herüber.

„Ich habe deine Mama schon gekannt, als sie so alt war wie du jetzt“, bemühte sich Rafe, ein Gespräch in Gang zu bringen.

Emma klammerte sich an Regans Beine und spähte zu ihm herauf.

Obwohl ihm bewusst war, dass es eine schamlose Bestechung war, schüttelte er die Keksdose. „Willst du ein Plätzchen, Honey?“

Sein Versuch, Freundschaft zu schließen, brachte ihm von der Kleinen immerhin ein winziges Lächeln ein, doch Regan vereitelte seine Bemühungen, indem sie ihm die Dose aus der Hand nahm. „Nicht vor dem Essen.“

„Spielverderber. Aber das Essen riecht gut.“

„Cassie hat Hähnchen mit Klößen gemacht. Komm, Emma, wir bringen die Plätzchen in die Küche.“

Sich mit einer Hand an Regans Rock festklammernd, folgte ihr das Mädchen in die Küche, wobei es Rafe unablässig im Auge behielt.

Rafe schloss sich den beiden an. Bei ihrem Eintreten sah Cassie, die am Herd stand, auf und lächelte. „Hi, Rafe.“

Er trat neben sie und streifte mit den Lippen ihre Wange. „Hallo, wie geht's?“

„Danke, gut.“ Sie legte eine Hand auf die Schulter des Jungen, der neben ihr stand. „Connor, das ist Mr. MacKade, erinnerst du dich?“

„Nett, dich wiederzusehen, Connor.“ Rafe streckte ihm die Hand hin, die der Junge zögernd nahm. „Schätze, du bist in der dritten Klasse, stimmt's? Oder schon in der vierten?“

„In der dritten, Sir.“

Rafe hob eine Augenbraue und reichte Regan die Weinflasche. „Ist Miss Witt immer noch an der Schule?“

„Ja, Sir.“

„Wir haben sie immer Miss Dimwit, Fräulein Dummkopf, genannt. Wette, das macht ihr auch, habe ich Recht?" Er pickte sich ein Stückchen Mohrrübe aus einer Salatschüssel, die auf dem Tisch stand.

„Ja, Sir", murmelte Connor und warf dabei seiner Mutter einen unsicheren Blick zu. „Manchmal." Nun nahm er seinen ganzen Mut zusammen und holte tief Luft. „Sie renovieren das Barlow-Haus."

„Stimmt."

„Aber dort spukt's doch."

Rafe nahm sich eine Mohrrübe, biss hinein und grinste. „Darauf kannst du wetten."

„Ich weiß alles über die Schlacht und so", platzte Connor nun heraus. „Es war der blutigste Tag im gesamten Bürgerkrieg, und keiner hat wirklich gewonnen, weil …" Beschämt brach er ab. Deshalb, dachte er, nennen dich manche in der Schule Spinner.

„Weil es keiner Seite gelungen ist, den entscheidenden Schlag zu landen", beendete Rafe den Satz für ihn. „Wenn du Lust hast, komm doch mal bei mir vorbei. Ich könnte jemanden, der über die Schlacht genau Bescheid weiß, gut brauchen."

„Ich habe ein Buch. Mit Bildern."

„Ach ja?" Rafe nahm das gefüllte Weinglas, das Regan ihm hinhielt. „Zeigst du es mir?"

Damit war das Eis gebrochen, und sie begannen angeregt über die Schlacht von Bumside Bridge zu debattieren. Plötzlich hatte Rafe einen hellwachen, interessierten Achtjährigen vor sich, der alle Scheu verloren hatte.

Das Mädchen, eine Miniaturausgabe ihrer Mutter, wich Cassie nicht vom Rockzipfel, wobei sie Rafe jedoch während des Essens unablässig beäugte wie ein junger Falke seine Beute.

Nach dem Abendessen brachte Cassie die Kinder zu Bett, und Rafe half Regan beim Abwasch. „Dolin ist nicht nur ein Dreckskerl, er ist zusätzlich auch noch ein Riesenidiot." Rafe setzte einen Stapel Teller auf dem Küchentresen ab. „Cassie ist so eine liebe Frau, und die Kinder sind einfach großartig. Jeder Mann auf der Welt könnte sich glücklich schätzen, so eine Familie zu haben."

Ein eigenes Heim, ging es Rafe durch den Kopf. Eine Frau, die dich liebt, Kinder, die dir freudig entgegengerannt kommen, wenn du abends von der Arbeit nach Hause kommst. Abendessen an einem großen runden Tisch, um den die ganze Familie sitzt. Seltsam, dass es ihm nie in den Sinn gekommen war, sich nach etwas Derartigem zu sehnen.

„Du hast ja ziemlich Eindruck geschunden", begann Regan anerkennend, während sie Wasser ins Spülbecken laufen ließ. „Ich kann mich nicht erinnern, sie irgendwann einmal so aufgeweckt und fröhlich gesehen zu haben. Und zwar alle – sowohl die Kinder als auch Cassie." Sie wandte den Kopf, um ihn anzusehen, aber ihr Lächeln verblasste, als sie seinen Blick auffing. Sie hatte sich schon an die Art, wie er sie manchmal anzustarren pflegte, gewöhnt – fast jedenfalls –, heute jedoch war es noch anders als sonst. „Was ist?“

„Hm?“ Er zuckte augenblicklich zusammen, und es dauerte einen Augenblick, bis er sich wieder fing. Er war ganz weit weg gewesen. „Nichts. Gar nichts.“ Heiliger Himmel, er hatte sich doch wirklich gerade vorzustellen versucht, wie es wohl wäre, verheiratet zu sein und Kinder zu haben. „Der Junge – Connor. Er ist ungeheuer aufgeweckt, findest du nicht auch?“

„Er bringt nur die besten Noten mit nach Hause“, erwiderte Regan so stolz, als sei Connor ihr eigener Sohn. „Er ist intelligent, sensibel und weich – die ideale Zielscheibe für Joe. Der Dreckskerl hat den armen Jungen ständig gequält.“

„Hat er ihn auch geschlagen?“ Sein Ton war ruhig, innerlich aber kochte er.

„Nein, ich glaube nicht, Cassie hat aufgepasst wie ein Schießhund. Gegen die psychischen Quälereien konnte sie aber kaum etwas machen, und blaue Flecken hinterlassen sie allenfalls auf der Seele.“ Sie zuckte die Schultern. „Na ja, Gott sei Dank ist das alles ja jetzt vorbei.“ Sie gab ihm einen Teller. „Hat dein Vater auch abgetrocknet?“

„Nur an Thanksgiving. Buck MacKade war stolz darauf, ein sehr männlicher Mann zu sein.“

„Buck?“ Beeindruckt spitzte Regan die Lippen. „Klingt gewaltig.“

„So war er auch. Wenn man etwas angestellt hatte, konnte er einen ansehen, dass man am liebsten im Boden versunken wäre. Devin hat seine Augen geerbt. Und ich seine Hände.“ Gedankenverloren starrte Rafe auf seine Handflächen. „War eine ziemliche Überraschung, als ich eines Tages auf meine Hände schaute und seine sah.“

Sie musste lächeln, als sie ihn so dastehen sah, ein Geschirrtuch über die Schulter geworfen und versonnen auf seine Hände starrend. „Hast du ihm gefühlsmäßig sehr nahe gestanden?“

„Nicht nah genug. Und vor allem zu kurz.“

„Wie alt warst du, als er starb?“

„Fünfzehn. Ein Traktor hat ihn überrollt. Er lag eine ganze Woche im Sterben.“

Sie tauchte ihre Hände wieder in das Spülwasser, während sie versuchte, sich die vier Jungen vorzustellen, denen ein grausames Schicksal den Vater viel zu früh genommen hatte. Es machte sie traurig. „Ist das der Grund, weshalb du die Farm hasst?“

„Ja, vermutlich.“ Seltsamerweise hatte er bisher niemals darüber nachgedacht, aber es erschien ihm plausibel. „Er hat sie geliebt. Jeden Zentimeter Boden, jeden Stein. Wie Shane.“

Sie gab ihm wieder einen Teller zum Abtrocknen. „Mein

Vater hat niemals in seinem Leben ein Geschirrtuch in die Hand genommen, und ich bin sicher, meine Mutter würde in Ohnmacht fallen, wenn er es plötzlich täte. Sie hängen beide der festen Überzeugung an, die Küche sei das Reich der Frau."

„Stört dich das?"

„Früher schon", gab sie zu. „Er hat an ihr herumerzogen, bis sie die Frau war, die er haben wollte, und sie ließ es zu. Sollte sie jemals anders gewesen sein, etwas anderes gewollt haben, so hat sie es sich jedenfalls niemals anmerken lassen. Sie ist die Ehefrau des Chirurgen Dr. Bishop, und das ist alles."

Langsam begann ihm zu dämmern, warum sie so war, wie sie war. „Vielleicht ist das alles, was sie sein will."

„Offensichtlich. Trotzdem fällt es mir immer wieder schwer, ruhig zu bleiben, wenn ich sehe, wie sie ihn von vorn bis hinten bedient und er ihr dann als Dank dafür den Kopf tätschelt." Allein der Gedanke daran machte sie so wütend, dass sie mit den Zähnen knirschte. Dann seufzte sie. „Was soll's? Merkwürdigerweise scheinen sie dennoch irgendwie glücklich zu sein."

Gegen Mitternacht kehrte Rafe in das Barlow-Haus zurück. Bereits aus einiger Entfernung hatte er im Kegel seines Scheinwerferlichts das Auto erkannt, das oben auf dem Hügel vor dem Haus parkte. Da er wie gewöhnlich nicht abgeschlossen hatte, überraschte es ihn nicht, Jared im Salon mit einem Bier in der Hand vorzufinden.

„Haben Sie schon vor, mir die Hypothek zu kündigen, Anwalt MacKade?“

Anstatt auf Rafes scherzhaften Ton einzugehen, starrte Jared nur auf sein Bier und brütete wortlos vor sich hin. Es dauerte einige Zeit, ehe er sich zu einer Erklärung aufraffte. „Ich habe heute mein Haus zum Verkauf angeboten. Es hat einfach keinen Sinn mehr, ich fühle mich dort nicht wohl.“

Rafe murmelte etwas Unverständliches vor sich hin, ließ sich auf den Schlafsack fallen und zog sich die Stiefel aus. Jared blies offensichtlich Trübsal. Ein Zustand, der Rafe nicht fremd war.

„Ist kein großer Verlust. Ich konnte das Haus nie leiden, ebenso wenig wie deine Exfrau.“

Jared musste wider Willen lachen. „Sieht immerhin so aus, als würde ich bei der ganzen Sache noch einen netten Profit rausschlagen.“

Als Jared ihm die Bierflasche hinhielt, schüttelte Rafe den Kopf. „Schmeckt mir nicht mehr so besonders, seit ich das Rauchen aufgegeben habe. Ganz abgesehen davon, dass ich müde bin. Ich muss in sechseinhalb Stunden wieder aufstehen.“ Er schwieg einen Moment. „Morgen früh allerdings hatte ich vor, sowieso bei dir vorbeizuschauen“, fügte er nach kurzer Überlegung hinzu.

„Ach. Warum das denn?“

„Um dir ordentlich den Kopf zu waschen.“ Rafe gähnte und legte sich auf dem Schlafsack zurück. „Aber das kann bis morgen warten. Im Moment fühle ich mich gerade so schön entspannt.“

„Okay. Aber dann sag mir wenigstens den Grund.“

„Weil du meine Frau geküsst hast“, erwiderte Rafe, wobei er daran dachte, dass ihm Regan vorhin erzählt hatte, dass sie ein paarmal mit Jared ausgegangen war.

„Habe ich das?“ Jared machte es sich gemütlich, legte die Beine über die Armlehnen des Sofas und grinste breit. „Ja, ja … es fällt doch alles wieder auf einen zurück. Aber seit wann ist sie denn deine Frau?“

Rafe hatte seine Jeans ausgezogen und warf sie beiseite. Dann begann er sein Hemd aufzuknöpfen. „Das kommt davon, wenn man in der Stadt wohnt, Bruderherz. Du bist einfach nicht mehr auf dem Laufenden. Sie gehört jetzt mir, kapiert?“

„Aha. Ist ihr das auch schon klar?“

„Wer weiß?“ Er war nun bis auf seine Boxershorts nackt und kroch in den Schlafsack. „Ich glaube, ich möchte sie nicht mehr hergeben.“

Jared verschluckte sich fast an seinem Bier. „Willst du damit sagen, dass du vorhast, sie zu heiraten?“

„Ich habe nur gesagt, dass ich sie behalten will“, erwiderte Rafe. Um keinen Preis der Welt würde er das Wort

Heirat jemals in den Mund nehmen. „Alles bleibt so, wie es jetzt ist.“

Sehr interessant, dachte Jared. Viel interessanter, als immer nur über der Vergangenheit zu brüten. „Und wie ist es jetzt?“

„Gut“, gab Rafe knapp zurück. Noch immer konnte er ihren Duft riechen, der aus dem Schlafsack aufstieg. „Ich muss dir nur noch einen Denkzettel verpassen. Rein aus Prinzip.“

„Kapiert.“ Jared gähnte und streckte sich. „Dann werde ich wohl nicht umhinkönnen, mich an die Sache mit Sharilyn Bester, jetzt Fenniman, zu erinnern.“

„Ich habe mich erst an sie rangemacht, nachdem du ihr den Laufpass gegeben hattest.“

„Ja, ich weiß. Dennoch. Rein aus Prinzip.“

Gedankenverloren rieb Rafe sich über seine Bartstoppeln. „Hm. Okay – ein Punkt für dich. Aber Sharilyn ist – so hübsch sie auch sein mag – nicht Regan Bishop.“

„Ich jedenfalls habe Regan niemals nackt gesehen.“

„Das ist auch dein Glück.“ Er legte die Hände unter seinen Kopf. „Nun, vielleicht sollten wir die Angelegenheit ausnahmsweise auf sich beruhen lassen“, schlug er schließlich großmütig vor.

Jared grinste breit. „Gott sei Dank kommst du endlich zur Vernunft. Ich hätte aus Angst vor dem, was morgen auf mich zukommt, heute Nacht kein Auge zutun können.“

9. KAPITEL

Regan hatte geschlafen wie ein Murmeltier. Nach dem Aufstehen musste sie feststellen, dass die Kinder bereits zur Schule gegangen waren und dass auch Cassie das Haus schon verlassen hatte. Nun saß sie gemütlich am Küchentisch, gönnte sich die zweite Tasse Kaffee und genoss die Ruhe. Und doch war alles auf seltsame Weise anders als sonst. Regan hatte das Alleinleben bisher nie etwas ausgemacht. Im Gegenteil, sie lebte gern allein. Seit kurzem aber hatte sie entdeckt, dass es mindestens ebenso schön war, Gesellschaft zu haben.

Sie mochte es, wenn morgens beim Frühstück die Kinder um sie herum waren, wenn die kleine Emma ihr einen ihrer feierlichen Küsse auf die Wange drückte oder Connor ihr ein zurückhaltendes Lächeln schenkte.

Und es gefiel ihr, Cassie mit vom Schlaf noch zerzaustem Haar in die Küche eilen zu sehen, um das Kaffeewasser aufzusetzen und den Kindern Cornflakes mit Milch in ihre Teller zu füllen. Es war eine ganz andere Art von Leben als das, das sie führte.

Mutterschaft war zwar niemals etwas gewesen, wonach sie sich gesehnt hatte, nun aber begann sie sich zu fragen, ob es nicht etwas war, das auch ihr Befriedigung verschaffen könnte.

Sie nahm eine Zeichnung zur Hand, die Emma auf dem Tisch hatte liegen lassen, und schnüffelte daran. Sie roch nach frischen Wasserfarben. Es amüsierte sie zu sehen, wie die Kinder innerhalb kürzester Zeit dem Haus ihren Stempel aufgedrückt hatten.

Noch ganz in Gedanken, faltete sie Emmas Bild zusammen, steckte es in ihre Tasche und stand auf. Es wurde höchste Zeit, den Laden aufzuschließen.

Kurz nachdem sie das Geöffnet-Schild herumgedreht und die Ladentür aufgeschlossen hatte, betrat auch schon Joe Dolin das Geschäft. Offensichtlich hatte er bereits draußen gewartet.

Sofort begannen in ihrem Kopf die Alarmglocken zu läuten, aber sie versuchte sich mit dem Gedanken zu beruhigen, dass Cassie ja Gott sei Dank nicht im Haus war.

Man sah es Joe noch immer an, dass er früher einmal ein hübscher Junge gewesen sein musste, mittlerweile jedoch hatte der übermäßige Alkoholgenuss unübersehbare Spuren hinterlassen.

An einem Vorderzahn fehlte eine Ecke, und sie überlegte, ob er es vielleicht nur der Höflichkeit des jungen Rafe zu verdanken hatte, dass er seinen Zahn nicht ganz verloren hatte.

Voller Unbehagen fiel ihr plötzlich ein, dass er schon ein- oder zweimal den Versuch unternommen hatte, sich ihr zu nähern, und auch die gierigen Blicke und das wissende Lächeln, das er ihr des Öfteren zugeworfen hatte, standen ihr schlagartig wieder vor Augen. Cassie gegenüber hatte sie niemals etwas davon erwähnt. Und würde es auch nicht tun.

Während sie sich im Geiste für die unvermeidlich scheinende Auseinandersetzung wappnete, schloss er die Tür, nahm seine Baseballkappe ab und drehte sie bescheiden in den Händen wie ein reuiger Sünder.

„Regan. Es tut mir wirklich Leid, dass ich dich belästigen muss."

Er klang so zerknirscht, dass sie fast Mitleid mit ihm bekam, dann aber erinnerte sie sich glücklicherweise wieder an die Würgemale an Cassies Hals. „Was willst du, Joe?"

„Ich hab gehört, dass Cassie bei dir wohnt."

Er redet nur von Cassie, registrierte sie. Kein Wort von den Kindern. „Das ist richtig."

„Schätze, du weißt von dem ganzen Ärger."

„Ja. Du hast Cassie verprügelt und bist daraufhin festgenommen worden und ins Kittchen gewandert."

„Ich war sternhagelvoll."

„Für das Gericht mag das als Entschuldigung genügen. Für mich nicht."

Er verengte seine Augen, noch immer jedoch hielt er den Kopf gesenkt. „Ich kann nur sagen, dass mir das, was ich gemacht habe, schrecklich Leid tut", beteuerte er.

„Aber ich bin eigentlich hier, weil ich dich um einen Gefallen bitten wollte. Du weißt ja sicher, dass ich mich in Cassies Nähe nicht mehr blicken lassen darf.“ Nun hob er den Kopf, und sie sah überrascht, dass seine Augen feucht waren. „Cassie hält große Stücke auf dich.“

„Ich halte große Stücke auf sie“, erwiderte Regan bestimmt. Von den Tränen eines Mannes würde sie sich ganz bestimmt nicht beeindrucken lassen.

„Ja, gut. Ich hatte gehofft, du könntest vielleicht bei ihr ein gutes Wort für mich einlegen und sie fragen, ob sie es nicht noch mal mit mir versuchen will. Ich werde mich ändern, wirklich, ich schwöre es. Wenn ich könnte, würde ich es ihr gern selbst sagen, aber mir ist es ja verboten, mit ihr zu reden. Doch wenn du es ihr sagst, macht sie es. Auf dich hört sie ganz bestimmt.“

„Ich glaube, du überschätzt meinen Einfluss auf Cassie bei weitem, Joe.“

„Nein, ganz bestimmt nicht“, widersprach er. „Da bin ich mir hundertprozentig sicher. Sie hat mir doch ständig erzählt, wie sehr sie dich bewundert und für wie toll sie dich hält. Angenommen, du rätst ihr jetzt, dass sie sich wieder mit mir versöhnen soll, wird sie es machen, da kannst du Gift drauf nehmen.“

Sehr langsam und bedächtig legte Regan ihre Hände auf den Ladentisch. „Wenn sie auf mich hören würde, hätte sie dich schon vor Jahren verlassen.“

Die Muskeln an seinem unrasierten Kinn zuckten. „Hör zu. Jeder Ehemann hat das Recht …“

„Seine Frau zu schlagen?“ fragte sie eisig. „Nicht nach meinem Verständnis. Und Gott sei Dank auch nicht nach geltendem Recht. Nein, Joe, mit Sicherheit werde ich ihr nicht dazu raten, zu dir zurückzukehren. Wenn das alles ist, was du von mir wolltest, solltest du jetzt besser wieder gehen.“

Er bleckte vor Wut die Zähne, und seine Augen wurden hart wie Granit. „Noch immer so hochmütig wie eh und je, was? Du glaubst wohl wirklich, du seist was Besseres als ich.“

„Das glaube ich nicht nur, das weiß ich, Joe. Und jetzt machst du auf der Stelle, dass du aus meinem Laden rauskommst, sonst rufe ich den Sheriff.“

„Eine Frau gehört zu ihrem Mann, kapiert!“ schrie er, zornrot im Gesicht, und ließ krachend seine Faust auf den Ladentisch niedersausen, dass die Gläser in den Regalen klirrten. „Und du sagst ihr, dass sie gefälligst ihren mageren Hintern nach Hause bewegen soll, sonst passiert ein Unglück.“

Angst stieg plötzlich in ihr hoch und schnürte ihr die Kehle zu. Sie schluckte krampfhaft, während sie verzweifelt überlegte, auf welche Art es ihr gelingen könnte, ihn loszuwerden. Emmas Zeichnung in ihrer Jackentasche fiel ihr ein, und sie umklammerte sie wie einen Talisman.

„Ist das eine Drohung?“ gab sie kühl zurück. „Ich glaube kaum, dass dein Bewährungshelfer mit deinem Benehmen einverstanden wäre. Soll ich ihn anrufen?“

„Du Luder, du! Du bist nichts als ein dreckiges, frigides Weibsstück, das nur neidisch ist, weil es keinen richtigen Mann abgekriegt hat!“ In seinen Augen loderte Hass auf, und er hob die Hand. Gleich würde er zuschlagen, es konnte sich nur noch um Sekunden handeln, das stand in seinem Gesicht allzu deutlich geschrieben.

Einen Moment später schien er es sich jedoch anders überlegt zu haben und ließ den Arm sinken. „Du hast dich zwischen mich und meine Frau gestellt, das werdet ihr mir beide büßen“, stieß er zwischen zusammengepressten Zähnen hervor. „Wenn ich mit Cassie fertig bin, komm ich zurück, verlass dich drauf. Deine Arroganz treib ich dir schon noch aus, du Drecksstück.“ Sein Lachen klang gemein.

Er drückte sich seine Baseballkappe auf den Kopf und stapfte polternd zur Tür. Dort angelangt, wandte er sich noch einmal kurz um und starrte sie drohend an. „Und gib ihr den guten Rat, dass sie gut daran tut, ihre Anzeige gegen mich sofort zurückzunehmen. Ich warte auf eine Antwort. Sofort.“

In dem Moment, in dem die Tür krachend hinter ihm ins Schloss fiel, sank Regan gegen den Tresen. Ihre Hände zitterten. Sie hasste es, Angst zu haben, sich verletzlich zu fühlen. Ohne lange zu überlegen, griff sie nach dem Telefonhörer und begann mit fliegenden Fingern eine Nummer zu wählen. Doch gleich darauf hielt sie inne.

Es ist falsch, dachte sie, während sie den Hörer langsam auf die Gabel zurücklegte. Im ersten Ansturm der Gefühle war ihr Rafe in den Sinn gekommen. Ihn hatte sie anrufen wollen, aber sie tat wohl besser daran, es sein zu lassen. Das Erste, was er tun würde, wäre, nach Joe zu suchen, um ihn zu verprügeln, dass ihm Hören und Sehen verging. Das allerdings würde nicht dazu beitragen, die Probleme zu lösen. Fäuste waren keine guten Argumente.

Sie straffte die Schultern und holte tief Luft. Wo war ihre kühle Selbstbeherrschung geblieben? War sie denn nicht ihr gesamtes Erwachsenenleben allein klargekommen? Ihre Gefühle für Rafe sollten – durften auf keinen Fall ihre Selbstständigkeit beeinträchtigen. Das würde sie niemals zulassen. Also würde sie das tun, was in diesem Fall das Angebrachte war.

Regan nahm den Hörer wieder auf und wählte rasch die Nummer des Sheriffbüros.

„Zuerst war er ganz zerknirscht." Der Tee schwappte in ihrer Tasse. Regan schnitt eine Grimasse und stellte sie vorsichtig auf die Untertasse zurück. Ihre Hände bebten noch immer. „Sieht so aus, als hätte er mir einen größeren Schrecken eingejagt, als ich zuerst dachte", sagte sie entschuldigend, als sie den besorgten Blick bemerkte, den Devin ihr zuwarf.

„Das bisschen Zittern braucht Ihnen nicht peinlich zu sein“, erwiderte er, während er stirnrunzelnd den tiefen Riss betrachtete, den Joes Faust auf der Holzplatte des Ladentischs hinterlassen hatte. Hätte alles viel schlimmer kommen können, dachte er finster. Viel schlimmer. Sie hat noch mal Glück gehabt. „Ich muss allerdings zugeben, dass ich nicht damit gerechnet habe, dass er tatsächlich verrückt genug ist, hier aufzukreuzen.“

Regan räusperte sich. „Betrunken war er jedenfalls nicht. Seine Wut schraubte sich ganz langsam hoch, er wurde von Sekunde zu Sekunde aggressiver.“ Sie griff wieder nach ihrer Tasse. „Aber es gibt keine Zeugen. Wir waren beide allein.“

„Sie müssen Anzeige erstatten. Das gibt mir die Handhabe, ihn zu verhaften.“

Sie lächelte ein noch immer leicht zittriges Lächeln. „Hört sich so an, als ob Ihnen nichts lieber wäre.“

„Darauf können Sie jede Wette eingehen.“

„Gut, dann werde ich das tun. Was ist mit Cassie?“

„Ich habe sofort nach Ihrem Anruf einen meiner Deputys zu Ed’s geschickt und einen anderen zur Schule.“

„Die Kinder, mein Gott.“ Das Blut drohte ihr in den Adern zu gefrieren. „Glauben Sie, dass er im Stande ist, ihnen etwas anzutun?“

„Daran hat er meiner Meinung nach kein Interesse. Die Kinder sind für ihn praktisch nicht vorhanden. Alles, worum es ihm geht, ist, seine Macht über Cassie nicht zu verlieren."

„Ja, ich denke, Sie haben Recht." Sie versuchte sich zu erinnern, wie er früher mit den Kindern umgegangen war. Wenn er sie nicht gerade wieder einmal quälte, waren sie Luft für ihn gewesen. Sie schwieg einen Moment. „So. Dann werde ich jetzt den Laden schließen und mit Ihnen kommen, damit die Sache erledigt ist."

„Je eher, desto besser."

Nachdem sie offiziell Anzeige erstattet hatte, verließ Regan das Sheriffoffice und ging über den Marktplatz. Cassie und sie würden beide heute Abend etwas Trost brauchen. Ein gutes Essen hält Leib und Seele zusammen, dachte sie. Ja, ich werde heute Spaghetti mit Fleischbällchen machen und als Nachspeise einen großen Schokoladenkuchen backen, beschloss sie und steuerte den Supermarkt an.

Während sie an der Kasse darauf wartete, dass ihre Sachen eingepackt wurden, spürte sie die neugierigen Blicke in ihrem Rücken und hörte, wie einige Frauen miteinander tuschelten. Die Klatschbrigade ist im Anmarsch, stellte sie amüsiert fest und musste ein Grinsen unterdrücken.

Da kam auch schon die dicke Mrs. Metz auf sie zugewatschelt. „Ach, dachte ich's mir doch, dass ich Sie gesehen habe, Miss Bishop."

„Hallo, Mrs. Metz." Das Oberhaupt der Klatschbrigade pflanzte sich vor sie hin. „Was meinen Sie, kriegen wir wieder Schnee?"

„Eisregen", erwiderte Mrs. Metz, wie stets über alles bestens informiert. „Ich habe es vorhin in den Nachrichten gehört. Wie kommt es, dass Sie zu dieser Tageszeit unterwegs sind?"

„Im Moment ist bei mir im Geschäft nicht viel los. Die Leute halten Winterschlaf."

„Ach ja, verstehe. Aber Sie haben ja wahrscheinlich sowieso genug mit dem Barlow-Haus zu tun, stimmt's?"

„Ja, in der Tat." Regan hatte sich entschlossen mitzuspielen. „Es geht gut voran. Das Haus wird ein richtiges Schmuckstück werden."

„Ich hätte ja im Leben nie geglaubt, dass sich eines Tages noch mal jemand für den alten Kasten interessiert. Und vor allem nicht, dass es Rafe MacKade sein würde." Ihre Augen leuchteten neugierig. „Sieht so aus, als hätte er im Süden gut verdient."

„Offensichtlich."

„Na ja, die MacKade-Jungs waren schon immer für eine Überraschung gut. Und der Rafe, der war ja ein ganz Wilder. Den Wagen seines Daddys hatte er schon zu Schrott gefahren, da hatte er noch nicht mal den Führerschein. Und immer auf der Suche nach einem, mit dem er sich anlegen konnte. Wenn's irgendwo Ärger gab, konnte man davon ausgehen, dass einer der MacKades mittendrin war. Und den Mädels haben sie den Kopf verdreht, kann ich Ihnen sagen – besonders Rafe." Mrs. Metz schwelgte in alten Erinnerungen und konnte kein Ende finden.

„Nun, ich vermute, die Zeiten haben sich geändert. Was meinen Sie?"

„So sehr auch wieder nicht." Ihr Doppelkinn schwabbelte, als sie ein dröhnendes Lachen von sich gab. „Da brauche ich ihn mir bloß anzuschauen. Der hat noch immer diesen bestimmten Blick drauf." Vertraulich senkte sie nun die Stimme. „Mir hat ein kleiner Vogel zugezwitschert, dass er ein Auge auf Sie geworfen hat. Ist da was dran?"

„Ja, Ihr kleiner Vogel hat ganz Recht. Vor allem hat nicht nur er ein Auge auf mich geworfen, sondern ich auch eines auf ihn."

Nun prustete Mrs. Metz so laut heraus, dass sie ihre Tüte abstellen musste, um sich vor Lachen den Bauch zu halten. „Bei einem Mann wie ihm täten Sie besser daran, gut auf sich aufzupassen, meine Liebe. Früher war er ein ganz Schlimmer. Und aus schlimmen Jungs werden gefährliche Männer."

„Ich weiß." Regan wandte sich zum Gehen und winkte

ihr zum Abschied lachend zu. „Das ist ja der Grund, weshalb er mir so gut gefällt.“

Noch immer amüsiert über die Unterhaltung mit Mrs. Metz, trat Regan aus dem Supermarkt und schlenderte die Straße hinab. Die Bürgersteige waren holprig, die Bibliothek hatte nur an drei Tagen in der Woche geöffnet, und in der Post machten sie eine volle Stunde Mittagspause. Doch trotz alledem, oder vielleicht sogar gerade deshalb, war Antietam ein nettes Städtchen, in dem man sich so richtig wohl fühlen konnte. Wahrscheinlich war das Rafe noch gar nicht aufgefallen.

Kein fettes Kalb ist geschlachtet worden bei der Rückkehr des verlorenen Sohnes, dachte sie, während sie den gefrorenen Bürgersteig entlangging. Er war ohne Pauken und Trompeten empfangen worden, hatte sich unauffällig wieder eingefügt in den Lebensrhythmus der Stadt und würde genauso unauffällig wieder verschwinden, wenn er die Zeit dafür reif hielt.

Nichts würde sich verändern, alles würde so bleiben, wie es immer war. Hoffentlich auch bei ihr.

Vor ihrem Haus angelangt, ging sie um den Laden herum zur Hintertür, kramte den Schlüssel aus ihrer Tasche und ging mit ihren Tüten beladen langsam die Treppe hinauf zu ihrer Wohnung.

Wäre sie nicht so in Gedanken versunken gewesen, hätte sie es vielleicht schon früher bemerkt. Hätte sie nicht wieder einmal, wie so oft in letzter Zeit, an Rafe denken müssen, hätte sie vielleicht noch etwas abwenden können. So aber fiel ihr zu spät auf, dass ihre Wohnungstür nur angelehnt war.

Einen winzigen Moment zu spät. Als sie es bemerkte, war ihr Gehirn für den Bruchteil von Sekunden leer.

Gerade als sie auf dem Absatz kehrtmachen wollte, um die Treppe nach unten zu fliehen, wurde die Tür aufgerissen. Dahinter kam Joe zum Vorschein und baute sich bedrohlich vor ihr auf.

Ihr Schrei wurde erstickt, als er seine Hände brutal um ihren Hals legte.

„Hab mich gefragt, wer von euch beiden eher kommt. Prima, dass du es bist.“ Sein Atem, der nach Whisky, Saurem und Erregung stank, schlug ihr ins Gesicht. „Ich hab schon lange darauf gewartet, dich endlich mal zwischen die Finger zu kriegen.“ Er presste seine Lippen an ihr Ohr, erregt davon, wie sie sich unter seinem Griff wand. „Jetzt werd ich dir zeigen, was ein richtiger Mann ist.“

Er hob seine riesige Pranke und krallte seine Finger in ihre Brust, dass ihr vor Schmerz einen Moment lang schwarz vor Augen wurde. „Jetzt hol ich mir das, was du dem Dreckskerl Rafe MacKade so schön freiwillig gibst, und hinterher mach ich dein Gesicht zurecht, dass er dich nicht mehr wiedererkennt.“

Panik durchflutete sie, als er versuchte, sie durch die

aufgebrochene Tür in die Wohnung zu ziehen. Sie war verloren, saß in der Falle wie eine Maus, ohne Hoffnung auf Rettung, sie war ihm hilflos ausgeliefert, denn es gab keinen Zweifel, dass er ihr körperlich bei weitem überlegen war. Mit dem Mut der Verzweiflung stemmte sie sich mit aller Kraft gegen ihn, aber er zog sie weiter, ihre Absätze schrammten über die Holzdielen, die Tüten mit den Lebensmitteln waren ihr längst aus den Händen geglitten, die Milchflasche war zerbrochen, und ihr Inhalt ergoss sich wie ein weißer See über den Boden.

„Und wenn Cassie auftaucht, blüht ihr dasselbe", schnaubte er, wobei sich seine Brust vor Erregung und Anstrengung rasch hob und senkte. „Aber erst bist du dran, Süße." Mit seiner freien Hand riss er sie an den Haaren, wobei ihn ihr erstickter Schrei und das anschließende Wimmern erst richtig anzufeuern schienen. Dann hielt er plötzlich inne, starrte sie an und verzog sein Gesicht zu einem hässlichen, breiten Grinsen.

Ihre Gedanken rasten. Sie musste ihm entkommen. Plötzlich fiel ihr ein, dass ihre Finger noch immer den Schlüsselbund umklammerten, sie hob blitzschnell und ohne zu überlegen die Hand und knallte ihn ihm direkt zwischen die blutunterlaufenen Augen.

Der Schmerz ließ ihn wie einen tödlich verwundeten Schakal aufheulen, sein Griff lockerte sich, einen Sekundenbruchteil später ließ er sie los. Sie nutzte den Überraschungsmoment, machte auf dem Absatz kehrt und jagte wie von Furien gehetzt die Treppe nach unten. Auf der letzten Stufe stolperte sie und stürzte zu Boden. Die Angst im Nacken, in der Kehle einen Schrei, wandte sie den Kopf, um zu sehen, ob er eventuell hinter ihr her sei.

Er lehnte, eine Hand übers Gesicht gelegt, vor Schmerz zusammengekrümmt am Treppengeländer. Unter seinen Fingern quoll Blut hervor. Gott sei Dank. Sie schien ihn für den Moment außer Gefecht gesetzt zu haben. Mühsam rappelte sie sich auf, setzte, als sie endlich stand, wie in Trance einen Fuß vor den anderen, ging durch den Hausflur und zur Tür hinaus in Richtung von Ed's Café.

Ohne sich Gedanken darüber zu machen, wie sie aussah – der rechte Ärmel ihres Mantels war herausgerissen, und ihre Hosen waren an den Knien zerrissen und blutbefleckt –, ging sie hinein.

Cassie fiel bei ihrem Anblick vor Schreck das Tablett aus den Händen und krachte scheppernd zu Boden. Porzellan- und Glasscherben spritzten auf. „Regan! Mein Gott!"

„Ruf Devin an", brachte Regan mühsam heraus und ließ sich vollkommen entkräftet auf den nächstbesten Stuhl sinken. „Joe hockt vor meiner Wohnung, er ist verletzt." Plötzlich drehte sich ihr alles vor Augen.

„Los, mach schon", befahl Ed Cassie resolut, die noch

immer wie angewurzelt auf demselben Fleck stand und Regan entsetzt anstarrte. Dann marschierte sie auf Regan zu, der anzusehen war, dass sie kurz vor einer Ohnmacht stand, setzte sich auf einen Stuhl vor sie und zog ihren Kopf in ihren Schoß. „Kopf runter und ganz tief einatmen, Herzchen“, kommandierte sie, wobei sie den sechs Gästen, die voller Neugier und Erschrecken die Szene verfolgten, einen scharfen Blick zuwarf. „Worauf wartet ihr noch? Hat keiner von euch starken Männern so viel Mumm in den Knochen, um rüberzugehen und den Dreckskerl dem Sheriff zu übergeben? Hoffentlich wird's bald! Und du, Horace, setz deinen fetten Hintern in Bewegung und hol der Armen ein Glas Wasser!“

Befriedigt konnte Ed alsbald konstatieren, dass ihre rauen Befehle Bewegung in ihre Gäste gebracht hatten. Drei von ihnen stürmten hinaus, während Horace eilig ihrer Aufforderung, Regan etwas zu trinken zu bringen, nachkam.

Als Regan einen Moment später den Kopf hob, lächelte Ed sie an. „Gott sei Dank, du hast ja schon wieder ein bisschen Farbe. Dachte schon, du kippst mir um.“ Während sie sich zurücklehnte, kramte sie in ihrer Schürzentasche nach ihren Zigaretten. Nach dem ersten tiefen Zug schüttelte sie den Kopf und grinste. „Hoffentlich hast du's dem Dreckskerl ordentlich gegeben. Verdient hat er es allemal.“

Kurz darauf saß Regan, in der Hand eine Tasse mit heißem Kaffee, wieder einmal in Devins Büro. Das Schlimmste war überstanden, die Panik legte sich langsam, und nach und nach gelang es ihr wieder, klar zu denken.

Cassie saß neben ihr. Sie schwieg. Shane, der zufälligerweise gerade in der Stadt gewesen war und bei seinem Bruder hineingeschaut hatte, lief unruhig wie ein Tiger im Käfig auf und ab. Devin saß hinter seinem Schreibtisch und nahm ihre Anzeige auf.

„Tut mir Leid, Ihnen all diese Fragen stellen zu müssen, Regan", entschuldigte er sich behutsam, „aber je klarer Ihre Aussage ist, desto leichter wird es sein, Dolin zur Rechenschaft zu ziehen."

„Schon in Ordnung, ich bin ja jetzt wieder okay", beteuerte sie, während sie noch immer benommen an ihren zerrissenen Hosen herumzupfte. Ihre Knie brannten wie Feuer – was einerseits seine Ursache darin hatte, dass Ed ihr das Desinfektionsmittel fast literweise über die Schürfwunden gekippt hatte, und andererseits von dem Sturz selbst herrührte. „Ich würde es gern sofort hinter mich bringen, ich …"

In diesem Moment wurde die Tür abrupt aufgerissen, und Rafe stand wie ein Racheengel auf der Schwelle. Einen Augenblick lang sah sie nur sein Gesicht – es war weiß vor Zorn, und seine grünen Augen schleuderten feurige Blitze.

Plötzlich schlug ihr das Herz bis zum Hals. Noch bevor sie aufspringen konnte, war er auch schon bei ihr, zog sie hoch und schloss sie so fest in die Arme, dass sie fürchtete, er würde ihr alle Rippen einzeln brechen.

„Geht's dir gut? Bist du verletzt?" Seine Stimme klang rau wie Sandpapier. Es gelang ihm nicht, auch nur einen einzigen klaren Gedanken zu fassen. Sobald er von Joes Überfall erfahren hatte, war er in seinen Wagen gesprungen und wie ein Irrer in die Stadt gerast. Er sah rot. Aber noch mehr als die wahnwitzige Wut auf Dolin hatte ihn die Panik, dass Regan etwas passiert sein könnte, vorwärts getrieben. Seine Hände, die nun zärtlich und voller Erleichterung ihren Kopf streichelten, waren eiskalt und klamm vor Angst.

Plötzlich begann sie wieder zu beben, offensichtlich saß ihr der Schock noch immer tief in den Knochen. „Ich bin okay, Rafe. Ich bin …" Ihre Worte blieben zitternd in der Luft hängen, und sie überkam plötzlich das irrationale Bedürfnis, ganz tief in ihn hineinzukriechen und dort Schutz zu suchen.

„Hat er dir wehgetan?" Mit einer Hand war er bemüht, sie zu beruhigen, indem er ihr unablässig über das Haar strich, während er mit der anderen ihr Kinn hob, um ihr in die Augen schauen zu können. „Hat er dich angefasst?"

Sie konnte nur den Kopf schütteln und barg gleich darauf ihr Gesicht wieder an seiner Schulter.

Rafe starrte Devin an. Wieder loderte Zorn, lichterloh brennend wie eine Fackel, in seinen Augen auf. „Devin, wo ist er?“

„In Gewahrsam.“

Rafe ließ seinen Blick nach hinten, in die Richtung, in der die Gefängniszellen lagen, wandern. „Er ist nicht hier, Rafe.“ Devins Stimme klang ruhig, er hatte sich bereits für eine Auseinandersetzung mit seinem Bruder gewappnet. „Du kriegst ihn nicht zwischen die Finger.“

„Glaubst du, du könntest mich aufhalten?“

Jared, der kurz nach Rafe das Büro betreten hatte, legte seinem Bruder begütigend eine Hand von hinten auf die Schulter. „Warum setzt du dich nicht erst einmal hin?“

Wutschnaubend schüttelte Rafe Jareds Hand ab. „Lass mich.“

„Das ist jetzt ein Fall für die Justiz, Rafe. Du hast nicht das Recht, dich einzumischen“, erklärte Devin ruhig.

„Die Justiz soll sich zum Teufel scheren, und du gleich mit. Ich will verdammt noch mal auf der Stelle wissen, wo er ist.“

„Wenn du ihn findest, Rafe, halte ich dir so lange den Mantel, bis du den Dreckskerl fertig gemacht hast.“ Shane, der scharf darauf war, dass etwas passierte, feixte. „Darauf warte ich schon seit Jahren.“

„Halt die Klappe“, fuhr Jared ihn ungnädig an und

warf dabei einen Blick auf Cassie, die den ganzen Vorgang schweigend mit großen Augen verfolgte.

„Du kannst dir dein Anwaltsgeschwätz an den Hut stecken, Bruderherz." Shane hatte in Vorfreude auf das Kommende bereits die Hände zu Fäusten geballt. „Ich stehe auf Rafes Seite."

„Ich brauche weder deine Hilfe noch die von sonst jemandem", schnappte Rafe. „Geh mir sofort aus dem Weg, Devin."

„Ich denke ja gar nicht daran. Los, setz dich hin, oder ich muss dir ein paar Handschellen verpassen und dich abführen. Wegen Widerstands gegen die Staatsgewalt." Devins Stimme hatte einen drohenden Unterton angenommen.

Überraschend ließ Rafe Regan los und war mit einem einzigen langen Satz beim Schreibtisch. Er beugte sich vor, packte Devin mit beiden Händen am Kragen und schüttelte ihn. Während die beiden Brüder sich wutentbrannt anbrüllten, begann Regan wieder zu zittern.

Die Sache drohte zu eskalieren. Sie würde in einen Faustkampf ausarten, wenn sie nicht eingriff.

„Hört sofort auf", befahl sie, aber ihre Stimme bebte so sehr, dass sie kaum trug. „Ich habe gesagt, ihr sollt aufhören", versuchte sie es wieder, lauter und energischer diesmal. Als die beiden Streithähne noch immer nicht bereit waren, voneinander zu lassen, begann sie zu brüllen. „Stopp habe ich gesagt, verdammt noch mal! Stopp!"

Rafes erhobene Faust blieb vor Überraschung in der Luft hängen.

„Ihr benehmt euch wie die Kinder, ja, schlimmer noch. Habt ihr eigentlich vollkommen den Verstand verloren? Glaubt ihr vielleicht, es macht die Sache besser, wenn ihr euch gegenseitig verprügelt? Typisch, wirklich, ich habe nichts anderes von euch erwartet.“ Aus ihrer Stimme war alle Unsicherheit gewichen, sie triefte nun vor Missbilligung. „Ihr seid mir vielleicht die richtigen Helden.“ Mit einem verächtlichen Schnauben griff sie nach ihrem Mantel. „Wenn ihr glaubt, ich hätte Lust, hier rumzustehen und zuzusehen, wie ihr euch gegenseitig die Köpfe einschlagt, habt ihr euch getäuscht“, verkündete sie wütend und wandte sich zum Gehen.

„Setz dich hin, Regan.“ Fluchend kam Rafe hinter ihr her. „Komm schon, setz dich.“ Er packte sie am Ärmel und versuchte sie mit sanftem Druck zu einem Stuhl zu schieben, wobei man ihm ansah, wie viel Mühe es ihn kostete, seine Wut zu zügeln und sich zumindest einen leisen Anstrich von Besonnenheit zu geben. „Großer Gott, schau doch nur, wie deine Hände zittern.“

Behutsam nahm er sie in seine, drückte sie zärtlich und hob dann ihre Rechte an seine Lippen. Die Geste war so innig, dass die anderen MacKades verlegen den Blick abwandten.

„Was erwartest du denn von mir?“ Erneut spürte er

das Gefühl hilfloser Wut in sich emporkochen. „Was erwartest du von mir, wie ich reagieren soll? Ist dir eigentlich klar, wie ich mich fühle?“

„Ich weiß nicht“, erwiderte sie erschöpft. Im Moment wusste sie ja nicht einmal, wie sie sich selbst fühlte unter seinem verdammt eindringlichen Blick. „Ich würde das Ganze nur einfach gern hinter mich bringen, Rafe. Lass mich zu Protokoll geben, was ich zu sagen habe, und dann gehe ich.“

„Gut.“ Er trat einen Schritt zurück. „Tu, was du nicht lassen kannst.“

Nachdem sie sich wieder gesetzt hatte, nahm sie den Becher mit frischem Kaffee, den Jared ihr hinhielt, entgegen. Devin fragte, sie antwortete, und Rafe hörte schweigend zu. Nach einer Weile drehte er sich abrupt um und verließ wortlos das Büro.

Sie bemühte sich, sich nicht verletzt zu fühlen, und zerbrach sich den Kopf darüber, warum er sie jetzt wohl allein gelassen hatte. „Und wie wird es jetzt weitergehen, Devin?“

„Sobald Joes Verletzungen es zulassen, wird er vom Krankenhaus ins Gefängnis überführt. Da er sich nicht an die Auflagen gehalten hat, die ihm das Gericht erteilt hat, muss er nun wieder in Haft und seine Strafe absitzen.“ Für sie ist das wahrscheinlich nur ein schwacher Trost, dachte Devin, während er Cassie musterte, die während der vergangenen dreißig Minuten kein einziges Wort gesagt hatte.

„Nun gut.“ Regan holte tief Luft. „Es ist vollbracht. Können Cassie und ich jetzt gehen?“

„Selbstverständlich. Wir bleiben in Verbindung.“

„Ich kann keinesfalls wieder mit zu dir“, brach Cassie ihr Schweigen. Ihre Stimme klang zaghaft und leise.

„Aber selbstverständlich.“

„Ach, Regan, wie könnte ich nur?“ Unglücklich starrte sie auf Regans zerrissene rauchgraue Hose, der man selbst in diesem Zustand noch ansah, wie teuer sie einmal gewesen war. Jetzt allerdings war sie ein für alle Mal dahin. „Ich bin doch daran schuld, dass alles so gekommen ist.“

„Er ist schuld, Cassie“, erwiderte Regan ruhig, aber bestimmt. „Du trägst für das, was er getan hat, keinerlei Verantwortung.“

Es war ein hartes Stück Arbeit, Cassie die irrationalen Schuldgefühle auszureden, und auch nachdem es Regan schließlich einigermaßen gelungen war, war Cassie noch immer nicht bereit, mit ihr nach Hause zu gehen.

„Ich muss jetzt endlich anfangen, mein eigenes Leben zu leben, Regan. Ich muss einen Weg finden, um den Kindern das Zuhause zu geben, das sie verdienen.“

„Warte damit noch ein paar Tage.“

„Nein“, erwiderte Cassie fest entschlossen und holte tief Luft. „Kannst du mir helfen, Jared?“

„Ich bin bereit, alles zu tun, was in meiner Macht steht, Honey. Es gibt eine Menge Hilfsprogramme für Frauen …"

„Nein, das meine ich nicht." Cassie presste ihre Lippen so hart aufeinander, bis sie nur noch ein schmaler Strich waren. „Ich möchte die Scheidung einreichen und will von dir wissen, welche Schritte ich als Nächstes unternehmen muss."

„Okay." Jared nickte. „Warum kommst du nicht mit? Wir könnten irgendwo gemütlich einen Kaffee trinken und dabei alles in Ruhe besprechen."

Cassie willigte ein, und nachdem Shane Regan angeboten hatte, ihr Türschloss zu reparieren, brachen sie schließlich alle gemeinsam auf.

10. KAPITEL

Es war ein befreiendes Gefühl, auf etwas einzuschlagen. Selbst wenn es nur ein Nagel war. Um sich von einer unüberlegten Handlung abzuhalten, hatte sich Rafe in das Schlafzimmer im Ostflügel geflüchtet und arbeitete dort wie ein Besessener. Allein sein Blick hatte es seinen Arbeitern ratsam erscheinen lassen, für den heutigen Tag Abstand zu halten.

Der Baulärm, der ohrenbetäubend durch das Haus dröhnte, passte hervorragend zu seiner düsteren, aggressiven Stimmung. Bei jedem Hammerschlag, den er krachend niedersausen ließ, stellte er sich genüsslich vor, es wäre seine Faust, die er Joe Dolin erbarmungslos zwischen die Rippen rammte.

Als er ein Türgeräusch hinter sich vernahm, stieß er, ohne sich auch nur umzudrehen, einen wilden Fluch aus. „Mach, dass du sofort rauskommst, oder du bist gefeuert, hast du verstanden."

„Na los, dann feuer mich doch." Regan knallte die Tür hinter sich zu. „Dann kann ich dir wenigstens endlich mal die Meinung sagen, ohne befürchten zu müssen, dass ich damit unsere Geschäftsgrundlage zerstöre."

Jetzt warf er einen kurzen Blick über die Schulter. Sie hatte sich umgezogen und sah wie üblich wie aus dem Ei gepellt aus. Nicht nur, dass sie die Hose gewechselt hatte, sie trug auch eine andere Bluse, einen anderen Blazer und anderen Schmuck.

Leider erinnerte er sich noch viel zu gut daran, wie sie ein paar Stunden zuvor ausgesehen hatte mit ihrem wild zerzausten Haar, bleich und zittrig, mit blutbesudelter Kleidung.

„Du bist im Moment hier nicht erwünscht." Er zielte auf den Kopf des Nagels und ließ den Hammer krachend niedersausen.

„Ich bin jetzt aber nun mal hier, MacKade."

Nachdem sie nach Hause gekommen war, hatte sie erst einmal geduscht und versucht, sich damit alles, was mit Joe Dolin in Zusammenhang stand, von der Seele zu waschen. Danach fühlte sie sich gefestigt genug, um Rafe MacKade gegenübertreten zu können. „Ich will wissen, was zum Teufel eigentlich los ist."

Wenn er ihr die Wahrheit sagte, würde sie ihm vermutlich ins Gesicht lachen. Was bei ihm – da war er sich sicher – das Fass endgültig zum Überlaufen bringen würde. „Ich habe zu tun, Regan, siehst du das nicht? Diese Sache hat mich mehr als einen halben Tag gekostet."

„Das kannst du nicht mir zum Vorwurf machen. Schau mich an, wenn ich mit dir rede, verdammt noch mal." Da er keine Reaktion zeigte und vollkommen unberührt weiterhin seine Nägel in die Wand schlug, stützte sie empört die Hände in die Hüften. „He, hörst du nicht?" brüllte sie ihn an. „Ich will von dir wissen, warum du vorhin einfach ohne einen Ton zu sagen abgehauen bist.“

„Weil ich zu tun hatte.“

Um ihm zu zeigen, was sie von seiner Antwort hielt, kickte sie wütend mit dem Fuß den Werkzeugkoffer beiseite. „Ich vermute, ich muss mich jetzt bei dir bedanken, dass du mein Schloss wieder in Ordnung gebracht hast.“

„Falls du gezwungen warst, einen Schlosser zu holen, bin ich gern bereit, dir deine Unkosten zu erstatten.“

Hilflos angesichts seiner Sturheit schüttelte sie den Kopf. „Warum bist du denn bloß so sauer auf mich? Was habe ich dir denn ...“

Sie verschluckte sich fast vor Schreck, als sie sah, wie plötzlich der Hammer durch die Luft segelte, an der gegenüberliegenden neu tapezierten Wand abprallte und polternd zu Boden fiel.

„Du hast mir verdammt noch mal gar nichts getan. Du bist nur überfallen worden, fast vergewaltigt und hast dir die Knie blutig geschlagen, aber was zum Teufel sollte mich das scheren?“

Zumindest einer von uns muss jetzt die Ruhe bewahren, sagte sie sich. Und nach dem Ausdruck seiner Augen zu urteilen, würde sie das wohl sein müssen. „Ich weiß, wie aufgebracht du bist über das, was passiert ist.“

„Ja, ich bin aufgebracht.“ Bleich vor Zorn stapfte er zu der Werkzeugkiste hinüber, hob sie hoch über den Kopf und schmetterte sie anschließend mit voller Wucht zu Boden. „Nur ein bisschen aufgebracht. Und jetzt mach, dass du rauskommst."

„Ich will aber nicht." Trotzig hob sie das Kinn. „Na vorwärts, los, lass ruhig noch weiter die Fetzen fliegen. Ich warte gern, bis du dich abgeregt hast. Vielleicht ist es ja dann möglich, dass wir wie zivilisierte Menschen miteinander reden."

„Vielleicht geht es ja irgendwann auch in deinen verdammten Dickschädel hinein, dass ich kein zivilisierter Mensch bin."

„Ist schon angekommen", konterte sie. „Und jetzt? Schießt du jetzt auf mich? Was beweisen würde, dass du ein noch härteres Mannsbild bist als Joe Dolin."

Seine Augen wurden fast schwarz. Für den Bruchteil einer Sekunde entdeckte sie in ihnen Zorn, vermischt mit Schmerz. Sie war zu weit gegangen und hatte ihn verletzt. Beschämt räusperte sie sich. „Tut mir Leid. Das wollte ich nicht sagen, ich nehme es zurück."

Mit unterdrückter Wut starrte er sie an. „Normalerweise sagst du aber immer genau das, was du meinst." Als sie zu einer Erwiderung ansetzte, hob er die Hand, um sie zum Schweigen zu bringen. „Du willst ein zivilisiertes Gespräch", fuhr er fort. „Bitte. Dann führen wir dieses verdammte Gespräch eben."

Er ging mit Riesenschritten zur Tür, riss sie auf, steckte

seinen Kopf durch den Spalt und brüllte zweimal laut hintereinander „Feierabend“ und knallte sie wieder zu.

„Es ist wirklich nicht nötig, deswegen gleich die Arbeiter nach Hause zu schicken“, begann sie. „Ich bin sicher, dass wir nicht mehr als ein paar Minuten brauchen.“

„Es geht aber nicht immer alles nach deinem Kopf.“

„Ich weiß überhaupt nicht, wovon du redest.“

„Kann ich mir gut vorstellen.“ Wutentbrannt riss er wieder die Tür auf und brüllte: „Hat irgendwer eine verdammte Zigarette für mich?“ Als keine Antwort kam – wahrscheinlich hatte ihn niemand gehört –, schlug er die Tür mit einem Krachen wieder zu.

Regan beobachtete fast schon fasziniert, wie er unter gemurmelten Flüchen seinen Rundgang durchs Zimmer wieder aufnahm. Er hatte seine Hemdsärmel bis zu den Ellbogen hochgekrempelt, um die Taille trug er einen Werkzeuggürtel, und um den Kopf hatte er ein Halstuch als Stirnband geschlungen. Er sieht aus wie ein Bandit, dachte sie.

Und auf jeden Fall war es für sie jetzt gerade vollkommen inakzeptabel, der Erregung, die mit jeder Sekunde, die verging, mehr und mehr Besitz von ihr ergriff, Raum zu geben.

„Ich könnte uns rasch einen Kaffee machen“, schlug sie diplomatisch vor, biss sich jedoch angesichts des bösen Blicks, den er ihr zuwarf, auf die Lippen. „Na ja, vielleicht besser doch nicht. Rafe …“

„Halt den Mund.“

Sie straffte die Schultern. „Ich bin es nicht gewöhnt, dass man in diesem Ton mit mir redet.“

„Dann gewöhnst du dich eben jetzt daran. Ich habe mich lange genug zurückgehalten.“

„Zurückgehalten?“ Erstaunt riss sie die Augen auf. Wenn er nicht ausgesehen hätte wie ein Besessener, hätte sie jetzt laut herausgelacht. „Du hast dich zurückgehalten? Dann würde ich doch gern mal sehen, wie es ist, wenn du dich nicht zurückhältst.“

„Das kannst du gleich erleben“, schleuderte er ihr entgegen. „Du bist also sauer, weil ich einfach weggegangen bin, ist das richtig? Gut, dann will ich dir jetzt mal zeigen, was passiert wäre, wenn ich dageblieben wäre.“

„Fass mich nicht an.“ Ihr Arm schoss nach oben, die Hand zur Faust geballt wie ein Boxer, der auf das ‚Ring frei zur nächsten Runde‘ wartet. „Wage es nicht, ich warne dich.“

Die Augen vor Kampflust funkelnd, hob er die Hand, umschloss ihre noch immer erhobene Faust und drängte Regan, indem er ganz nah an sie herantrat, Schritt für Schritt hin zur Tür. „Na los, Darling, mach schon. Ich gebe dir hiermit noch eine letzte Chance, von hier zu verschwinden, du solltest sie besser ergreifen.“

„Nenn mich nicht in diesem Ton Darling.“

„Du bist wirklich ein verdammt zäher Brocken.“ Er

ließ ihren Arm fallen und trat beiseite. „Du willst also wissen, warum ich abgehauen bin. Das also ist für dich die Frage aller Fragen, die dir auf den Nägeln brennt, ja? Deshalb bist du hier?“

„Ja.“

„Aber heute Morgen, nachdem Joe dich bereits zum ersten Mal bedroht hat, hast du es nicht für nötig gehalten, mir auch nur ein Sterbenswörtchen davon zu erzählen. Und nachdem er dich überfallen hat, erst recht nicht.“ Und genau das war es, was ihn so gnadenlos erbitterte. Wie verheerend auch immer das sein mochte.

„Ich war bei Devin.“

„Jaaa.“ Er zog das Wort höhnisch in die Länge. „Du warst bei Devin.“ Plötzlich kam eine eisige Ruhe über ihn. „Weißt du eigentlich, was passiert ist, Regan? Dolin ist zu dir in den Laden gekommen – genau wie ich es vorausgesagt habe.“

„Und ich bin mit der Situation klargekommen“, konterte sie. „Genau wie ich es vorausgesagt habe.“

„Sicher. Du kommst ja immer mit allem klar. Er hat dir gedroht. Er hat dir Angst eingejagt.“

„Ja, okay. Er hat mir Angst eingejagt.“ Ebenso wie sie auch jetzt Angst hatte. Wohin sollte das alles bloß noch führen? „Deshalb habe ich Devin angerufen.“

„Und nicht mich. Du bist zu Devin ins Büro gegangen und hast Anzeige erstattet.“

„Ja. Natürlich. Weil ich wollte, dass Joe verhaftet wird."

„Sehr löblich. Dann bist du einkaufen gegangen."

„Ich …" Sie verschränkte die Finger und zog sie gleich darauf wieder auseinander. „Ich dachte … ich wusste, dass Cassie sich aufregen würde, wenn sie von der Sache hört … und ich wollte … ich hab mir gedacht, ein gutes Essen würde dazu beitragen, dass wir uns beide besser fühlen."

„Und in der ganzen Zeit ist es dir nicht ein einziges Mal in den Kopf gekommen, mir vielleicht auch Bescheid zu sagen?"

„Ich war …" Sie unterbrach sich. „Also gut, ja. Meine erste Reaktion heute Morgen war, dich anzurufen, nachdem Joe endlich aus dem Laden war. Aber ich habe es gleich wieder verdrängt."

„Verdrängt?"

„Ja. Weil ich überzeugt davon war, dass die Sache mein Problem ist und dass ich versuchen musste, es ganz allein zu lösen."

Ihre aufrichtigen Worte versetzten ihm einen schmerzhaften Stich. „Und nachdem er dich dann überfallen hatte, dir wehgetan hat und dich um ein Haar …" Er konnte das Wort nicht aussprechen. Schon allein der Versuch vermittelte ihm das Gefühl, als würde er in einzelne Teile auseinander fallen, die zusammenzusetzen ihm nie mehr gelingen würde. „Auch dann bist du noch immer nicht auf die

Idee gekommen, mich anzurufen. Ich musste es erst von Shane erfahren, der zufälligerweise bei Devin war, als der Anruf kam."

Langsam wurde ihr klar, womit sie ihn verletzt hatte. Das hatte sie nicht gewollt. „Rafe, ich habe einfach nicht nachgedacht." Sie machte einen Schritt auf ihn zu und blieb dann doch wieder stehen. Wahrscheinlich war es nicht ratsam, näher an ihn heranzugehen. „Ich war wie vor den Kopf geschlagen, verstehst du das denn nicht? Erst in Devins Büro konnte ich wieder einigermaßen klar denken. Alles ist so schnell gegangen", fügte sie in beschwörendem Ton hinzu. „Und es gab immer wieder Momente, in denen mir die ganze Geschichte vollkommen unwirklich vorkam."

„Du bist damit klargekommen."

„Was blieb mir denn anderes übrig? Hätte ich mich vielleicht gehen lassen sollen?"

„Du hast mich nicht gebraucht." Nun war sein Blick gleichmütig, und nicht länger brennend. Das Feuer war aus. „Und du brauchst mich auch jetzt nicht."

Eine nie gekannte Panik überfiel sie. „Das ist nicht wahr."

„Oh, ja – unser Sex ist großartig." Er lächelte kühl und humorlos. „Das ist etwas, das wir bestens miteinander teilen können. Mein Problem, dass ich die Ebenen miteinander verwechselt habe. Es wird nicht noch einmal passieren."

„Es geht doch nicht nur um Sex.“

„Sicher tut es das.“ Er zog einen Nagel aus seinem Werkzeuggürtel und hielt ihn an die Stelle, an der er ihn einschlagen wollte. „Sex ist das, was uns verbindet. Und das ist ja immerhin eine ganze Menge.“ Mit einem Krachen sauste der Hammer auf den Nagelkopf nieder. „Also, wenn du das nächste Mal wieder Lust hast, weißt du ja, wo du mich finden kannst.“

Sie wurde blass. „Das klingt schrecklich, so wie du es sagst.“

„Deine Regeln, Darling. Warum soll man eine einfache Sache kompliziert machen, stimmt's?“

„Ich will nicht, dass es so zwischen uns läuft, Rafe.“

„Aber ich will es. Und es war von Anfang an in deinem Sinne.“ Er rammte den nächsten Nagel in die Wand. Er würde ihr nicht noch einmal die Gelegenheit geben, ihn zu verletzen.

Sie öffnete den Mund, um ihm zu sagen, dass sie jetzt gehen würde, doch sie konnte es nicht. Tränen brannten in ihren Augen, und sie hatte Mühe, das Schluchzen, das ihr in der Kehle hochstieg, zu unterdrücken. Konnte es sein, dass sie sich in ihn verliebt hatte?

„Ist das alles, was du für mich empfindest?“

„Ich habe einfach nur versucht zu sagen, wie ich die Sache sehe.“

Weil sie keine Lust hatte, sich lächerlich zu machen,

schluckte sie ihre Tränen hinunter. „Und das alles nur deshalb, weil du dich über mich geärgert hast."

„Sagen wir lieber, diese Angelegenheit hat dazu beigetragen, dass ich wieder einen klaren Blick bekommen habe. Du willst dich in deinem Leben mit nichts belasten, stimmt's?"

„Nein, ich ..."

„Teufel noch mal – ich doch auch nicht. Nenn es von mir aus verletzte Eitelkeit, aber es hat mir eben einfach nicht gepasst, dass du direkt zu meinem Bruder gerannt bist, anstatt zuerst mal zu mir zu kommen. Vergiss es, und lass uns jetzt einfach so weitermachen, als sei nichts geschehen."

Merkwürdig, die tödliche Wut, die er vorher ausgestrahlt hatte, hatte ihr viel mehr zugesagt als das offenkundige Desinteresse, das er jetzt an den Tag legte. „Ich bin mir nicht sicher, dass das möglich ist. Im Moment bin ich nicht in der Lage, dir eine Antwort zu geben."

„Dann überleg's dir in Ruhe, Regan. Ich bin sicher, dass du zu einem zufrieden stellenden Schluss gelangen wirst."

„Würdest du vielleicht lieber ..." Sie presste eine Hand auf den Mund und wartete, bis sie sich sicher sein konnte, dass ihre Stimme auch wirklich trug. „Wenn du dich lieber nach einer neuen Geschäftsverbindung umsehen möchtest, kann ich dir die Adressen von anderen Antiquitätenhändlern hier in der Gegend geben."

„Nicht nötig.“ Als er sich nach ihr umdrehte, sah er, dass ihre Augen trocken waren, ihr Gesichtsausdruck war beherrscht. „In einer Woche bin ich hier mit diesem Raum so weit, dass du mir die Möbel liefern kannst.“

„Okay. Dann werde ich die notwendigen Vorbereitungen treffen.“ Blind griff sie nach der Türklinke, ging schnell hinaus und rannte die Treppe hinunter.

Als er unten die Haustür ins Schloss fallen hörte, setzte sich Rafe auf den Boden. In der Luft lag ein leises Wimmern, während er sich mit der Hand übers Gesicht fuhr.

„Ich weiß genau, wie du dich fühlst“, murmelte er vor sich hin.

Es war das erste Mal in seinem Leben, dass eine Frau ihm das Herz gebrochen hatte, und der einzige Trost, den er für sich selbst bereithielt, war der, dass es auch das letzte Mal sein würde.

Der vorausgesagte Eisregen war eingetroffen und verwandelte die Straßen in spiegelblanke Eisflächen. Seit Tagen ging das nun schon so.

Rafe kümmerte das verdammt wenig. Das lausige Wetter gab ihm wenigstens einen Grund, sich nicht aus dem Haus zu rühren und zwanzig von den vierundzwanzig Stunden des Tages zu arbeiten. Mit jedem Nagel, den er einschlug, und mit jeder Wand, die er mit Sandpapier abschliff, wurde das Haus mehr zu seinem Eigentum.

In den Nächten, in denen es ihm selbst dann, wenn er bis an den Rand der Erschöpfung gearbeitet hatte, nicht gelang einzuschlafen, wanderte er ziellos im Haus umher, die flüsternden, wimmernden Gespenster an seiner Seite.

Um an Regan zu denken, fehlte ihm die Zeit. Das versuchte er sich zumindest einzureden. Und wenn es doch einmal vorkam, dass sie sich in seine Gedanken einschlich, brauchte er nur noch ein bisschen härter und ausdauernder zu arbeiten, und schon war der Spuk vorbei.

„Du siehst ziemlich abgekämpft aus, Kumpel." Devin zündete sich eine Zigarette an und sah seinem Bruder bei der Arbeit zu.

„Nimm einen Hammer in die Hand oder mach dich einfach dünn."

„Wirklich wunderschön." Devin überhörte Rafes Bemerkung und fuhr leicht mit der Hand über die Tapete. „Wie heißt denn diese Farbe?"

Rafes Antwort bestand lediglich aus einem unwirschen Brummen, was Devin veranlasste, ihn forschend von der Seite her zu betrachten. „Bist du gekommen, um dein Urteil über meine Tapeten abzugeben?"

Devin stippte seine Asche in einem leeren Kaffeebecher ab. „Quatsch. Ich will mich einfach nur ein bisschen mit dir unterhalten. Joe wurde heute aus dem Krankenhaus ins Gefängnis überführt."

„Und? Was geht mich das an?"

„Er hat Glück gehabt, dass er sein Auge nicht verloren hat", fuhr Devin gelassen fort. „Er muss nur noch eine Weile eine Augenklappe tragen, aber etwas Ernsthaftes bleibt aller Wahrscheinlichkeit nach nicht zurück."

„Sie hätte zwischen seine Beine zielen sollen."

„Ja, wirklich zu schade. Ich habe gedacht, es würde dich interessieren, dass er sich auf den Rat seines Anwalts hin der Körperverletzung für schuldig erklärt hat. Die Anklage wegen versuchter Vergewaltigung wollen sie wohl fallen lassen."

Rafe versuchte, unbeeindruckt zu erscheinen. „Was wird er bekommen?"

„Drei Jahre, schätze ich. Nach einem Jahr werden sie ihn wahrscheinlich auf Bewährung freilassen wollen, aber daran werde ich auf jeden Fall noch versuchen zu drehen."

„Wie nimmt Cassie es auf?"

„Ganz gut, glaube ich. Jared treibt die Scheidung voran. Aufgrund der Umstände wird sicher die übliche Wartefrist von einem Jahr diesmal nicht eingehalten werden müssen, und Joe kann auch keinen Einspruch dagegen einlegen. Je schneller die ganze unerfreuliche Angelegenheit über die Bühne ist, desto früher wird Cassie mit den Kindern zusammen anfangen können, wirklich ihr eigenes Leben zu leben." Gedankenverloren drückte er seine Zigarette in dem Kaffeebecher aus. „Interessiert es dich denn gar nicht, wie Regan mit der ganzen Sache zurechtkommt?"

„Nein."

„Na gut. Ich erzähl's dir trotzdem." Ohne Rafes wütendes Schnauben zu beachten, setzte sich Devin seelenruhig auf einen wackligen, mit Farbe bespritzten Stuhl und schlug die Beine übereinander. „Wenn du mich fragst, sieht sie so aus, als hätte sie in letzter Zeit nicht besonders viel geschlafen."

„Ich frag dich aber nicht."

„Ed hat erzählt, dass sie nicht mal in ihrer Mittagspause zum Essen rüberkommt. Irgendwas muss ihr offensichtlich ziemlich auf den Magen geschlagen sein. Nun ist es durchaus vorstellbar, dass sie das mit Joe aus der Bahn geworfen hat, und doch werde ich den Verdacht nicht los, dass noch etwas anderes dahintersteckt."

„Sie wird's schon wieder auf die Reihe kriegen, sie kann sehr gut auf sich allein aufpassen."

„Sicher kann sie das. Und doch hätte ihr, wenn es Joe gelungen wäre, sie in die Wohnung zu ziehen, noch weitaus mehr passieren können."

„Glaubst du vielleicht, das wüsste ich nicht selbst?" fauchte Rafe.

„Ja, ich denke schon, dass du das weißt. Und ich denke noch etwas: dass das Wissen darum dich fast auffrisst, und das tut mir Leid. Bist du jetzt bereit, mir zuzuhören?"

„Nein."

Da Rafes Verneinung in Devins Ohren jedoch nicht entschieden genug klang, beschloss er zu sagen, was er zu sagen hatte. „Augenzeugen haben ausgesagt, dass sie zuerst dachten, Regan sei betrunken, als sie hereingewankt kam. Wenn Ed sich nicht sofort um sie gekümmert hätte, wäre sie mit Sicherheit in Ohnmacht gefallen."

„Ich will das alles nicht hören."

„Verstehe", murmelte Devin und betrachtete Rafes Hand, die den Hammergriff so fest umklammert hielt, dass die Knöchel weiß hervortraten. „Als ich zu ihr kam, befand sie sich in einem Schockzustand, Rafe, verstehst du? Ihre Pupillen waren riesengroß, und ich habe erst überlegt, ob ich nicht den Notarzt rufen sollte. Aber dann hat sie mit aller Kraft versucht, sich zusammenzureißen, was ihr nach kurzer Zeit auch gelang."

„Sie ist eben knallhart. Auch gegen sich selbst. Erzähl mir doch mal etwas, das ich nicht weiß."

„Okay. Also, ich glaube kaum, dass du in dem Zustand, in dem du dich befunden hast, als du in mein Büro reingeplatzt kamst, wirklich bemerkt hast, was mit ihr los ist. Sie hat sich eben zusammengenommen, weil ihr zu dem Zeitpunkt nichts anderes übrig blieb. Aber du hättest ihren erleichterten Gesichtsausdruck sehen sollen, als sie dich sah."

„Sie braucht mich nicht."

„Das ist doch absoluter Käse. Mag ja sein, dass du leicht beschränkt bist, aber so viel solltest du doch noch wissen."

„Immerhin weiß ich jetzt, dass ich beschränkt genug war, sie an mich heranzulassen, und das zuzulassen, was sie von mir wollte. Damit allerdings hat es jetzt ein Ende, denn beschränkt genug, um mich vollends zum Narren zu machen, bin ich auch wieder nicht." Entschieden rammte er den Hammer in die dafür vorgesehene Schlaufe an seinem Werkzeuggürtel. „Und ich brauche sie ebenso wenig wie sie mich."

Seufzend erhob Devin sich. „Du bist über beide Ohren verliebt in sie."

„Keineswegs. Vielleicht hatte ich eine Zeit lang eine Schwäche für sie, aber darüber bin ich längst hinweg."

Devin hob die Brauen. „Bist du sicher?"

„Ich habe es doch gesagt, oder nicht?"

„Gut." Devin lächelte. „Dann ist ja alles klar. Da ich annahm, du hättest was mit ihr am Laufen, wollte ich dir nicht in die Quere kommen. Aber nachdem du mir versichert hast, dass du nicht interessiert bist, sieht die Sache für mich natürlich anders aus. Mal sehen, ob es mir nicht vielleicht doch gelingt, ihren Appetit anzuregen."

Er hatte den Schlag, der mit voller Wucht gegen seinen Kiefer donnerte, schon erwartet und nahm ihn mit stoischer Gelassenheit sowie in der Gewissheit, einen Punkt gemacht zu haben, hin. Es stand nur zu hoffen, dass sein Kiefer der Begegnung mit Rafes Faust standgehalten hatte.

„Teufel noch mal, du bist ja tatsächlich drüber weg.“

„Vielleicht sollte ich dir gleich noch eins überbraten“, stieß Rafe nun aufgebracht zwischen zusammengepressten Zähnen hervor.

„Das würde ich an deiner Stelle lieber sein lassen. Dieser eine war frei.“ Vorsichtig schob Devin den Unterkiefer vor und zurück. „Eins muss man dir lassen, Rafe, du hast noch immer einen verflucht präzisen Schlag.“

Fast schon amüsiert streckte Rafe seine schmerzenden Finger. „Und du hast einen Kiefer wie ein Felsbrocken, du Dreckskerl.“

„Ich mag dich auch.“ Vergnügt legte Devin einen Arm um die Schultern seines Bruders. „Und? Geht's dir jetzt besser?“

„Nein.“ Er überlegte einen Moment. „Vielleicht.“

„Willst du nicht zu ihr gehen und die Angelegenheit bereinigen?“

„Ich bin noch nie in meinem Leben einer Frau hinterhergerannt“, brummte Rafe.

Aber diesmal, darauf würde ich wetten, wirst du es tun, dachte Devin. Früher oder später. „Was hältst du davon, wenn wir heute Nacht mal wieder so richtig einen draufmachen?“

Rafe grinste. „Keine schlechte Idee." Sie gingen zusammen auf den Flur hinaus und die Treppe nach unten. „Wie wär's, wenn wir uns in Duff's Tavern treffen? Gegen zehn?"

„Gebongt. Mal sehen, ob ich Shane und Jared auch überreden kann."

„Wie in alten Zeiten. Und wenn Duff uns kommen sieht, wird er gleich ..."

Rafe unterbrach sich, weil sein Herz einen Riesensatz machte. Am Fuß der Treppe stand Regan, die Schultern gestrafft, die Augen kühl.

„Deine Möbel sind da." Es kostete sie einige Anstrengung, ihre Stimme unbeteiligt klingen zu lassen. „Du hast mir auf dem Anrufbeantworter hinterlassen, dass ich um drei liefern soll."

„Stimmt." Ihm drehte sich vor Aufregung fast der Magen um. Du lieber Gott, wann hatte ihn jemals eine Frau derartig aus dem Gleichgewicht gebracht? „Kannst die Sachen raufbringen lassen."

„Okay. Hallo, Devin."

„Hallo, Regan. Ich wollte gerade gehen. Bis heute Abend dann, Rafe. Um zehn in Duff's Tavern, wir rechnen fest mit dir."

„Ja." Seine Augen ruhten unablässig auf Regan, während er die Stufen hinabstieg. „Bist du gut durchgekommen, oder war es noch immer glatt?"

„Nein, die Straßen sind wieder frei." Sie wunderte sich, dass er ihr nicht ansah, wie jämmerlich ihr zu Mute war. „Ich habe auch die Federkernmatratze bekommen, die du für das Himmelbett haben wolltest."

„Ich weiß die Mühe, die du dir gemacht hast, wirklich zu schätzen, Regan. Die Möbelpacker können die Sachen reinbringen, und ich werde mich verziehen, bis sie fertig sind, ich muss nämlich noch ..." Nichts, wurde ihm mit erschreckender Deutlichkeit klar. Er musste gar nichts. „Arbeiten", beendete er schließlich seinen Satz. „Ruf mich, wenn ihr so weit seid, ich lege unterdessen schon mal deinen Scheck bereit."

Sie hätte gern noch etwas gesagt, irgendetwas, egal was, aber er hatte sich bereits umgedreht und war davongegangen. Sie straffte die Schultern und ging hinaus, um den Möbelpackern weitere Instruktionen zu erteilen.

Bis schließlich alles so war, wie sie es sich vorgestellt hatte, wurde es fast fünf. Vollkommen vertieft in ihre Arbeit, war Regan die Ruhe, die mittlerweile im Haus eingekehrt war, völlig entgangen. Weil sich das Tageslicht langsam verabschiedete und der Dämmerung Platz machte, drehte sie die Stehlampe und rückte sie näher an den Sessel heran, den sie vor dem Kamin platziert hatte.

Noch knackten darin keine Holzscheite und auch keine roten Flammen züngelten auf, aber sie spürte deutlich, dass der Raum nur darauf wartete, endlich wieder bewohnt zu werden.

Ihr Blick wanderte hinüber zu dem Himmelbett. Sie würde noch ein paar spitzenbesetzte Kissen darauf drapieren. Und in die Kommode neben dem Bett gehörte feines, duftendes Leinen. Vor den Fenstern fehlten noch die Vorhänge aus irischer Spitze, und auf die Frisierkommode käme eine versilberte Bürste. Nur noch ein paar kleine Handgriffe, und das Zimmer würde perfekt sein, wirklich perfekt. Es würde hübsch werden, wunderhübsch.

Sie wünschte sich, sie hätte dieses Brautgemach hier niemals gesehen, ebenso wenig wie das ganze Haus und auch Rafe MacKade.

Er stand schweigend auf der Schwelle und beobachtete sie bei ihrem abschließenden Rundgang durch das Zimmer. Sie schritt so würdevoll und leichtfüßig dahin, als sei sie selbst eins der Gespenster, die dieses Haus bewohnten.

Plötzlich reckte sie energisch das Kinn und drehte sich zu ihm um. Die Sekunden zerrannen.

„Ich bin eben erst fertig geworden“, brachte sie mühsam heraus.

„Wie man sieht.“ Er blieb stehen, wo er stand, und riss seinen Blick von ihr los, um ihn durch den Raum schweifen zu lassen. „Wirklich umwerfend.“

„Das eine oder andere fehlt zwar noch, aber langsam bekommt man doch einen Eindruck, wie es am Ende aussehen wird.“ Sein Gleichmut begann an ihren Nerven zu zerren. „Ich habe gesehen, dass du in dem anderen Schlafzimmer auch schon große Fortschritte gemacht hast.“

„Ja. Es geht voran.“

„Du arbeitest schnell.“

„Ja. Das hat man mir schon immer nachgesagt.“ Er zog einen Scheck aus seiner Brusttasche hervor und hielt ihn ihr hin. „Hier. Der Scheck.“

„Danke.“ Sie nahm ihn, öffnete ihre Handtasche, die sie auf dem Tisch abgestellt hatte, und schob ihn hinein. „So. Dann werde ich jetzt mal gehen.“ Sie warf sich den Riemen ihrer Tasche über die Schulter, drehte sich brüsk um und rannte direkt in ihn hinein. „Oh, Entschuldigung.“ Als sie Anstalten machte, um ihn herum zu gehen, verstellte er ihr den Weg. Ihr Herz schlug plötzlich wie ein Schmiedehammer. „Lass mich durch.“

Ungerührt blieb er stehen und musterte sie von Kopf bis Fuß. „Du siehst nicht besonders gut aus.“

„Vielen Dank.“

„Du hast Ringe unter den Augen.“

So viel zu meiner Schminktechnik, dachte sie mit bitterer Ironie. „Es war ein langer Tag, und ich bin müde.“

„Wie kommt’s, dass du überhaupt nicht mehr zu Ed zum Essen gehst?“

Sie fragte sich, wie sie jemals auf den Gedanken hatte verfallen können, dass es angenehm sei, in einer Kleinstadt zu leben. „Selbst wenn du zusammen mit dem Nachrichtendienst von Antietam da anderer Meinung sein solltest: Was ich in meiner Mittagspause mache, ist noch immer ganz allein meine Angelegenheit. Lass dir das gesagt sein."

„Dolin ist im Gefängnis. Er kann dir nicht mehr zu nahe kommen."

„Ich habe keine Angst vor Joe Dolin, das kannst du mir glauben." Stolz auf ihre gespielte Tapferkeit warf sie den Kopf zurück. „Ich trage mich mit dem Gedanken, mir eine Waffe zuzulegen."

„Das solltest du dir vielleicht noch mal überlegen."

In Wirklichkeit hatte sie noch keine Sekunde daran gedacht. „Ah ja, ich verstehe, du bist der Einzige auf der ganzen weiten Welt, der in der Lage ist, sich selbst zu verteidigen und andere gleich mit dazu, stimmt's? Mach Platz, MacKade, ich habe hier nichts mehr verloren."

Als er sie am linken Arm packte, verpasste sie ihm ohne nachzudenken mit der Rechten eine schallende Ohrfeige. Entsetzt über sich selbst, wich sie gleich darauf einen Schritt zurück.

„So weit musste es also kommen." Fassungslos und den Tränen nahe riss sie sich ihre Handtasche von der Schulter. „Ich kann es nicht glauben, dass du mich dazu gebracht hast, so etwas zu tun. Noch nie in meinem Leben habe ich einen Menschen geschlagen."

„Dafür, dass es das erste Mal war, war es schon ganz gut." Während er sie nicht aus den Augen ließ, fuhr er sich mit der Zunge über die Innenseite seiner Wange, die wie Feuer brannte. „Du solltest es das nächste Mal mit einem Schwung aus der Schulter heraus versuchen. Im Handgelenk hat man nicht genug Kraft."

„Es wird kein nächstes Mal geben. Im Gegensatz zu dir halte ich nichts von roher Gewalt." Sie holte tief Luft, um sich zu beruhigen. „Entschuldige bitte."

„Solltest du versuchen, zur Tür zu gehen, muss ich mich dir leider wieder in den Weg stellen, und der ganze Zirkus fängt von vorn an."

„Also gut." Sie ließ ihre Tasche auf dem Boden, wo sie sie hingeschleudert hatte, liegen. „Offensichtlich hast du mir noch etwas zu sagen."

„Hör auf, so trotzig das Kinn zu heben, das macht mich langsam wahnsinnig. Also, da ich ein zivilisierter Mensch bin, erkundige ich mich jetzt ganz höflich nach deinem werten Befinden. Zivilisiert ist das, was du bist, denk dran."

„Mir geht es gut", schleuderte sie ihm wütend entgegen. „Und wie geht es dir?"

„Gut genug jedenfalls. Möchtest du ein Bier? Oder lieber einen Kaffee?"

„Nein, vielen Dank.“ Wer zum Teufel war dieser Mann? Wie kam er bloß auf die Idee, in aller Seelenruhe eine vollkommen sinnlose Unterhaltung führen zu wollen, während in ihrem Inneren ein Hurrikan tobte? „Ich will weder Bier noch Kaffee.“

„Was willst du dann, Regan?“

Jetzt erkannte sie ihn wieder. Dieser scharfe, ungeduldige Ton, den er nun anschlug, brachte ihr den alten Rafe MacKade zurück. Nach dem sie sich sehnte. „Ich will, dass du mich gehen lässt.“

Ohne ein Wort machte er einen Schritt zur Seite und gab den Weg frei.

Sie bückte sich und hob ihre Handtasche auf. Gleich darauf stellte sie sie wieder ab. „Das kann ja wohl nicht dein Ernst sein.“ Zum Teufel mit ihrem Stolz und ihrem Gefühl. Was scherte sie das alles? Schlimmer verletzt, als sie es ohnehin schon war, konnte sie schließlich nicht mehr werden.

„Du hättest es sowieso nicht bis zur Tür geschafft“, erklärte er ruhig. „Wahrscheinlich war dir das sowieso schon klar, Regan.“

„Mir ist gar nichts klar, bis auf das, dass ich einfach keine Lust mehr habe zu kämpfen.“

„Ich kämpfe doch gar nicht. Ich warte.“

Sie nickte. Ja, sie hatte verstanden. Wenn das alles war, was er bereit war, ihr zu geben, würde sie es eben akzeptieren. Sie würde es sich genug sein lassen. Sie schlüpfte aus ihren Schuhen und knöpfte den Blazer auf.

„Was machst du denn da?“

„Das ist die Antwort auf dein Ultimatum von letzter Woche.“ Sie warf den Blazer über den Stuhl und öffnete ihre Bluse. „Erinnerst du dich? Nimm’s oder lass es bleiben, hast du gesagt. Nun gut, ich nehme es.“

11. KAPITEL

Das war eine Wendung, die er nicht erwartet hatte. Als Rafe die Sprache wiedergefunden hatte, trug sie nichts mehr am Leib als zwei winzige Teile aus schwarzer Seide. Sein Gehirn war vollkommen blutleer, er konnte einfach keinen klaren Gedanken fassen.

„Einfach so?"

„Es war immer nur einfach so, oder etwa nicht, Rafe? Chemie, schlicht und ergreifend." Die Augen fest auf ihn gerichtet, ging sie auf ihn zu. „Nimm's oder lass es bleiben, MacKade." Sie trat ganz nah an ihn heran, hob beide Hände und riss mit einem einzigen Ruck sein Hemd auf, so dass die Knöpfe nach allen Seiten wegspritzten. „Weil ich mir sonst nämlich dich nehmen muss."

Ihre Lippen brannten wie Feuer auf den seinen und sandten Blitze durch seinen Körper, die ihn zu versengen drohten. Erschüttert bis in seine Grundfesten, umfasste er ihre Hüften, während sich seine Finger ihren Weg durch die Seide hindurch zu ihrer nackten Haut suchten.

„Fass mich an." Sie grub die Zähne in das feste Fleisch seiner Schulter. „Ich will deine Hände auf mir spüren", verlangte sie mit heiserer Stimme, während sie, bebend vor verzweifelter Begierde, an seinen Jeans zerrte.

„Warte." Die Bombe, die in ihm tickte und zur Explosion drängte, übertönte alles, was jenseits dieses pulsierenden, überwältigenden Verlangens lag. Sein verwundetes Herz war eine klägliche Waffe, und das war der Grund, weshalb er der Speerspitze seines Begehrens hilflos ausgeliefert war. Und ihr.

Mit fliegenden Fingern riss er sich die Kleider vom Leib und nahm, sobald er nackt war, Regan in die Arme und hob sie hoch.

Noch bevor sie aufs Bett sanken, war er tief in sie eingedrungen.

Es war schneller, hemmungsloser, ungezügelter Sex. Blinde Gier. Ungezähmtes Verlangen. Sie waren nichts als Körper, nacktes, heißes Fleisch, das in einem wilden, ungestümen Rhythmus gegeneinander klatschte, zwei Lungen, die keuchend nach Atem rangen, zwei Herzen, die mit rasender Geschwindigkeit den Takt zu den Bewegungen ihrer Leiber schlugen, Zähne und Fingernägel und zwei Zungen, die voneinander nicht genug bekommen konnten.

Es war eine Schlacht, nach der sie beide gelechzt hatten. Heiß und hart und rasant, eine Schlacht, die alle Gedanken erstickte und jede einzelne ihrer zig Milliarden Nervenenden in Aufruhr versetzte. Beide wollten sie mehr – in anderer Hinsicht –, und doch gab sich jeder mit weniger zufrieden. Sie sehnten sich nach der Seele des anderen und bekamen nur den Körper. Aber das genügte jetzt für den Augenblick, in dem sie nichts anderes waren als das.

Sie saß rittlings mit gespreizten Beinen auf ihm, wand sich unter seinen streichelnden, erfahrenen Fingern und wartete in atemloser Spannung darauf, dass er sie wieder, wie die Male vorher schon, genau an den Schnittpunkt brachte, an dem Lust und Schmerz aufeinander trafen und dadurch die Lust in ungeahnte Höhen emportrieben. Dort würde sie wieder ganz lebendig werden, so lebendig, wie sie es gewesen war, bevor er sich von ihr abgewandt hatte.

Und sie spürte, dass er seinen Begierden ebenso hilflos ausgeliefert war wie sie selbst, unfähig zu widerstehen, getrieben von einem erbärmlichen Verlangen, das um jeden Preis der Welt gestillt werden musste. Sie konnte es fühlen, wie es wie ein Hurrikan durch seinen Körper hindurchraste und alles mit sich fortriss.

Während ihr Herz jedoch nach Liebe schrie, schrie ihr bebender, von Lustschauern geschüttelter Körper nach Erlösung.

Es gab in diesem Augenblick keinen Raum für Stolz, keine Zeit für Zärtlichkeit.

Als der Moment endlich gekommen war und sie mit einem gellenden Lustschrei über ihm zusammensank, erschien es ihr, als hätte sich ihr Körper in Luft aufgelöst, so befreit fühlte sie sich.

Er jedoch rollte sie schonungslos, ohne ihr eine Atempause zu gönnen, auf den Rücken, warf sich über sie und begann den rasenden Ritt, der auch ihm endlich die lang ersehnte Erfüllung bringen sollte.

Keuchend und ohne zu denken, wühlte er sich tief, ganz tief in sie hinein, um ihr auf diese Weise – die einzige Weise, die sie, wie er glaubte, akzeptierte – ganz nah zu sein. Halb besinnungslos vor Raserei warf er den Kopf zurück und schüttelte sich eine Haarsträhne aus den Augen. Es steigerte seine Lust ins Unermessliche, sie zu beobachten, wenn die heißen Schauer, die über ihren Körper hinwegpeitschten, ihre Augen riesig werden ließen, wenn ihr feine Schweißperlen auf die Stirn traten und ihre Lippen vor Lust bebten.

Plötzlich überschwemmte ihn ein Gefühl irrsinniger Liebe zu ihr.

„Schau mich an", verlangte er rau. „Du sollst mich anschauen."

Ihre Augen öffneten sich, doch sie waren blind vor Hingabe und Leidenschaft. Er fühlte, wie sich ihr Körper unter ihm spannte, und gleich darauf bäumte sie sich auf wie ein wildes Pferd. Er sah, wie sich ihre Augen weiteten, und entdeckte das Feuer darin, als sie einen Moment später mit einem Schrei auf den Lippen wieder zurückfiel.

Auch wenn er es gewollt hätte, es stand nicht in seiner Macht, ihr nicht zu folgen in den Abgrund, in den sie getaumelt war. Nur Sekundenbruchteile nach ihr erreichte er den Rand und stürzte ihr nach.

Der fast bis zur Besinnungslosigkeit gehenden Erregung folgte die totale Leere. Bisher war ihm noch niemals so deutlich klar geworden, wie sehr Körper und Seele zusammengehörten. Nun aber, als er völlig ausgepumpt neben Regan auf der Matratze lag und an die Decke starrte, erkannte er, dass es ihm niemals möglich sein würde, beides zu trennen.

Nicht mit ihr. Und er begehrte nur sie allein.

Sie hatte ihm etwas gegeben, worum er seit Jahren kämpfte: Selbstachtung. Wie eigenartig, dass er das nicht schon früher bemerkt hatte. Und seltsam, dass es ihm jetzt, genau in diesem Moment, auffiel. Er war sich nicht sicher, ob er sich diese erschütternde Tatsache jemals vergeben könnte. Und ihr.

Sie lag da und wünschte sich verzweifelt, dass er sie endlich in die Arme nehmen würde, so wie er es die anderen Male nach ihrem Liebesspiel getan hatte. Es machte sie unsagbar traurig, so ohne jede Berührung neben ihm zu liegen.

Sie wagte es nicht, näher an ihn heranzurücken, sie durfte es nicht, schließlich hatte sie sich ja bereit erklärt, auf seine Bedingungen einzugehen. Seine Bedingungen, dachte sie bitter und schloss die Augen. Der schlimme Rafe MacKade ist zurückgekehrt.

„Nun, immerhin haben wir es geschafft, zur Abwechslung mal in einem Bett miteinander zu schlafen", sagte sie schließlich leichthin. Ihre Stimme klang ruhig. Sie setzte sich auf und drehte ihm dabei den Rücken zu, weil sie überzeugt davon war, dass ihr Gesicht die tiefe Enttäuschung, die sie verspürte, preisgeben würde. „Bei uns gibt es doch immer wieder ein erstes Mal, stimmt's, MacKade?"

„Ja." Wie gern hätte er diesen Rücken gestreichelt, aber er war so steif und gerade, dass er es nicht wagte. „Das nächste Mal sollten wir es mit Laken versuchen."

„Ja, warum nicht?" Ihre Hände zitterten, als sie aus dem Bett stieg und sich nach ihrer Unterwäsche bückte. „Ein paar Kissen könnten auch nicht schaden", erwiderte sie mit gespielter Munterkeit.

Er sah sie scharf an, und seine Augen verengten sich, während er ihr zusah, wie sie ihren BH anzog. Schmerz und Wut vermischten sich. Er erhob sich ebenfalls, schnappte sich seine Jeans und fuhr hinein. „Ich mag keine Vorspiegelungen falscher Tatsachen."

„Oh ja, richtig." Sie hob ihre Bluse auf und streifte sie sich über. „Alles muss klar und durchsichtig sein für dich. Keine Spielchen, keine Mätzchen."

„Was zum Teufel ist los mit dir? Hast du nicht bekommen, was du wolltest?"

„Du hast doch nicht den leisesten Schimmer, was ich wirklich will." Sie hatte Angst, dass sie gleich anfangen würde zu weinen. Rasch schlüpfte sie in ihre Slacks. „Und ich offensichtlich auch nicht."

„Du warst doch die, die sich die Kleider vom Leib gerissen hat und der alles gar nicht schnell genug gehen konnte, Darling." Seine Stimme klang viel zu glatt.

„Und du warst doch der, der sich, nachdem alles vorüber war, gar nicht schnell genug von mir runterrollen konnte." Hastig schlüpfte sie in ihre Schuhe.

Sie durfte ihn nur nicht ansehen, dann würde sie vielleicht noch eine Chance haben, ohne Tränen zu entkommen. Eine winzige zumindest. Aber da war er schon mit ein paar Schritten neben ihr, packte ihre Handgelenke und umklammerte sie wie mit einem Schraubstock, während seine Augen die ihren mit Blicken durchbohrten.

„Sag das nicht noch mal", stieß er drohend zwischen zusammengepressten Zähnen hervor. „Freiwillig hätte ich dich niemals in dieser Weise behandelt. Es wäre mir nicht mal im Traum eingefallen."

„Du hast Recht." Merkwürdigerweise war es sein Wutausbruch, der ihr ihre Ruhe zurückgab. Der sie davon abhielt, sich selbst zum Narren zu machen. „Tut mir Leid, Rafe, was ich gesagt habe, war unfair, und es stimmt auch nicht", sagte sie kühl und beherrscht.

Ganz langsam ließ er sie los und ließ die Hände sinken. „Vielleicht war ich ja zu schnell, weil du mich so überrumpelt hast."

„Nein. Du warst nicht zu schnell.“ Ja, jetzt fühlte sie sich wirklich sehr ruhig. Ruhig und beherrscht und sehr, sehr zerbrechlich. Zerbrechlich wie hauchdünnes Glas. Sie bückte sich, hob ihren Blazer auf und zog ihn an. Sollte Rafe sie jetzt noch einmal berühren, würde sie in tausend Stücke zerspringen. „Ich selbst habe schließlich diese heutige Sache inszeniert und deinen Bedingungen zugestimmt.“

„Meine Bedingungen ...“

„Sind klar“, beendete sie seinen Satz. „Und akzeptabel. Vermutlich ist das Problem nur, dass wir beide sehr impulsiv sind und unter bestimmten Umständen eben leicht an die Decke gehen. Vergessen wir doch den Wortwechsel von eben. Er ist albern und durch nichts gerechtfertigt.“

„Musst du so vernünftig sein, Regan?“

„Nein, aber ich bin es eben.“ Obwohl sich ihre Lippen zu einem Lächeln verzogen, erreichte es ihre Augen nicht. „Ich weiß überhaupt nicht, worüber wir eigentlich streiten. Wir haben doch das perfekte Arrangement. Eine ganz simple sexuelle Beziehung. Nicht mehr und nicht weniger. Perfekt ist es vor allem deshalb, weil wir ansonsten so gut wie keine gemeinsame Ebene haben. Also, ich entschuldige mich hiermit noch einmal, und ich hoffe, damit ist die Angelegenheit aus der Welt. Ich bin nämlich ein bisschen müde und würde jetzt ganz gern gehen.“ Sie stellte sich auf die Zehenspitzen und küsste ihn flüchtig. „Wenn du morgen Abend nach der Arbeit bei mir vorbeischaust, mache ich alles wieder gut, einverstanden?"

„Ja, vielleicht." Warum zum Teufel stand nicht auf ihrer Stirn geschrieben, was wirklich in ihr vorging? Er hatte doch sonst immer ganz gut ihre Gedanken lesen können, wenn er es nur ausdauernd genug versuchte.

Nachdem sie sich mit kühler Höflichkeit voneinander verabschiedet hatten, ging sie hinaus zu ihrem Wagen, schloss ihn auf, setzte sich hinein und startete. Langsam und konzentriert fuhr sie den Hügel hinab und bog auf die Straße ab, die in die Stadt führte.

Nach einer halben Meile lenkte sie das Auto an den Straßenrand, schaltete den Motor aus, legte die Arme aufs Steuerrad, vergrub das Gesicht darin und begann zu schluchzen.

Es dauerte zwanzig Minuten, ehe sich der Ansturm ihrer Gefühle langsam legte. Sie wischte sich mit dem Handrücken die Tränen aus dem Gesicht und ließ den Kopf gegen die Nackenstütze sinken. Sie war vollkommen durchgefroren, aber sie hatte nicht einmal die Kraft, die Standheizung anzustellen.

Du bist eine Frau, die mit beiden Beinen im Leben steht, sagte sie sich. Und das war nicht nur ihre eigene Meinung, sondern ebenso die ihrer Mitmenschen. Sie war klug, hatte ihr Leben bestens im Griff, war in Maßen erfolgreich und ausgeglichen. Wie um alles in der Welt konnte sie nur in ein solches Chaos geraten?

Rafe MacKade war schuld daran. Natürlich. Von dem Moment an, wo er ihr das erste Mal über den Weg gelaufen war, waren ihre Ruhe, Gelassenheit und Ausgeglichenheit dahin gewesen. Damit hatte alles angefangen.

Sie hätte sich ihm niemals hingeben dürfen. Sie hätte es wissen müssen, dass sie nicht der Typ war, der einfach nur eine Affäre hatte, bei der die Gefühle außen vor blieben.

Wenn sie es recht betrachtete, war ihm das allerdings auch nicht gänzlich gelungen. Auch er hatte sich in seine Gefühle verstrickt. Und es hatte sogar Momente gegeben, in denen er fast schon bereit gewesen war, etwas von sich preiszugeben. Bis sie alles kaputtgemacht hatte. Wenn sie nur ein ganz klein wenig feinfühliger gewesen wäre, wenn sie nicht so erbittert darauf versessen gewesen wäre, sich ihre Unabhängigkeit zu bewahren, wäre vielleicht alles anders gekommen.

Vielleicht hätte er sich sogar in sie verliebt.

Nein, verdammt noch mal, dachte sie und haute wütend mit der Faust aufs Steuerrad. Das war die Art, wie ihre Mutter ihr ganzes Leben lang gedacht hatte. Mach es dem Mann schön, so dass er sich wohl fühlen kann. Streichle sein Ego, dulde seine Launen.

Mitspielen, um zu gewinnen.

Nein, das lehnte sie ab. Sie war entsetzt über sich selbst,

dass sie eine solche Möglichkeit überhaupt in Betracht ziehen konnte. Sie würde nicht ihre eigenen Bedürfnisse unterdrücken und ihre Persönlichkeit deformieren, nur um einen Mann damit zu ködern.

Aber hatte sie nicht genau das getan? Sie schauerte zusammen, aber es war nicht die Kälte, die sie frieren ließ. Hatte sie nicht genau das getan, eben dort oben im Schlafzimmer?

Wie um Trost zu finden, umarmte sie das Steuerrad und legte den Kopf in beide Hände. Sie konnte sich keiner Sache mehr sicher sein. Ihre Welt war ins Wanken geraten. Nur eines gab es, das für sie unverrückbar feststand: Sie liebte ihn. Und nur ihr hartnäckiger Vorsatz, auf keinen Fall zu versuchen, ihn zu ködern, hatte alles zerstört. Er war wie ein scheues Tier, das man anlocken musste, doch ihr war nichts Besseres eingefallen, als es zu vertreiben. Sie hatte sich benommen wie ein Idiot.

Was würde passieren, wenn sie ihre Verhaltensweise änderte? Hatte er dasselbe denn nicht auch in gewisser Weise bereits getan? Er war verletzt gewesen, erinnerte sie sich. Sie hatte ihn verletzt, hatte ihn zur Weißglut gebracht. An dem Tag, an dem die Sache mit Joe Dolin passiert war, hatte er sich immerhin dazu durchgerungen, seine Wut lieber an Nagelköpfen auszulassen als an lebenden Objekten. Sie war der Feigling, sie wagte es nicht, ihm Vertrauen entgegenzubringen, aus Angst davor, es könnte enttäuscht werden. Er hatte niemals versucht, sich in ihr Leben einzumischen oder in ihre Gedanken, er hatte niemals versucht, sie zu ändern. Nein, er hatte ihr Raum gegeben, war zärtlich gewesen und so leidenschaftlich, wie es sich eine Frau nur wünschen konnte.

Und sie hatte sich die ganze Zeit über nur ängstlich zurückgehalten und in einer Haltung verharrt, die nichts weiter war als eine Kurzschlussreaktion auf ihre Kinderstube.

Warum hatte sie dabei nicht ein einziges Mal an ihn gedacht? An seine Gefühle, Bedürfnisse, seine Sehnsüchte, seinen Stolz? War es nicht höchste Zeit, dass sie das Versäumte nachholte? Sie war doch flexibel, oder etwa nicht? Ein Kompromiss war noch lange keine Kapitulation. Es war noch nicht zu spät, um ihm zu zeigen, dass sie willens war, einiges an ihrem Verhalten zu ändern. Sie würde es nicht zulassen, dass es zu spät war …

Die Idee, die ihr plötzlich kam, war so lächerlich einfach, dass sie sich sicher war, auf dem richtigen Weg zu sein. Ohne auch nur noch einen einzigen Gedanken daran zu verschwenden, startete sie entschlossen den Motor und gab Gas. Wenige Minuten später war sie bei Cassie angelangt und rannte mit klopfendem Herzen die Treppe hinauf.

„Regan." Mit Emma, die hinter ihrem Rock hervorlugte, stand Cassie vor ihr in der Tür und strich sich das zerzauste Haar glatt. „Ich wollte gerade … Oh mein Gott, du hast ja geweint.“ Alarmiert starrte sie Regan an. „Joe …“

„Nein, nein, es ist nichts. Ich wollte dich nicht erschrecken, Cassie. Ich brauche deine Hilfe.“

„Was ist denn los?“ Rasch öffnete Cassie die Tür und ließ Regan eintreten. „Stimmt etwas nicht?“

„Ich brauche einen kurzen roten Ledermini, und zwar sofort. Hast du eine Ahnung, wo ich um diese Tageszeit so was auftreiben könnte?“

„Tief einatmen und die Luft anhalten, Herzchen.“

„Okay.“ Regan tat, wie ihr geheißen, während sich Ed mit aller Kraft bemühte, den Reißverschluss des Rockes, der etwa die Größe eines Deckchens hatte, bis oben hin hochzuziehen.

„Das Problem ist, dass du eine Figur hast, während ich nur aus Haut und Knochen bestehe.“ Entschlossen presste Ed die Lippen aufeinander, zerrte und zog und ließ sich schließlich mit einem triumphierenden Seufzer auf Cassies Bett sinken. „Geschafft!“ Sie grinste. „Aber mach bloß keine schnelle Bewegung.“

„Ich glaube nicht, dass ich überhaupt eine Bewegung machen kann.“ Vorsichtig wagte Regan den ersten Schritt. Der Rock, sowieso schon gefährlich kurz, rutschte noch ein paar Zentimeter höher.

„Du könntest mir ruhig ein bisschen was von deiner

Größe abgeben", bemerkte Ed und betrachtete neiderfüllt Regans lange schlanke Beine. Dann grinste sie, zog eine Zigarette aus der Packung und zündete sie an. Ihre Augen funkelten belustigt. „Wenn er nur noch einen Zentimeter höher rutscht, bleibt Devin gar nichts anderes übrig, als dich zu verhaften."

„Ich kann gar nichts sehen." Obwohl sie sich auf die Zehenspitzen stellte und sich fast den Hals verrenkte, gab Cassies Spiegel den Blick von ihrer Taille abwärts nicht preis.

„Ist auch gar nicht nötig, Sweetie. Du hast mein Wort, er wird es tun."

„So, die Kinder sind im Bett." Cassie kam zur Tür herein und blieb wie angewurzelt auf der Schwelle stehen. „Oh, mein …"

„Der Rock ist eine heiße Nummer, stimmt's?" Ed betrachtete noch immer ehrfürchtig Regans Beine. Als sie den Rock das letzte Mal bei einem Tanzabend der Armee getragen hatte, waren den Männern ja schon fast die Augen aus dem Kopf gefallen. Aber wenn sie erst Regan sehen würden …

„Und jetzt probierst du diese Schuhe hier an", kommandierte sie. „Die gehören unbedingt dazu."

Regan schlüpfte hinein und versuchte vorsichtig, auf den zwölf Zentimeter hohen Stilettos auf und ab zu gehen. „Na, das muss ich noch ein bisschen üben." Schnell hielt sie sich an Cassies Schrank fest, weil sie nicht aufgepasst hatte und ins Wanken geraten war.

„Übung macht den Meister." Ed brach in ein heiseres Kichern aus. „So, und jetzt kommt die Kriegsbemalung." Vergnügt öffnete sie den Reißverschluss ihrer überdimensionalen Kosmetiktasche und kippte den Inhalt aufs Bett.

„Ich bin mir nicht sicher, ob ich das durchstehe. Was für eine verrückte Idee", ließ sich Regan nun leicht kläglich vernehmen.

„Jetzt krieg bloß keine kalten Füße." Ed schnaubte empört. „Willst du den Mann oder willst du ihn nicht?"

„Ja, schon, aber ..."

„Gut. Dann musst du auch was dafür tun. Also los, komm schon, setz dich, damit ich dir ein bisschen Farbe ins Gesicht schmieren kann."

Nach dem zweiten Versuch erklärte Regan ihre Bemühungen, sich hinzusetzen, für gescheitert. „Unmöglich, es geht nicht, selbst wenn ich die Luft anhalte. Ich würde mir sämtliche inneren Organe zerquetschen."

„Na auch gut, dann bleibst du eben stehen." Resolut wühlte Ed in ihren Sachen und förderte einen Lippenstift zutage. Hingebungsvoll machte sie sich gleich darauf an die Arbeit.

Als Rafe an der Reihe war, mit der Spitze seines Queues sorgfältig zielte und gleich darauf zustieß, spritzten die

Bälle auseinander und klackten gegen die Bande. Die Nummer fünf rollte ins Loch.

„Glück“, kommentierte Jared trocken und rieb mit lässig trägen Bewegungen seinen Stock mit Kreide ein.

Rafe gab nur ein verächtliches Schnauben von sich. „Sechs von neun hab ich schon, also warte es ab.“ Wieder beugte er sich über den Tisch, zielte und landete den nächsten Treffer.

„Rafe ist eben nicht zu schlagen“, stellte Shane, der mehr an der kleinen Rothaarigen an der Bar interessiert war als an dem Spiel, fest und nahm einen ausgiebigen Schluck von seinem Bier. Er lehnte mit dem Rücken an der Musikbox und starrte fast unablässig zu der jungen Frau hinüber, die allein war und ganz seinem Geschmack entsprach. „Hast du sie hier schon mal gesehen, Dev?“

Devin schaute auf und ließ seinen Blick über die Rothaarige schweifen. „Das ist Holloways Nichte aus Mountain View. Aber ich kann dir nur raten, lass die Finger von ihr. Sie hat einen Freund, der halb so groß ist wie ein Sattelschlepper. Der bricht dir alle Rippen, wenn du ihm in die Quere kommst.“

Shane beschloss, dass ihm der Sinn nach einer kleinen Herausforderung stand, und schlenderte hinüber zur Bar. Lässig schwang er sich auf den freien Barhocker neben dem Mädchen und ließ seinen Charme sprühen.

Devin lächelte resigniert. Wenn ihr Freund hereinkam,

würde es bösen Ärger geben, woraufhin ihm wahrscheinlich nichts übrig bleiben würde, als seinen Schlagstock zum Einsatz zu bringen, und damit hatte dann der gemütliche Abend ein Ende.

„Mein Spiel." Rafe hielt die Hand auf, um die zehn Dollar, die Jared ihm schuldete, zu kassieren. „Du bist dran, Dev."

„Ich brauche ein Bier."

„Jared bezahlt." Rafe grinste über die Schulter. „Okay, Bruderherz?"

„Ich habe doch schon die letzte Runde auf meine Kappe genommen."

„Du hast verloren."

„Der großzügige Sieger bezahlt", entschied Jared kurz entschlossen, hielt drei Finger hoch, um dem Barkeeper seine Bestellung zu signalisieren, deutete dabei auf Rafe und rief: „Auf seinen Deckel."

„He, und was ist mit mir?" machte sich Shane, dem trotz seiner anderweitigen Interessen nichts entging, von der Bar aus bemerkbar.

Jared blickte hinüber. Die Rothaarige hielt seinen Arm umklammert wie wilder Wein. „Du fährst, Kleiner."

„Wir losen."

Entgegenkommend fischte Jared eine Münze aus seiner Tasche. „Kopf oder Zahl?"

„Kopf."

Jared schnippte das Geldstück in die Luft und fing es geschickt wieder auf. „Zahl. Du fährst."

Mit einem gleichgültigen Schulterzucken wandte sich Shane wieder der Rothaarigen zu.

„Muss er eigentlich alles anmachen, was einen Rock trägt?" brummte Rafe, während sich Devin mit den Bällen abrackerte.

„Exakt. Er muss. Weil nämlich jemand deine Rolle übernehmen musste, nachdem du weggegangen bist, Bruderherz." Devin trat einen Schritt zurück und wechselte dann den Queue. „Und solange du dieses Verhalten unterstützt ..."

„Wer sagt denn, dass ich es unterstütze?" Rafe unterzog die Rothaarige einer ausgiebigen Musterung, aber er verspürte beim Anblick ihrer hübschen Rundungen nicht mehr als ein ganz leichtes Ziehen, das Anerkennung signalisierte. Und sofort fiel ihm Regan ein, und der Gedanke an sie versetzte ihm einen schmerzhaften Stich.

Jared klopfte auf der Musikbox mit den Fingern den Takt zur Musik, während er seinen kleinen Bruder beobachtete, der offensichtlich bei der Rothaarigen bereits gute Fortschritte erzielt hatte. Das allein wäre schon Grund genug, sich und ihm wieder mal eine kleine Rauferei zu gönnen.

Rafe grinste ihm verständnisinnig zu, als hätte er seine Gedanken gelesen, und auch Devin, der über den Billardtisch gebeugt stand, richtete sich wie auf ein Stichwort hin auf und blickte hinüber zu Shane. Mit brüderlicher Zuneigung studierte er, wie Shane alle Register seiner Verführungskünste zog, und seufzte.

„Der Junge tut wahrlich sein Bestes, um heute noch eine tüchtige Abreibung zu bekommen. Wenn er noch länger mit dem Mädel herumspielt, bleibt uns wohl nichts anderes übrig, als ihn zur Ordnung zu rufen."

„Ganz meine Meinung", stimmte Jared grinsend zu. „Aber wir sollten versuchen, dabei so human wie möglich vorzugehen."

Der Barkeeper, dem aufgefallen war, wie die drei plötzlich die Köpfe zusammengesteckt hatten, hatte gelauscht und legte nun seinen Protest ein. „Nicht hier drin. Komm schon, Devin, lass den Blödsinn, du bist das Gesetz."

„Ich erfülle doch nur meine brüderlichen Pflichten."

„Um was geht's?" Auch Shane war aufmerksam geworden, rutschte von seinem Barhocker herunter und ging wiegenden Schrittes zu dem Grüppchen hinüber. Er brauchte seine drei Brüder nur anzusehen, und schon war bei ihm der Groschen gefallen. „Drei gegen einen?" fragte er, und die Kampflust leuchtete ihm aus den Augen. „Soll mir recht sein. Ihr werdet schon sehen, was ihr davon habt."

Damit ging er in Stellung. In diesem Moment öffnete sich die Tür, und ihm blieb vor Überraschung der Mund offen stehen, was Rafe zu seinem Vorteil nutzte und ihm einen donnernden Kinnhaken verpasste. Shane schwankte nur kurz und konnte seinen Blick noch immer nicht von der Tür losreißen.

„Du machst es einem ja wirklich leicht." Rafe lachte laut auf, folgte dann jedoch Shanes Blick und erstarrte.

Die Länge des feuerroten Rocks bewegte sich hart an der Grenze zur Anstößigkeit, und er saß so eng, dass er die Kurven ihres Körpers weit mehr enthüllte als verbarg. Die Schwindel erregend hohen Stilettos in derselben Farbe ließen ihre Beine endlos erscheinen. Rafe wurde es ganz schwummrig, als er seinen Blick an ihnen hinaufwandern ließ.

Das hautenge schwarze Oberteil vermochte nichts, aber auch gar nichts zu einer Beruhigung seiner Sinne beizutragen. Im Gegenteil. Es schmiegte sich an zwei volle, straffe Brüste, die von keinem BH gehalten wurden und einer solchen Stütze auch gar nicht bedurften.

Er brauchte mehr als zehn Sekunden, um sich von dem Anblick loszureißen und den Blick zu heben, um sich ihrem Gesicht zuzuwenden.

Ihre sinnlichen Lippen waren knallrot geschminkt und glänzten feucht. Das kleine Muttermal an der Seite über der Oberlippe wirkte kühn und so sexy, dass er sofort ein ihm nur allzu bekanntes Ziehen in den Lenden verspürte. Das Haar zerzaust, die Augen umflort, mit schweren Lidern, wirkte sie wie eine Frau, die eben nach einer Liebesnacht aus dem Bett gestiegen war und die Absicht hatte, in Kürze wieder dorthin zurückzukehren.

„Heiliger Himmel!“ Es war Shanes fassungsloser Kommentar, der ihn in die Wirklichkeit zurückholte. „Ist das Regan? Teufel noch mal, sieht die heiß aus!“

Rafe hatte nicht die Kraft zu antworten. Als er wie im Traum langsam einen Fuß vor den anderen setzte, um zur Tür zu gehen, drehte sich noch immer alles in seinem Kopf, ganz so, als sei er derjenige gewesen, der den Schlag hatte einstecken müssen.

„Was tust du denn hier?“

Sie bewegte die Schulter, was bewirkte, dass ihr der eine Träger ihres Oberteils verführerisch herabfiel. „Ich hatte plötzlich Lust, ein bisschen Billard zu spielen.“

Plötzlich hatte er einen Kloß im Hals. Er räusperte sich. „Billard?“

„Ja.“ Sie stöckelte, ihn im Schlepptau, zur Bar hinüber und lehnte sich lässig an den Tresen. „Wie wär's, spendierst du mir ein Bier, MacKade?“

12. KAPITEL

Wenn er doch bloß endlich aufhören würde, sie anzustarren! Sie war sowieso schon so nervös, dass sie nicht wusste, wo ihr der Kopf stand.

Weil sie sich einen großartigen Auftritt hatte verschaffen wollen, hatte sie ihren Mantel im Auto gelassen, aber nun war ihr so kalt, dass nur die Angst, sich vollkommen lächerlich zu machen, sie davon abhielt, mit den Zähnen zu klappern. Und ihre Füße in den ungewohnten Stilettos schmerzten höllisch.

Als von Rafe keine Antwort kam, ließ sie ihre Blicke durch den Raum schweifen, wobei sie sich bemühte, angesichts der hungrigen Blicke, die sie fast verschlangen, keine Miene zu verziehen. Schließlich fasste sie sich ein Herz und präsentierte dem Barkeeper ein strahlendes Lächeln.

„Ein Bier, bitte." Mit dem Glas in der Hand drehte sie sich um. Keiner der Anwesenden hatte auch nur mit einem Muskel gezuckt.

Sie hasste Bier.

Noch immer vollkommen fassungslos, starrte Rafe ihr nach, als sie mit schwingenden Hüften zu dem Ständer mit den Queues hinüberstöckelte, die Billardstöcke fachmännisch musterte und schließlich einen herauszog, um ihn prüfend in der Hand zu wiegen.

Erst das Klackern der aneinander stoßenden Kugeln brachte ihn wieder zur Besinnung. Er schrak auf und fand sie wieder neben sich. „Hast du nicht gesagt, du wolltest heute früh ins Bett gehen?"

„Ich habe mich eben anders besonnen." Ihre Stimme klang belegt, ein Umstand, der zwar ausgezeichnet zu ihrem Aufzug passte, allerdings keine Absicht, sondern lediglich ihrem knappen Luftvorrat zuzuschreiben war. Sie ging langsam zum Billardtisch, wobei sie der Versuchung widerstand, ihren Rocksaum nach unten zu zerren. „Hat jemand Lust zu spielen?"

Ein halbes Dutzend Männer scharrte unruhig mit den Füßen, doch keiner sagte etwas. Das Geräusch, das Rafe von sich gab, hatte so viel Ähnlichkeit mit dem wütenden Knurren eines Hundes, der seinen Knochen bewacht, dass die Anwesenden entschieden, es sei im Moment wohl eher angebracht, gerade keine Lust zum Spielen zu haben.

„War bloß ein Witz, kapiert?"

Regan nahm den Queue, den Devin ihr hinhielt, und ließ ihre Fingerspitzen leicht über den Schaft und über die Spitze gleiten. Irgendjemand stöhnte. „Ich war unternehmungslustig, das ist alles."

Sie übergab Jared, der neben ihr stand, ihr Bier, stemmte ihre Füße auf den Boden, so fest es ging, um zumindest ein kleines bisschen Standfestigkeit zu bekommen, und beugte sich, den Queue in der Hand, über den Billardtisch. Das Leder ächzte und spannte sich dabei beängstigend.

Rafes Ellbogen landete in Shanes Magen. „Pass auf, wo du hinglotzt, Kleiner."

„Alles klar, Rafe." Shane steckte ungerührt die Hände in die Hosentaschen und grinste. „Wo soll ich denn hinschauen?"

Auf Anhieb war es ihr gelungen, einen Treffer zu landen. Sie stöckelte um den Tisch herum, um besser an die nächste Kugel, die sie anvisiert hatte, heranzukommen. Devin stand ihr im Weg.

„Sie blockieren den Tisch, Sheriff."

„Oh. Ja, richtig. Entschuldigung."

Als sie sich wieder hinabbeugte, begegneten sich Devins und Jareds Blicke, während sich ein breites Grinsen auf ihren Gesichtern breit machte.

Und wieder gelang es ihr, eine Kugel ins Loch zu stoßen. Ihr Erfolg verführte sie dazu, einen Stoß zu wagen, der auch Ansprüche an die Geschicklichkeit eines geübten Billardspielers gestellt hätte. Mit einem atemberaubenden Hüftschwung stellte sie sich in Positur.

Als die Kugel ihr Ziel verfehlte, verzog Regan enttäuscht die vollen, rot geschminkten Lippen zu einem Schmollmund. „Mist." Sie richtete sich auf und blickte Rafe unter halb herabgelassenen Wimpern mit einem Schlafzimmerblick an. „Du bist dran." Leicht fuhr sie ihm mit der Hand über seine Hemdbrust. „Möchtest du, dass ich deinen Queue einreibe?" fragte sie mit heiserer Stimme.

Der Raum zerbarst fast unter dem Johlen und Pfeifen der Anwesenden. Rafe war kurz vorm Explodieren. „So. Das reicht jetzt."

Er riss ihr den Queue aus der Hand, warf ihn Jared zu, packte sie am Handgelenk und zerrte sie in Richtung Tür.

„Aber wir haben doch noch gar nicht fertig gespielt", protestierte sie, wobei es ihr wegen ihrer hohen Absätze schwer fiel, Schritt mit ihm zu halten.

Er riss seine Lederjacke von der Garderobe und warf sie ihr über. „Los, zieh sie an, bevor ich in Versuchung gerate, einem der Kerle die Faust zwischen die Rippen zu jagen." Damit schob er sie durch die Tür.

„Ich bin selbst mit dem Auto da", begann Regan, als er sie zu seinem Wagen zerrte.

Doch er zeigte keine Reaktion und hielt ihr ungerührt den Schlag seines Wagens auf. „Los, steig ein. Auf der Stelle."

„Ich fahre hinter dir her."

„Einsteigen habe ich gesagt."

Es erwies sich als ein schwieriges Manöver, in den Sportwagen hineinzukommen, aber schließlich schaffte sie es doch, ohne dass der Rock aufplatzte. „Wohin fahren wir?"

„Ich bring dich nach Hause“, erwiderte Rafe knapp und knallte die Beifahrertür zu, ging um das Auto herum und stieg ein. „Und wenn du klug bist, hältst du während der Fahrt den Mund.“

Sie war klug. Als er schließlich vor ihrem Haus anhielt, war kein einziges Wort gefallen. Da sie Mühe hatte, ohne seine Hilfe auszusteigen, reichte er ihr seine Hand.

„Gib her“, raunzte er sie an, als sie vor der Tür standen, entriss ihr den Schlüsselbund und schloss auf.

Verärgert über seine rüde Art, stellte sie sich ihm in den Weg. „Wenn du mit reinkommen willst, dann …“

Es gelang ihr gar nicht erst, ihren Satz zu beenden. Ehe sie sich's versah, fühlte sie sich gegen die Tür gedrückt, und Bruchteile von Sekunden später pressten sich seine heißen Lippen hart auf ihren Mund.

Als er sie schließlich wieder losließ und leicht taumelnd einen Schritt zurücktrat, ging sein Atem schnell. Verdammt wollte er sein, wenn er sich auf diese Art und Weise den Kopf von ihr verdrehen ließ. Er lehnte es ab, sich zum Opfer seiner eigenen Begierden zu machen.

In der Wohnung riss er ihr die Lederjacke von den Schultern und feuerte sie in einen Sessel. „Runter mit den Klamotten“, befahl er wutschnaubend.

Irgendetwas in ihr zersprang. Die Augen gesenkt, griff sie nach ihrem Reißverschluss und öffnete ihn.

„Nein“, protestierte er, „ich habe nicht gemeint, dass

du … Großer Gott …“ Wenn sie jetzt anfangen würde, sich vor ihm auszuziehen, wäre er verloren. Die Verwirrung, die sich in ihren Augen spiegelte, veranlasste ihn, sich in seinem Ton zu mäßigen. „Ich wollte damit sagen, dass es mir lieber wäre, wenn du dich umziehst. Bitte.“

„Ich dachte, du …“

„Ich weiß, was du dachtest.“ Gleich würde er sterben vor Verlangen. „Nein, einfach nur umziehen, damit ich sagen kann, was ich zu sagen habe.“

„Okay.“

Er wusste, dass es ein Fehler war, ihr hinterherzusehen, wie sie aus dem Zimmer stöckelte. Aber schließlich war auch er nur ein Mensch.

Im Schlafzimmer schlüpfte Regan erleichtert aus den Schuhen und bewegte die schmerzenden und geschwollenen Zehen. Dann schälte sie sich aus dem Lederrock. Wie herrlich, endlich wieder frei atmen zu können. Sie wünschte sich, Belustigung über die Situation empfinden zu können, aber alles, was sie verspürte, war brennende Scham. Sie kam sich vor wie der letzte Idiot. Sie hatte sich gedemütigt und ihre Würde verspielt. Für nichts und wieder nichts.

Nein, dachte sie, während sie ihre Hose zumachte. Für ihn. Sie hatte es für ihn getan, aber er hatte es nicht gewürdigt.

Als sie zurückkam, das Gesicht gewaschen, die Haare

zurückgebürstet, den beigen Pullover ordentlich in die schwarze Hose gesteckt, ging er unruhig im Zimmer auf und ab.

„Ich will wissen, was du dir dabei gedacht hast“, verlangte er, ohne sich mit größeren Vorreden aufzuhalten. „Wie kommst du dazu, in einem derart provozierenden Aufzug in Duff's Tavern zu erscheinen?“

„Das war doch deine Idee“, schleuderte sie ihm entgegen, aber er war zu beschäftigt damit, mit den Zähnen zu knirschen und wilde Flüche auszustoßen, um ihren Einwand zur Kenntnis zu nehmen.

„Fünf Minuten länger, und es hätte einen Aufstand gegeben. Und ich wäre derjenige gewesen, der ihn begonnen hätte.“

„Du hast gesagt, dass du …“

Er explodierte. „Es interessiert mich einen feuchten Kehricht, was die Leute hinter meinem Rücken über mich sagen, aber ich will nun mal nicht, dass sie hinter vorgehaltener Hand über dich tuscheln, hast du das ein für alle Mal kapiert?“

„Nun, wirklich …“

„Ja, wirklich. Und sich so ungeniert über den Billardtisch zu lehnen, dass jeder verdammte …“

Ihre Augen verengten sich. „Pass auf, was du sagst, MacKade.“

„Jetzt bin ich dazu gezwungen, meinen Brüdern alles,

was sie gedacht haben, aus ihren verdammten Hirnen wieder rauszuprügeln."

„Das macht dir doch Spaß."

„Das gehört jetzt nicht zur Sache."

„So? Aber das gehört zur Sache." Wutentbrannt griff sie nach ihrer Lieblingsvase und schleuderte sie zu Boden. Mit grimmiger Befriedigung beobachtete sie, wie sie in tausend Scherben zersprang. „Ganz allein für dich habe ich mich gedemütigt, kapiert? Für niemand anders als für dich habe ich mich in diesen lächerlichen Rock gezwängt und meine Füße mit diesen absurden Schuhen malträtiert. Und wahrscheinlich werde ich Wochen brauchen, um dieses verdammte Make-up, das all meine Poren verstopft hat, wieder abzukriegen. Ich habe meine gesamte Würde verspielt, und das einzig und allein nur für dich. Ich hoffe, du bist nun zufrieden."

„Ich ..."

„Halt den Mund!" schrie sie. „Diesmal hältst du den Mund, wenigstens dieses eine Mal. Einmal wollte ich etwas tun, das du dir wünschst. Ich wollte dir eine Freude machen, und alles, was dir dazu einfällt, ist, an mir herumzukritisieren und dir Sorgen zu machen über irgendwelchen Klatsch, der im Grunde genommen keinen von uns beiden interessiert." Mit zornsprühenden, brennenden Augen starrte sie ihn an und suchte nach weiteren Worten. „Ach, geh doch zur Hölle." Erschöpft ließ sie sich in einen Sessel fallen und rieb ihre noch immer schmerzenden nackten Füße.

Er wartete, bis er sicher sein konnte, dass sie sich etwas beruhigt hatte. „Du willst damit sagen, du hast es für mich getan?“

„Nein, ich hab’s gemacht, weil es für mich nichts Schöneres gibt, als auf zwölf Zentimeter hohen Absätzen und halb nackt mitten im Winter in eine Bar einzulaufen und den Männern den Kopf zu verdrehen. Einzig nur dafür lebe ich“, setzte sie höhnisch hinzu.

„Du hast es wirklich für mich getan“, stellte er fest und sah sie noch immer ungläubig an.

Ihre Wut begann zu verrauchen, sie lehnte sich zurück und schloss erschöpft die Augen. „Ich habe es gemacht, weil ich verrückt nach dir bin. So wie du es mir prophezeit hast. Und jetzt geh bitte und lass mich allein. Ich bin hundemüde.“

Schweigend musterte er sie von Kopf bis Fuß, wandte sich dann um, ging hinaus und machte die Tür leise hinter sich zu.

Bewegungslos blieb sie zusammengekauert in ihrem Sessel sitzen und holte tief Luft. Ihr war nicht nach Weinen zu Mute. Selbst wenn sie sich gedemütigt hatte, es würde vorübergehen. Die Wogen würden sich wieder glätten. Nun hatte sie ihm alles gegeben, was sie zu geben hatte, und sie konnte es nicht mehr rückgängig machen.

Was geschehen war, war geschehen. Aber sie würde niemals aufhören ihn zu lieben.

Auch als sie hörte, wie die Tür wieder geöffnet wurde, hielt sie ihre Augen weiterhin geschlossen. „Ich bin wirklich müde, Rafe. Kannst du nicht bis morgen warten, um deine Schadenfreude auszukosten?"

Etwas fiel in ihren Schoß. Regan zuckte zusammen, öffnete die Augen und starrte auf einen Strauß Flieder.

„Es ist kein echter", bemerkte er. „Echter Flieder ist im Februar nicht aufzutreiben. Ich fahre ihn schon seit ein paar Tagen in meinem Kofferraum spazieren."

„Oh, Rafe. Er ist trotzdem sehr hübsch." Langsam strichen ihre Fingerspitzen über die winzigen Blüten aus Stoff, der glänzte wie Seide. „Ein paar Tage", murmelte sie und sah zu ihm auf.

„Ja." Er machte ein finsteres Gesicht, vergrub die Hände in den Hosentaschen und wippte auf den Zehenspitzen leicht hin und her. „Oh, Mann", stöhnte er schließlich, wobei er dachte, es sei wahrscheinlich einfacher, sich eine Schlinge um den Hals zu legen und zuzuziehen, als das zu tun, was zu tun er gerade im Begriff stand. Seine Kehle würde mit Sicherheit nicht weniger brennen.

Er kniete sich vor sie hin.

„Was machst du denn?"

„Sei jetzt einen Moment einfach nur still, ja? Und wehe, du lachst." Ihm war die Sache so peinlich, dass er am liebsten im Boden versunken wäre, aber es half nichts, da musste er durch.

„When I arose and saw the dawn, I sighed for thee."

„Rafe …"

„Unterbrich mich nicht. Jetzt muss ich noch mal von vorn anfangen."

„Aber du musst doch gar nicht …"

„Regan."

Sie holte tief Luft. „Entschuldigung, Rafe. Mach einfach weiter."

Er verlagerte sein Gewicht von einem Knie auf das andere und begann noch einmal von vorn, aber bereits bei der zweiten Zeile blieb er stecken. „Oh, Himmel." Er fuhr sich mit den Fingern durchs Haar und versuchte sich zu konzentrieren. „Ah, jetzt hab ich's wieder." Mit belegter Stimme rezitierte er eine Strophe eines Gedichtes von Shelley.

So erleichtert, als fiele ihm ein zentnergroßer Stein vom Herzen, atmete er schließlich auf. „So, das ist alles. Mehr kann ich nicht. Es hat schon länger als eine Woche gedauert, ehe ich allein das hier intus hatte. Aber wehe, wenn du das jemals weitererzählst."

„Das hätte ich mir niemals träumen lassen." Bewegt legte sie eine Hand auf seine Wange. „Wie süß von dir, wirklich."

„Das Gedicht ähnelt in gewisser Weise dem, was ich für

dich empfinde. Ich habe jeden Tag an dich gedacht, Regan. Aber wenn du jetzt Poesie willst, dann muss ich …“

„Nein.“ Entschlossen schüttelte sie den Kopf, beugte sich vor und barg ihr Gesicht an seiner Brust. „Nein, ich brauche keine Poesie, Rafe.“

„Ich fürchte, mir fehlt die romantische Ader. Alles, was ich anzubieten habe, sind künstliche Blumen und Worte, die nicht mal auf meinem eigenen Mist gewachsen sind.“

Sie war so gerührt, dass sie am liebsten geweint hätte. „Ich mag die Blumen, und das Gedicht ist wunderschön. Aber ich brauche weder das eine noch das andere. Ich will dich nicht verändern, Rafe. Bleib so, wie du bist.“

„Und ich mag dich so, wie du bist, Regan, immer so ordentlich und korrekt, tipptopp. Allerdings muss ich auch zugeben, dass mich dein Aufzug von vorhin nicht gerade kalt gelassen hat.“

„Ich bin sicher, dass ich mir die Sachen von Ed wieder einmal ausborgen kann.“

„Ed?“ Er grinste. „Kein Wunder, dass das Zeug so eng saß wie eine zweite Haut.“ Und plötzlich spürte er die warmen Tropfen, die auf seinen Hals fielen. „Oh, tu das nicht, Baby. Bitte nicht.“

„Ich weine ja gar nicht wirklich. Ich bin nur so gerührt, dass du meinetwegen ein Gedicht von Shelley auswendig gelernt hast.“ Sie presste sich fest an ihn, ehe sie sich wieder in den Sessel zurücklehnte. „Sieht ganz danach aus, als hätten wir die Wette beide gewonnen – oder verloren, ganz wie man's nimmt." Sie wischte sich mit dem Handrücken ihre Tränen ab. „Obwohl du immerhin wenigstens nicht in aller Öffentlichkeit verloren hast."

„Wenn du glaubst, du könntest mich dazu überreden, diese kleine Dichterlesung in Duff's Tavern noch mal zu wiederholen, musst du wirklich verrückt sein. Ich würde da niemals lebendig wieder rauskommen."

Sie holte tief Luft. „Ich mag dich genau so, wie du bist, Rafe. Und ich brauche dich viel mehr, als du denkst. Ich habe dich gebraucht, als Joe zu mir ins Geschäft kam und mir Angst einjagte, aber ich wollte dich das nicht wissen lassen."

Er nahm ihre Hand und küsste sie.

Als er sie an sich zog, machte sie sich frei und lächelte. „Lass mich erst nachsehen, ob ich eine passende Vase für den Strauß finde, sonst wird er noch ganz zerdrückt."

Er tastete auf dem Boden herum und hob ein paar Scherben auf. „Wie wär's mit der hier?"

„Ausgezeichnet", erwiderte sie trocken und nahm ihm die Scherben aus der Hand. „Ich kann es kaum glauben, dass ich sie wirklich zerdeppert habe."

„Ja, es war ein ereignisreicher Abend."

Sie schmunzelte. „Stimmt. Möchtest du vielleicht hier bleiben, um zu sehen, was als Nächstes passiert?"

„Du scheinst wirklich meine Gedanken erraten zu können. Weißt du, Regan, ich glaube, dass wir mehr gemeinsam haben, als man auf den ersten Blick annehmen könnte. Du spielst ausgezeichnet Billard, und ich liebe Antiquitäten." Plötzlich nervös geworden, stand er auf und begann unruhig im Zimmer umherzuwandern. Nach einer Weile blieb er vor einer Kommode stehen, nahm eine Katze aus chinesischem Porzellan in die Hand und stellte sie, nachdem er sie einer ausgiebigen Betrachtung unterzogen hatte, behutsam wieder zurück. „Was hältst du davon, wenn wir heiraten?"

Sie stand mit dem Rücken zu ihm am Tisch und zupfte nachdenklich an einem Fliederzweig herum. „Hm … Das hast du mich, wenn ich mich recht erinnere, vor einiger Zeit schon mal gefragt. Nur um mir dann zu sagen, dass es nicht ginge, weil ich keine Lust habe, mir Baseballspiele anzuschauen."

„Diesmal meine ich es ernst, Regan."

Sie wirbelte herum und stieß mit der Hand gegen die Tischkante. „Wie bitte?"

„Hör zu, wir kennen uns zwar noch nicht sehr lange." Sie blickte ihn an, als ob er den Verstand verloren hätte. Und er war sich sicher, dass sie mit ihrer Vermutung Recht hatte. „Aber zwischen uns gibt es etwas, das ich mir nicht erklären kann. Etwas, das über Sex weit hinausgeht."

„Rafe, ich kann nicht …"

„Vielleicht würdest du mich jetzt mal ausreden lassen." Sein Tonfall klang plötzlich gereizt. „Ich kenne deine Prioritäten und habe mir alles genau überlegt. Aber das Mindeste, was du für mich tun kannst, ist, die Sache auch einmal von meinem Standpunkt aus zu sehen. Es ist nicht einfach nur Sex für mich, und das ist es auch nie gewesen. Ich liebe dich."

Fassungslos starrte sie in diese harten, zornigen Augen und hörte, wie er die köstlichen Worte mit einem wütenden Schnauben von sich gab. Sie fühlte ihr Herz aufgehen wie eine Rosenknospe im Frühling. „Du liebst mich", wiederholte sie.

Früher war es ihm ganz leicht gefallen, diese Worte auszusprechen. Weil er gewusst hatte, dass sie nicht zählten. Das war nun anders. „Ich liebe dich", sagte er noch einmal. „Das ist mir noch nie im Leben passiert."

„Mir auch nicht", murmelte sie.

Das Rauschen seines Blutes dröhnte ihm in den Ohren und verschluckte ihre Erwiderung. „Wenn du mir nur eine Chance geben würdest ..." Er ergriff ihre Handgelenke. „Komm, Regan, nimm das Risiko auf dich. Das Leben ist nun mal gefährlich."

„Ja."

Sein Griff lockerte sich. „Ja, was?"

„Warum haben wir nur immer solche Schwierigkeiten, einander zu verstehen?" wollte sie wissen. „Also, hör genau zu, Rafe, das ist wichtig", befahl sie. „Ja, ich will dich heiraten."

„Einfach so? Und du willst nicht erst noch einmal darüber schlafen?"

„Ja, ganz einfach so. Weil ich dich auch liebe."

Viel später, als sie sich unter dem warmen Federbett aneinander kuschelten, legte sie die Hand auf sein Herz und lächelte ihn an.

„Ich bin unendlich glücklich darüber, dass du wieder hierher zurückgekommen bist, MacKade. Willkommen zu Hause."

Und dann schliefen sie ein.

– ENDE –

Freuen Sie sich schon jetzt auf den zweiten Band der MacKades: Dem Feuer zu nah!

LESEPROBE

Jared wollte ein kühles Bier. Er konnte ihn schon schmecken, den ersten kräftigen Schluck, der den üblen Nachgeschmack fortspülen würde. Den Nachgeschmack eines harten Tages im Gericht, eines idiotischen Richters und einer Mandantin, die ihn langsam, aber sicher um den Verstand brachte.

Dass sie in die Einbruchsserie im Westen von Hagerstown verwickelt und alles andere als ein Unschuldslamm war, störte ihn nicht. Schuldige zu verteidigen war schließlich sein Beruf. Aber er war es leid, sich von seiner Mandantin wie Freiwild behandeln zu lassen.

Die Frau hatte eine ziemlich verquere Ansicht von der Beziehung zwischen Anwalt und Mandant. Wenn sie ihm noch einmal an den Hintern fasste, konnte sie sich einen neuen Verteidiger suchen. Unter anderen Umständen hätte er die ganze Sache vielleicht sogar amüsant gefunden. Aber im Moment hatte er für solche Spielchen zu viel im Kopf und im Terminkalender.

Mit einer gereizten Handbewegung schob er eine Klassik-CD in die Stereoanlage seines Wagens und ließ sich auf der Fahrt nach Hause von Mozart besänftigen.

Nur noch dieser Abstecher, sagte er sich. Ein kurzer Abstecher, dann nach Hause und ein kühles Bier.

Und dieser Abstecher wäre ihm auch erspart geblieben, hätte diese Savannah Morningstar sich die Mühe gemacht, seine Anrufe zu erwidern.

Er ließ die Schultern kreisen, um die Anspannung zu lindern, und trat in einer Kurve aufs Gaspedal, um sich den Reiz einer kleinen Geschwindigkeitsüberschreitung zu gönnen. In hohem Tempo fuhr er die vertraute Landstraße entlang, ohne auf die ersten Anzeichen des nahenden Frühlings zu achten.

Er bremste, um einem Kaninchen auszuweichen, und überholte einen Pick-up, der nach Antietam unterwegs war. Hoffentlich hat Shane das Abendessen fertig, dachte er, bis ihm plötzlich einfiel, dass er heute mit dem Kochen an der Reihe war.

Das Stirnrunzeln passte zu seinem Gesicht, das mit den harten Konturen, der zweimal gebrochenen Nase und dem energischen Kinn äußerst markant wirkte. Hinter der Sonnenbrille, unter den geschwungenen schwarzen Brauen blickten die grünen Augen kühl. Der Mund war vor Verärgerung schmal, aber noch immer sehr attraktiv.

Frauen starrten oft auf seine Lippen und fragten sich, wie ... Wenn Jared lächelte und das Grübchen am Mundwinkel erschien, seufzten sie zumeist und begriffen nicht, warum seine Ehefrau ihn jemals hatte gehen lassen.

Im Gerichtssaal wirkte er höchst beeindruckend. Die breiten Schultern, die schmale Taille, die athletische, langgliedrige Gestalt erschienen durch den Maßanzug ein wenig gezähmt, aber die elegante Fassade verbarg nicht, welche Kraft in seinem Körper steckte.

Das schwarze Haar war wellig genug, um sich über dem Kragen der stets strahlend weißen Hemden auf attraktive Weise zu kräuseln.

Im Gerichtssaal war er nicht Jared MacKade, einer der MacKade-Brüder, die seit dem Tag ihrer Geburt den Süden des Landes unsicher gemacht hatten. Dort war Jared MacKade Anwalt des Rechts.

Er sah zu dem Haus hinauf, das auf dem Hügel am Stadtrand lag. Es hatte früher einmal den Barlows gehört, lange bevor sein Bruder Rafe heimgekehrt war, um es zu kaufen. Jared bemerkte Rafes Wagen am Ende der steilen Zufahrt und zögerte.

Er war versucht, den letzten Termin dieses Arbeitstages zu vergessen und sich mit Rafe das ersehnte Bier zu gönnen. Aber wenn sein Bruder nicht gerade hämmerte, sägte oder einen Teil des Hauses strich, das im Herbst als Hotel eröffnet werden sollte, wartete er darauf, dass seine ihm frisch angetraute Ehefrau nach Hause kam.

Dass ausgerechnet der Schlimmste der schlimmen MacKades ein verheirateter Mann war, erstaunte Jared noch immer. Also fuhr er vorbei und nahm an der Gabelung die Straße nach links, die sich um die Farm der MacKades und das kleine Stück Land, das an sie grenzte, schlängelte.

Soweit er wusste, hatte Savannah Morningstar das Haus am Waldrand erst vor zwei Monaten gekauft. Dort wohnte sie mit ihrem Sohn und lebte, da die Gerüchteküche über sie nur wenig vermeldete, offenbar sehr zurückgezogen.

Jared vermutete, dass die Frau entweder dumm oder unhöflich war. Er hatte die Erfahrung gemacht, dass die meisten Leute den Anruf eines Anwalts meistens sofort erwiderten. Obwohl die Stimme auf ihrem Anrufbeantworter sanft, dunkel und unglaublich erotisch geklungen hatte, freute er sich nicht auf die Begegnung. Im Gegenteil. Er war nur hier, um einem Kollegen einen Gefallen zu tun.

Zwischen den Bäumen tauchte das kleine Haus auf. Eigentlich war es eher eine Blockhütte, obwohl vor mehreren Jahren ein Obergeschoss angebaut worden war. Am Morningstar-Briefkasten bog Jared in den schmalen Weg ein und bremste scharf, um die zahlreichen Schlaglöcher und Querrinnen bewältigen zu können. Beim Näherkommen betrachtete er das Haus.

Aus dicken Baumstämmen errichtet, hatte es ursprünglich einem Arzt aus der Stadt als Wochenendhaus gedient. Aber nicht sehr lange. Städter fanden das Leben auf dem Land oft nur so lange romantisch, wie sie es nicht führen mussten.

Der steile Hang davor war steinig und im Sommer meist von hohem Unkraut überwuchert. Offenbar hatte jemand daran gearbeitet, denn der Boden war umgegraben und die wenigen verbliebenen Steine dienten als gestalterische Elemente inmitten der neu angepflanzten Blumen.

Erst jetzt sah Jared, dass jemand in dem kleinen Naturgarten arbeitete. Er hielt am Ende der Zufahrt, neben dem alten Kleinwagen. Dann nahm er den Aktenkoffer vom Sitz, stieg aus und ging über den frisch gemähten Rasen. Als Savannah Morningstar sich aufrichtete, war er froh, dass er eine dunkle Brille trug.

Sie hatte inmitten der Pflanzen und Gartengeräte gekniet, und als sie aufstand, sah Jared nicht nur, wie groß sie war, sondern auch, auf welch atemberaubende Weise sie das verblichene gelbe T-Shirt und die zerschlissenen Jeans ausfüllte. Ihre Beine waren endlos.

Sie war barfuß, die Hände waren schmutzig. Die Sonne

ließ das schwarze Haar schimmern. Sie trug es zu einem langen, lockeren Zopf geflochten. Auch ihre Augen waren hinter einer Sonnenbrille verborgen. Aber was er von ihrem Gesicht erkennen konnte, war faszinierend. Wenn ein Mann es erst einmal schafft, diesen wahrhaft tollen Körper zu ignorieren, kann er sich ausgiebig dem Gesicht widmen, dachte Jared.

Die leicht gebräunte Gesichtshaut straffte sich über den hohen Wangenknochen. Der Mund war voll, die Nase gerade und anmutig, das Kinn ein wenig spitz.

„Savannah Morningstar?“

„Ja, die bin ich.“

Er erkannte die Stimme wieder. Noch nie hatte er es erlebt, dass eine Stimme so perfekt zu einem Körper passte. „Ich bin Jared MacKade.“

Sie legte den Kopf schief, und ihre Brillengläser glänzten in der Sonne. „Nun ja, Sie sehen aus wie ein Anwalt. Ich habe nichts verbrochen und brauche keinen Anwalt.“

„Ich werbe keine Mandanten an der Haustür. Ich habe Ihnen mehrere Nachrichten auf Band gesprochen.“

„Ich weiß.“ Sie kniete sich wieder hin, um den Rest des dunkelroten Phlox einzupflanzen. „Das Praktische an solchen Geräten ist, dass man nicht mit Leuten reden muss, mit denen man nicht reden will.“ Vorsichtig drückte sie Erde um die zarten Wurzeln fest. „Und mit Ihnen wollte ich nicht reden, Mr. MacKade.“

„Sie sind also gar nicht dumm, sondern einfach nur unhöflich.“

Belustigt hob sie den Kopf. „Stimmt, das bin ich. Aber nun, da Sie schon einmal hier sind, können Sie mir sagen, was Sie von mir wollen.“

„Ein Kollege aus Oklahoma hat mich angerufen, nachdem er Ihre Adresse herausgefunden hatte.“

Das mulmige Gefühl in Savannahs Bauch kam und verschwand sofort wieder. Ohne Hast nahm sie ein weiteres Büschel Phlox und grub mit der Hand ein Loch. „Ich bin seit fast zehn Jahren nicht mehr in Oklahoma gewesen. Und ich kann mich nicht erinnern, dort gegen irgendein Gesetz verstoßen zu haben.“

„Ihr Vater hat meinen Kollegen beauftragt, Sie aufzuspüren.“

„Pa interessiert mich nicht.“ Sie hatte plötzlich keine Lust mehr, Blumen zu pflanzen. Weil sie die unschuldigen Gewächse nicht mit dem Gift infizieren wollte, das sie in sich spürte, erhob sie sich und wischte die Hände an der Jeans ab. „Sagen Sie Ihrem Kollegen, er soll meinem Vater ausrichten, dass ich nicht interessiert sei.“

„Ihr Vater ist tot.“

Jared hatte nicht geplant, es ihr auf diese Weise mitzuteilen. Bisher hatte er weder ihren Vater noch dessen Tod erwähnt, weil er es herzlos fand, solche Nachrichten einem Anrufbeantworter anzuvertrauen. Jared konnte sich gut an den Schmerz erinnern, den der Tod seines Vaters in ihm ausgelöst hatte. Und der seiner Mutter.

Sie schwankte nicht, schrie nicht auf und begann auch nicht zu schluchzen. Savannah stand aufrecht da, während sie den Schock verarbeitete und sich gegen die Trauer wehrte. Einst hatte sie Liebe empfunden. Das Bedürfnis nach Nähe. Jetzt, dachte sie, fühle ich gar nichts mehr. „Wann?“

„Vor sieben Monaten. Sie zu finden dauerte eine Weile. Es tut mir Leid …“

„Wie ist er gestorben?“ unterbrach sie ihn.

„Ein Sturz. Soweit ich weiß, arbeitete er beim Rodeo, stürzte vom Pferd und prallte mit dem Kopf auf. Er blieb nicht lange bewusstlos und weigerte sich, sich röntgen zu lassen. Aber er rief meinen Kollegen an und erteilte ihm einen Auftrag. Eine Woche später brach Ihr Vater zusammen. Eine Embolie.“

Stumm hörte sie zu und sah den Mann, den sie einst geliebt hatte, vor ihrem geistigen Auge … auf dem Rücken eines wild ausschlagenden Mustangs, mit einer Hand nach den Sternen greifend.

Sie sah ihn vor sich, lachend, betrunken. Sie hörte, wie er einer alten Stute Koseworte ins Ohr flüsterte und wie er vor Zorn und Scham rot anlief, als er seine Tochter, sein einziges Kind, verstieß.

Nur tot konnte sie ihn sich nicht vorstellen.

„Nun, jetzt haben Sie es mir erzählt“, sagte sie und ging zum Haus.

„Miss Morningstar.“ Hätte er Trauer in ihrer Stimme gehört, hätte er sie in Ruhe gelassen. Aber ihre Stimme war vollkommen ausdruckslos gewesen.

„Ich habe Durst.“ Sie eilte den Pfad entlang, stieg die Stufen zur Veranda hinauf und ließ die Fliegengittertür hinter sich zufallen.

Jared war wütend. Durstig war er auch. Und er würde das hier hinter sich bringen und sich endlich ein kühles Bier gönnen. Ohne anzuklopfen, betrat er das Haus.

Das kleine Wohnzimmer enthielt bequeme Möbel, alte Sessel, stabile Tische, auf die man die Füße legen konnte. Das Braun der Wände passte zum Pinienholz des Dielenbodens. Farbkleckse setzten auffallende Akzente – Bilder, Kissen, auf den hellen Teppichen verstreute Spielsachen, die ihn daran erinnerten, dass sie ein Kind hatte.

Er folgte ihr in eine Küche mit strahlend weißen Schränken und demselben glänzenden Pinienboden wie im Wohnzimmer. Sie stand an der Spüle und wusch sich die Erde von den Händen. Sie sagte nichts, sondern trocknete sie ab, bevor sie einen Krug mit Limonade aus dem Kühlschrank nahm.

„Ich möchte das hier ebenso schnell hinter mich bringen wie Sie“, sagte Jared.

Savannah atmete tief durch, nahm die Sonnenbrille

ab und warf sie auf die Arbeitsplatte. Es ist nicht seine Schuld, sagte sie sich. Jedenfalls nicht ganz. Im Grunde war niemand schuld.

„Sie sehen erhitzt aus." Sie goss Limonade in ein hohes Glas und reichte es ihm. Dabei warf sie ihm einen kurzen Blick aus schokoladenbraunen Mandelaugen zu und wandte sich ab, um ein zweites Glas herauszunehmen.

„Danke."

„Wollen Sie mir etwa sagen, dass er Schulden hatte, die ich jetzt begleichen muss? Falls ja, so kann ich Ihnen darauf sofort antworten, dass ich gar nicht daran denke." Sie lehnte sich gegen die Arbeitsplatte. „Was ich besitze, habe ich mir selbst erarbeitet, und ich werde es behalten."

„Ihr Vater hat Ihnen siebentausendachthundertfünfundzwanzig Dollar und ein paar Cents hinterlassen."

Jared sah, wie sie das Glas vom Mund nahm, zögerte, es dann wieder an die Lippen hob und langsam, nachdenklich trank. „Woher hatte er siebentausend Dollar?"

„Ich habe keine Ahnung. Aber das Geld liegt auf einem Sparbuch in Tulsa." Jared stellte den Aktenkoffer auf den Tisch und öffnete ihn. „Sie brauchen sich nur auszuweisen und diese Papiere zu unterschreiben, dann wird das Erbe umgehend an Sie überwiesen."

„Ich will es nicht." Der Knall, mit dem sie das Glas abstellte, war die erste Gefühlsregung, die sie sich anmerken ließ. „Ich will sein Geld nicht."

Jared legte die Papiere auf den Tisch. „Es ist Ihr Geld."

„Ich sagte, ich will es nicht."

Er nahm die Brille ab und steckte sie in die Brusttasche. „Wenn ich recht verstehe, standen Sie und Ihr Vater sich nicht sehr nah."

„Sie verstehen überhaupt nichts", entgegnete sie. „Alles, was Sie wissen müssen, ist, dass ich das verdammte Geld nicht will. Also stecken Sie Ihre Unterlagen wieder in Ihren schicken Aktenkoffer und verschwinden Sie."

Jared war Widerspruch gewöhnt und blieb ruhig. „Das Testament Ihres Vaters sieht vor, dass das Geld an Ihr Kind geht, wenn Sie selbst es nicht wollen."

Ihre Augen blitzten. „Lassen Sie meinen Sohn aus dem Spiel."

„Die Vorschriften ..."

„Ihre Vorschriften sind mir egal. Er ist mein Sohn. Und es ist meine Entscheidung. Wir wollen das Geld nicht, wir brauchen es nicht."

„Miss Morningstar, Sie können die Annahme des Erbes verweigern, aber das würde bedeuten, dass die Gerichte damit befasst werden und aus einer eigentlich ganz einfachen Sache ein sehr komplizierter Vorgang wird. Tun Sie sich einen Gefallen, ja? Nehmen Sie das Geld, verbraten Sie es an einem Wochenende in Reno, spenden Sie es für einen wohltätigen Zweck, oder vergraben Sie es in einer Blechdose im Garten."

„Die Sache ist ganz einfach“, erwiderte sie gelassen. „Ich nehme sein Geld nicht an.“ Sie starrte über Jareds Schulter, als die Haustür laut ins Schloss fiel. „Mein Sohn“, sagte sie und warf ihrem Besucher einen warnenden Blick zu. „Kein Wort zu ihm, ist das klar?“

„He, Mom! Connor und ich ...“ Wie angewurzelt blieb er stehen. Er war ein großer, sehr schlanker Junge, der die Augen seiner Mutter besaß und auf dem zerzausten schwarzen Haar eine Baseball-Kappe mit dem Schirm nach hinten trug. Mit einer Mischung aus Misstrauen und Neugier musterte er Jared. „Wer ist das?“

Ganz die Mutter, dachte Jared grimmig. Genau die gleichen schlechten Manieren. „Ich bin Jared MacKade, ein Nachbar.“

„Sie sind Shanes Bruder.“ Der Junge trat an den Tisch, nahm das Glas seiner Mutter und leerte es geräuschvoll. „Er ist cool. Wir waren bei ihm, ich und Connor“, berichtete er. „Drüben auf der MacKade-Farm. Die große orange farbene Katze hat Junge bekommen.“

„Schon wieder?“ murmelte Jared. „Diesmal bringe ich sie persönlich zum Tierarzt und lasse sie sterilisieren. Du warst mit Connor dort, ja? Connor Dolin?“

„Ja.“ Der Junge betrachtete ihn über das Glas hinweg.

„Seine Mutter ist eine Freundin von mir“, erklärte Jared ihm lächelnd.

Savannahs Hand lag locker auf der Schulter ihres Sohns.

„Bryan, geh nach oben und wasch dir die Hände. Ich mache gleich Essen.“

„Okay.“

„Freut mich, dich kennen zu lernen, Bryan.“

Der Junge warf dem Besucher einen erstaunten Blick zu, dann lächelte er. „Ja, cool. Bis dann.“

„Er sieht Ihnen ähnlich“, bemerkte Jared.

„Ja, das tut er.“ Ihr Gesichtsausdruck wurde ein wenig sanfter, als sie ihren Sohn die Treppe hinaufrennen hörte. „Ich überlege, ob ich einen Schallschutz installieren lasse.“

„Ich versuche mir gerade vorzustellen, wie er und Connor miteinander auskommen.“

Ihr eben noch belustigter Blick wurde abweisend. „Und das fällt Ihnen schwer?“

„Ich versuche es mir vorzustellen“, wiederholte Jared. „Ein solcher Wildfang und der ruhige, schüchterne Connor Dolin. So selbstbewusste Kinder wie Ihr Sohn suchen sich meistens andere Freunde.“

„Die beiden haben sich auf Anhieb verstanden. Bryan hat bisher kaum die Chance gehabt, Freundschaften zu schließen. Wir sind oft umgezogen. Das soll sich ändern.“

„Was hat Sie hergebracht?“

„Ich war …“ Sie verstummte und verzog den Mund. „Jetzt spielen Sie den freundlichen Nachbarn, damit ich nachgebe und Ihnen Ihr Problem abnehme, was? Vergessen Sie es.“ Sie nahm ein Paket mit Hähnchenbrust aus dem Kühlschrank.

„Siebentausend Dollar sind eine Menge Geld. Wenn Sie es gut anlegen, könnte es Ihrem Sohn den Start auf dem College erleichtern“, schlug er vor.

„Wenn und falls Bryan aufs College geht, werde ich es selbst finanzieren.“

„Ich habe großes Verständnis für Ihren Stolz, Miss Morningstar. Deshalb sehe ich auch, wenn er fehl am Platz ist.“

Sie kehrte ihm den Rücken zu und warf den Zopf über die Schulter. „Ihre Geduld und Höflichkeit sind vorbildlich, Mr. MacKade.“

„Sie kommen nicht oft in die Stadt, nicht wahr?“ murmelte Jared. „Da würde man Ihnen etwas anderes über mich erzählen. Erkundigen Sie sich gelegentlich bei Connors Mutter über die MacKades, Miss Morningstar. Ich lasse die Papiere hier.“ Er setzte die Sonnenbrille wieder auf. „Überlegen Sie es sich und rufen Sie mich an. Ich stehe im Telefonbuch.“

Sie blieb, wo sie war, mit finsterem Gesichtsausdruck und dem gefrorenen Hähnchenfleisch in der Hand. Sie stand noch da, als sie hörte, wie er den Wagen startete und ihr Sohn die Treppe herunterkam.

Hastig nahm sie die Unterlagen vom Tisch und steckte sie in eine Schublade.

„Was wollte er?“ fragte Bryan. „Wieso hatte er denn einen Anzug an?“

„Viele Männer tragen Anzüge.“ Sie wich seiner Frage aus, aber sie würde Bryan nicht anlügen. „Und bleib vom Kühlschrank weg. Es gibt gleich Essen.“

Bryan hatte die Hand bereits am Türgriff und verdrehte die Augen. „Ich bin am Verhungern.“

Savannah nahm einen Apfel aus der Obstschale, warf ihn über die Schulter und lächelte zufrieden, als Bryan ihn auffing.

„Shane meint, es ist okay, wenn ich morgen nach der Schule noch mal vorbeikomme und mir die Kätzchen ansehe. Die Farm ist richtig cool, Mom. Du solltest sie sehen.“

„Ich habe schon einmal eine Farm gesehen.“

„Ja, aber die hier ist stark. Er hat sogar zwei Hunde. Fred und Ethel.“

„Fred und ...“ Sie musste lachen. „Die sollte ich mir ansehen.“

„Und vom Heuboden aus kann man bis in die Stadt sehen. Connor hat mir erzählt, dass ein Teil der Schlacht auf den Feldern ausgetragen wurde. Bestimmt liegen überall tote Soldaten herum.“

„Also das klingt wirklich verlockend.“

„Und ich dachte mir“, Bryan biss in den Apfel, „ich dachte mir, du würdest dir vielleicht auch die Kätzchen ansehen wollen.“

„Würde ich das?“

„Ja, klar. Connor meint, vielleicht will Shane welche weggeben, wenn sie stubenrein sind. Vielleicht möchtest du ja eins.“

Savannah deckte den Topf mit dem Hähnchenfleisch zu. „So?“

„Warum nicht? Ich meine, dann hättest du Gesellschaft, wenn ich in der Schule bin.“ Er strahlte sie an. „Damit du nicht mehr so einsam bist.“

Savannah lächelte. „Sehr geschickt, Bry. Wirklich raffiniert.“

„Also kriege ich eins?“ fragte er hoffnungsvoll.

Sie hätte ihm alles gegeben, nicht nur ein kleines Haustier. „Natürlich.“ Sie lachte glücklich, als er sich ihr in die Arme warf und sie drückte.

Nora Roberts

Die Donovans 1
Die gefährliche Verlockung

Band-Nr. 25170

6,95 € (D)

ISBN: 3-89941-228-1

Nora Roberts

Die Donovans 2
Die Spur des Kidnappers

Band-Nr. 25177

6,95 € (D)

ISBN: 3-9941-235-4

Emilie Richards

Glut der Liebe

Band-Nr. 25172

6,95 € (D)

ISBN: 3-89941-230-3

Nora Roberts
Die Stanislaskis 1
Melodie der Liebe
Band-Nr. 25116
6,95 € (D)
ISBN: 3-89941-152-8

Nora Roberts
Die Stanislaskis 2
Verführung in Manhattan
Band-Nr. 25125
6,95 € (D)
ISBN: 3-89941-164-1

Nora Roberts
Die Stanislaskis 3
Gegen jede Vernunft
Band-Nr. 25132
6,95 € (D)
ISBN: 3-89941-171-4

Nora Roberts
Die Stanislaskis 4
Heißkalte Sehnsucht
Band-Nr. 25144
6,95 € (D)
ISBN: 3-89941-183-8

Nora Roberts
Die Stanislaskis 5
Der lange Traum
vom Glück
Band-Nr. 25152
6,95 € (D)
ISBN: 3-89941-191-9

Deutsche Erstveröffentlichung

Nora Roberts
Die Stanislaskis 6
Tanz der Liebenden
Band-Nr. 25160
6,95 € (D)
ISBN: 3-89941-199-4

Nora Roberts
Nachtgeflüster 1
Der gefährliche Verehrer
Band-Nr. 25126
6,95 € (D)
ISBN: 3-89941-165-X

Nora Roberts
Nachtgeflüster 2
Der geheimnisvolle
Fremde
Band-Nr. 25133
6,95 € (D)
ISBN: 3-89941-172-2

Nora Roberts

Nachtgeflüster 3
Die tödliche Bedrohung

Band-Nr. 25146
6,95 € (D)
ISBN: 3-89941-185-4

Nora Roberts

Nachtgeflüster 4
Das verhängnisvolle Rendezvous

Band-Nr. 25153
6,95 € (D)
ISBN: 3-89941-192-7

Nora Roberts

Nachtgeflüster 5
Die riskante Affäre

Band-Nr. 25161
6,95 € (D)
ISBN: 3-89941-200-1